紫の砂漠

松村栄子

ハルキ文庫

角川春樹事務所

目次

紫の砂漠

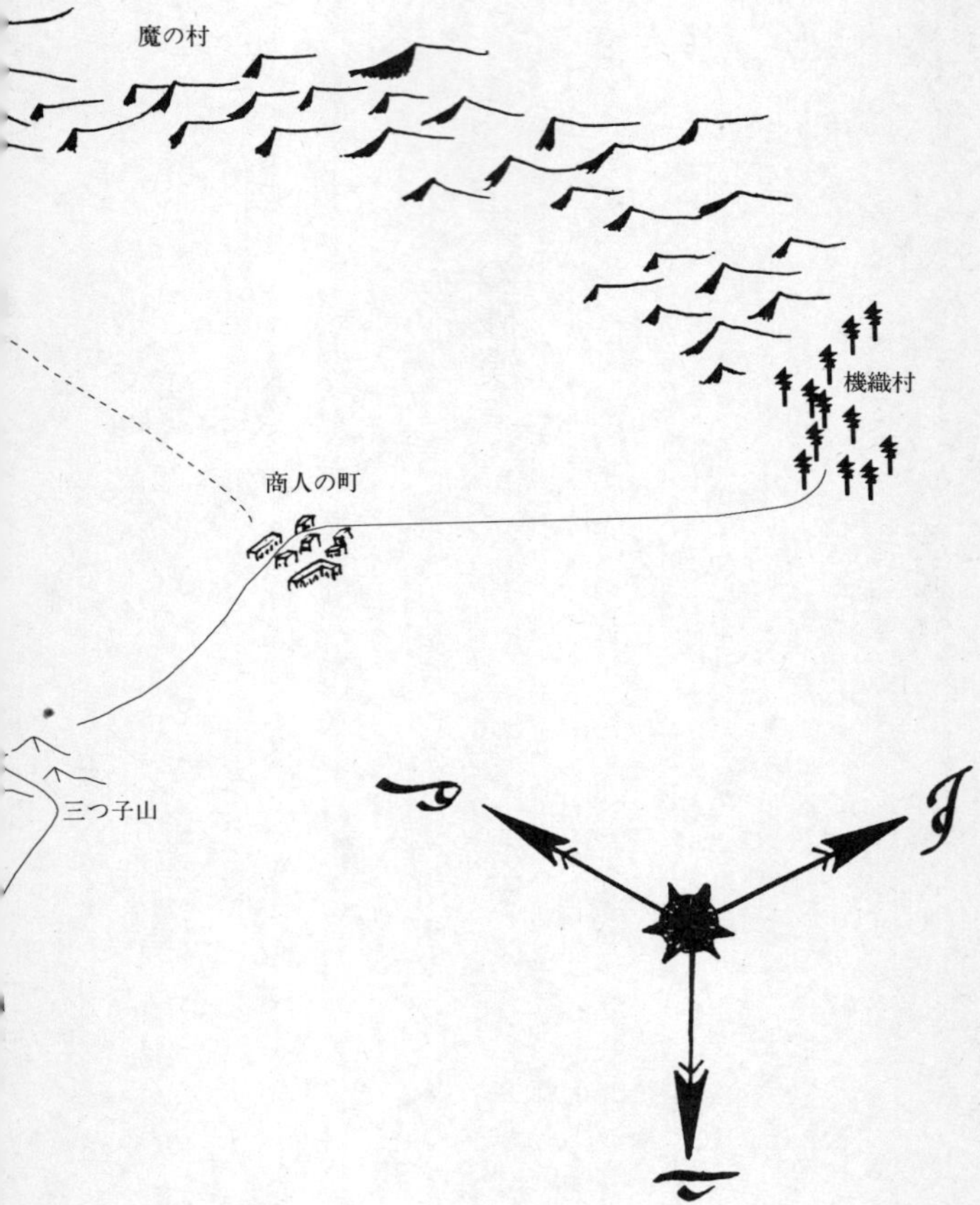
魔の村
機織村
商人の町
三つ子山

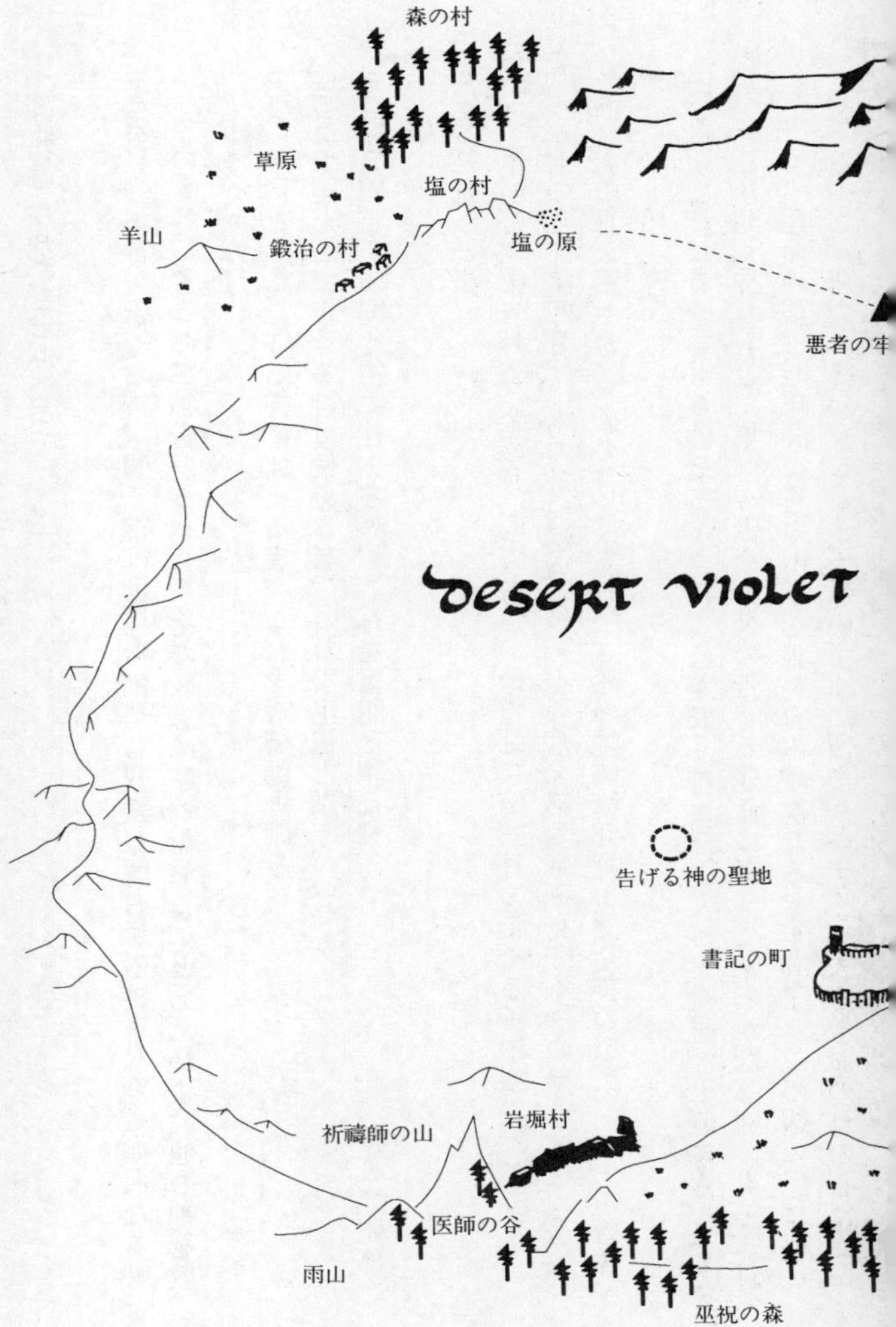

森の村
草原
塩の村
羊山
鍛治の村
塩の原
悪者の
DESERT VIOLET
告げる神の聖地
書記の町
岩堀村
祈禱師の山
医師の谷
雨山
巫祝の森

『神典章』 #AA001AX001

00003見守る神《ナチユレ》、告ぐる神《サイコ》、聞く神《メモリ》は世界を創造し守護し所有する神々なり。如何《いか》なるものも等しくこの三神を敬うべし。その敬意に序列をおくことあたわず。他の神を敬うべからず。

00007祭司として見守る神に仕える者、これを祈禱師と謂《い》う。

00008祭司として告ぐる神に仕える者、これを巫祝と謂う。

00009祭司として聞く神に仕える者、これを書記と謂う。

（神祇《じんぎ》祭祀《さいし》部）

01042月読みの法

水の月〈第一月〉　金の月〈第二月〉　地の月〈第三月・告ぐる神の祭〉

火の月〈第四月〉　木の月〈第五月〉　土の月〈第六月・見守る神の祭〉

天の月〈第七月〉　砂の月〈第八月〉　死の月〈第九月・聞く神の祭〉

（暦部）

31767あらたなる子をもうけたるときはこれを聞く神に伝えんこと。子、七歳に達したるとき聞く神のもとに集い、告ぐる神の告ぐる運命《さだめ》に従いてあらたなる親のもとへ赴く。運命の親は七年間よくこの子を養い育《はぐく》み、次なる七年間子はこの親の恩に報いるべし。運命の終わりしとき子のいずくに留《とど》まりいずくへ去るもおのれの心に従いて如何なるものもこれを引き留めることなかるべし。

（民部）

『三の書記聖ケケウの講義録』#YS973SK044

00092通常人間は生まれたときには性別がない。生涯の伴侶《はんりょ》を定めたとき初めて〈生む性〉と〈守る性〉に分化する。どちらがいずれの役割を担うかの決定にはいくばくか本人たちの意志が関与するものとみられている。人類は高度に複雑化した。ためにこれを生み出す機能も複雑化し、もはや他の機能、たとえば対外的な危険から身を守るための機能を犠牲にしなければ一個体で担えないほどのものになった。そこで専門化の必要が生じたものと生物学的には説明される。性分化をともなう配偶者決定が、俗に〈真実の恋〉と言われるところの現象である。そこ、何を赤くなっておる？ まさに生命の神秘と言えるであろう。

（生命に関する講義）

誰かがこちらを見ている。

男のひとと女のひと。

じっとこちらを見つめ、それからふたりで顔を見合わせ、何かを呟《つぶや》く。

どちらも悲しそうな顔。いつも、そう。

いつもいつも同じ光景。

男のひとは黒いローブをまとい、女のひとは薄手の布を身に巻きつけている。男のひとは分厚い書物を抱え、女のひとは彼の帽子を手にしている。

もう何回こんな光景を眺めてきた？

見知らぬひとたちなのに、いつしか見馴《みな》れた。

いつもいつも同じだから、いつも、同じだから。

……おや、とシェプシは思う。

白い毛が一本、女のひとの髪に混じっている。

それはいつもとは違う何か。

シェプシの瞳孔《どうこう》がかすかに縮む。

女のひとがそれに気づく。

何かを男のひとにささやきかける、静かに。

男のひとが驚く、静かに。

ふたりがまたこちらをのぞき込む。

何かを言い合う。見えるのに声は聞こえない。

口がパクパクと動く、でも声は聞こえない。
シェプシの耳はできそこないだから。
昔から、生まれたときから。
いや、違う。
耳はできそこないなんかじゃない。
きちんと聞こえる。聞こえている。
聞こえるけれども意味をなさない。
言葉なのだ、それはきっと。
なのに、ただ音しか聞こえない、意味を持たない。
意味の粒子は砂のように粗い、だから鼓膜を通らない。
ああ、砂漠に行きたい。
もうずっと見ていない、どれくらい？
ああ、砂漠に行きたい、砂漠を見たい。
砂漠に連れていって。
いや、いけない。
砂漠に行ってはいけない。
シェプシは砂漠へ行ってはいけない。
それはいけないことだ。
男のひとの口がなぜか激しく動き出す。

喋《しゃべ》っている。

こちらをみてパクパク、パクパク。少し唾《つば》が飛んだよ。

肩を鷲掴《わしづか》みにされる。痛いよ、そんなにしたら。

でもシェプシの頬《ほお》は動かない。

シェプシの口は開かない。

女のひとがおろおろと歩き回る。

ときどきちらりとこちらを見ながら、歩き回る。

持った帽子がしわくちゃになる。

これは新しい光景。

昨日はなかった。

女のひとが帽子を取り落とす、ふらふらと近づいてくる。

指をさす、ひとさし指が近づいてくる、どんどん、そしてシェプシのくちびるに触れる。

ひんやり。

指に少し力が入る。

くちびるが押され、顎《あご》が押される。

彼女は指を離し、自らのくちびるを同じように触ってみせる。

口をいろいろな形に開きながら。

両の掌《てのひら》でシェプシの頬を包む。

ぐいと押したりひっぱったり、シェプシの口を歪《ゆが》ませては、自分でいろいろな声を出す。
シェプシの喉《のど》が優しく撫《な》でられる。
わかってる。
何か言ってほしいんだね。
わかってる、でも……
忘れてしまった、声の出し方、言葉の意味も。
泣き方、笑い方、そして痛さも。
こうしてただ眠っていたいんだ。
女のひとはやめない。
ますます激しくシェプシの頬を摑む、喉をさする。
目に涙を浮かべている。
何かを叫ぶ。
ああ……
あなたは誰？
あなた方は誰？
見知らぬひとなのに馴染んだ顔。
いつもいつもシェプシを見ているひと。
それは透きとおる幕の向こうから。
でも入ってはこれないよ。こないで。

見つめないで。
待たないで。
だめだよ。聞きたくないんだ。
何も聞きたくない、何も言いたくない、許して、思い出させないで。
忘れてください……。
女のひとはやめない。
悲しそうな顔をやめない。
もう誰も悲しまないでほしいのに、もうこれ以上、そんな……。
…………。
わかった、やってみよう。
喉を震わせてみるよ、だからもう泣かないで。
〈……デ……
彼女の瞳《ひとみ》が大きくなる。
　　……ゼール・ヴィ……
口をあんぐり開けて。
　　　　　　……オレ〉
男のひとの動きがピタリと止まる。
一瞬。
女のひとを押しのけシェプシの身体《からだ》を覆い、かつぎ上げる。

何かを言う。
外へ出る、慌てて。
駆け出す。
おお、風景が変わる。
石畳………石壁………石段。
高い塔。
がくがくと身体が揺れる。
男のひとの肩が揺れる、骨がきしむ。
男のひとはどんどん昇る、女のひとが走ってついてくる、幾度も裾《すそ》を踏みつけながら転
びかけながら。
誰かの鼓動が早鐘のように鳴っている。
立ち止まる。
シェプシは下ろされる。
風が………
シェプシは向きを変えられる。
ああ、そうです。
これです。
ああ………目覚める………

◆デゼール・ヴィオレ

　こうして岩場の上から砂漠を眺めるのがシェプシは好きだった。砂漠の端にそそり立つこの岩のてっぺんでは、風は背後の村より強くほとんど絶えることがない。びゅうびゅうと耳をかすめ短い髪をなびかせる風のせいで、ほかの音は何も聞こえなくなる、何も。頭の中にあるものがびゅんびゅんと吹きさらわれていく。

　遥《はる》かかなたの地平線まで、鷹揚《おうよう》に風の紋を刻んでただただ広がる紫の砂漠《デゼール・ヴィオレ》。何かがシェプシを呼んでいる気がするのに、たとえばその先にあるものを見極めようと、涙が出るくらいじっと見つめても、そこには千変万化する砂の集積がただあるだけ。あるときは視線を吸い込むほどに濡《ぬ》れて暗い紫色の、あるときは視線を拒むほどに輝き透きとおった紫色の、砂漠。前も右も左も遥か地平線まで。

　何かが呼んでいる。そう思って見つめても、その何かがいったい何なのか考える隙《すき》を、風は、砂漠は、与えてくれない。だから、恋い焦がれてそこへやってきて、半分冷たくあしらわれて、とても嬉《うれ》しくて、半分悲しくて、けれどやはり満足なのだ、心臓の一部をキュッと引っ張られたかのように。

　果てなく広がる紫色の砂漠のことならば、砂のひと粒ひと粒までを知りたいとシェプシは思う。何もないただの砂をまじまじと見つめていくらでも時を過ごす。それは塩の粒と見まがうほど細かくて、掌《てのひら》にすくうとさらさらとこぼれた。砂漠は一面の紫なのに、砂粒をひとつつまんで陽《ひ》にかざしても、一見無色透明で簡単にはそこに色を見つけることはできない。

だいたい砂の中からひと粒だけを、たったひと粒だけをより分けて指の先に乗せるのはひどく難しい。すくいあげた掌を傾けると、砂はわれがちにさらさら落ちて、数粒だけが掌に残り、空いたほうの手でつんつんと叩《たた》くとさらにぱらぱらと落ちて、最後にほんとうに三つか四つくらいの粒が残る。彼らを引き離すのは至難の業だ。ひとりきりにされるのを拒むように互いに離れたがらないのだ。落とそうとすればみな一緒に落ちようとするし、残そうとすればみなしがみついて一緒に残ろうとする。

それでもシェプシの細くて器用な指が、他の粒を追い払ってたったひと粒をひとさし指の先に乗せると、そいつは不服そうにぴしっと身を張りつめて傲慢《ごうまん》にシェプシに挑みかかる。爪《つめ》の先で割ろうとしても絶対に割れやしない。世界中の何よりも小さいのに、この砂の粒はかたくなで何よりも硬い。ほんとうにその毅然《きぜん》とした様子にはシェプシも敬意を示さないわけにはいかないといったふうだ。

シェプシはいささか恭しく砂粒を乗せた指を陽にかざす。それは丸くはなく、へんてこな柱のような形をしている。角が六つある柱。どれもこれも微妙に大きさは違うけれど、たいてい同じ形をしている。まるで菫《すみれ》の花はどれをとっても花びらは五枚と決まっているように。

そこには色はない。砂漠はこんなにも紫色なのだから、そしてそれはこの小さな砂の粒の集まりなのだから、砂粒こそが紫色の素なのだ——そう思って、そうに違いないと思い込んでじっと見つめると、やっとほのかな紫色の芯《しん》みたいなものを捉《とら》えることができる。

それはとても素晴らしい一瞬だ。けれど、ほんとうに粒が紫色をしているのか、こちらの勝手な思い込みなのか、あまりじっと見ていたので目が疲れてそんなふうに見えたのか、正直なところシェプシにはよくわからない。

どちらかというと、この凜々《りり》しい砂粒は早く自由の身になるためにシェプシの思いをくみとって紫色に変化したというのが最も真相に近い気もする。だとしたらどうして砂漠はいつもあんなに綺麗《きれい》な紫色をしているのだろう。砂漠はほんとうにあんな色なのだろうか。そんなふうにしてシェプシの頭の中はこんがらがっていく。今日こそ正体を突き止めてやろうと思っても、風はそんなシェプシのもやもやをこんがらがったかたまりのまま、指先の砂粒もろともどこかへ吹きさらってしまう。四歳のとき初めてこの場所を見つけてから三年間、ずっとそんな繰り返しばかり。

毎日毎日、ほとんど朝から晩までシェプシはここで砂漠を眺めている。塩採りを生業《なりわい》とする村びとたちは、そんなシェプシを少しおかしな子と呼んだ。

そもそもシェプシがひとりきりで遊ぶようになったのは、少しばかり耳の形がひとと違うというので仲間外れにされることが多かったからだ。普通のひとはピンと尖《とが》った耳を持っているのに、シェプシのそれは右のも左のもどこかだらしなく丸い。ただそれだけのことで、なぜか子供たちの中にとけ込めない。次第にのけ者になり、仕方なくひとりで遊ぶようになると、今度はひとりで砂漠ばかり見てるなんておかしいといっていじめられるのだから、結局どうしたってまともに扱ってもらえはしないのだろう。

シェプシはもうそんなことでくよくよしたり泣いたりはしなかった。そんなことは、この視界の開けた岩の上に立つと取るに足りないどうでもいいことに思えてくる。あのとき、どうしてあんなに悲しかったのかよく覚えていない。まだほんの小さな子供だったから、何を言われたのかよくわからなかったし、ほんとうに悲しかったのかどうかさえよくわからない。悲しいという気持ちをもう知っていたかどうかも。

四歳だった。ひとりぽっちで岩場をよじ登って（小さかったからものすごく大変だった）必死で自分の身体《からだ》を持ち上げて（小さかったから身体は軽かったが、腕も脚ももっと細かった）てっぺんまでたどり着いて、それまでだって塩の原《デゼール・ブラン》のあたりから砂漠を見たことはあったけれど、それがこんな、果てもなく大きなものだと知ったときには、急にそれが目に飛び込んできたときには、ただただびっくりして身体がばらばらに弾《はじ》け飛んでしまうような気がしたものだ。

岩場の急だったことや、その後ろにある村やそこに住むひとびとやいじめっ子たちのことなんか、何がどうだってかまわなくなってしまった。みなちっぽけなことだ。ただ、この目の前に広がる紫の砂漠があるということが、そのことだけがとても神秘的で不思議でやるせなかった。

今だって少しも変わっていない。砂漠を前にすると、シェプシは心が動くのを感じる。ぐぐっと前にせり出したり、圧倒されてあとずさったり、ふわりと浮き上がったり、パンと弾けたり——そしていつも何かが気にかかる。何なのかはわからない。何を不思議に思っているのか、何を知りたいのか、何をしたいのか——考え始めるといらいらする。答えではなく、問いがわからない。風は何もかも吹きさらってしまう。何もかもだ。

そんなふうに日がな一日ぼおっとしていられるのはシェプシがまだ幼いからだった。養子に出される前の、つまり七歳以下の子供たちには、生きること以外に仕事がない。親にとって自分が生んだ子供は運命《さだめ》の子をもらう権利の証《あかし》にすぎず、どんなにいい子を生み育てても、だからといっていい運命の子がもらえるというわけではない。親が自ら生んだ子に願うことは、なんとか七歳まで生きのびてほしいということだけなのだ。

そうすればその子を養子に出すかわりに、やはり七歳の運命の子を神から授かることができる。親の面倒をみながら村びととして働いてくれるのは運命の子のほうだ。

どこか他の村で生まれ育てられた子供たちは、七歳になるといっせいに聞く神のもとに集められ、告げる神によって運命の親のもとに授けられる。どこで生まれた誰の子が授けられるのか、その日がくるまで誰にもわからない。わかっているのは、少なくとも塩の村で生まれた子が塩の村に授けられることは絶対にないということだけだ。

運命の子なら、親はせっせと手間をかけて育てるだろう。運命の子は七年間でいろいろな仕事を覚え立派な村びとに成長し、次の七年間は働き手となって運命の親たちに恩返しをしてくれる。それが終わればもう子供ではない。独立してどこへ行こうと自由だ。これが紫の砂漠を中心にして暮らすひとびと、つまり三人の神のもとで暮らすひとびとの等しい人生だった。

だから、子供にとっても自分の生まれた家や村は仮の宿りにすぎない。ここでは生きるために最低限のことしか教わらないし要求もされない。ただ、自分の運命の親はどんなひとたちか、どんなところに住んでいるのかと、ひたすら想像し夢みていればよいのだった。

神は何もかもご存じで、子供たちに一番ふさわしい場所を用意して下さるはずだ。

塩の原近くに住むイアフ爺《じい》さんによれば、果てしないように見える砂漠にも果てはあり、その向こうにはさまざまな町や村がある。爺さんは今はもう歩くのも億劫《おっくう》そうでいつも窓辺の寝台に横たわったままだけれど、いつだったかまだ少しは外を散歩したりもしていた頃、家の外の岩盤に炭で線を引きながら説明してくれたことがある。それによると、紫の砂漠は歪《ゆが》んだ楕円《だえん》状に広がっており、砂漠を囲むようにしていくつかの町や村が点在している。塩の村は砂漠から見ると見守る神の方角にあって、もしもここから告げる神の方角に向かって砂漠の縁を左回りに進んでいくと、まず鍛冶《かじ》の村があり、草原を越え羊山を越えて小さな宿場町があり、さらに行くと雨山、医師の谷、祈禱師の山、岩掘村、そして書記の町がある。書記の町がちょうど砂漠をはさんで塩の村の向こう側になっている。塩の村を出て反対回りに歩いていくと、そこには魔の山と呼ばれる山脈が蜿蜒《えんえん》と連なっており、その向こうに商人の町がある。商人の町と書記の町との間には小さな三つ子山が並んでいる。

それを聞いたあと、シェプシは岩場に登ってじっと目を凝らしてみた。けれど、とても高いという祈禱師の山も真向かいにあるはずの書記の町も影さえ見えはしなかった。魔の山だけが左手のほうにうっすらと見える気がした。恐ろしい山賊の住処《すみか》だと爺さんは言ったけれど、山影はぼんやりと浮かぶ雲のようで恐ろしい場所には思えなかった。ただ、途方もなく遠いところに違いない。まして影さえ見えない町や村といったらどれほど遠いことだろう。それを考えると溜息《ためいき》が出た。かなり広い塩の原も、爺さんが描《か》いた絵で見ると大きな砂漠の中の小さな点でしかなかった。

しかもこの大きな砂漠が世界の果てでないとしたら、いったい世界の果てはどこにあるのだろう。書記の町の向こうには何があるのだろう。それはきっと見守る神しか知らないことだと爺さんは言った。シェプシはがっかりした。見守る神は見守るだけで何も教えてくれるわけがないからだ。

イアフ爺さんは書記の町で生まれた。シェプシの父さんもそうだった。そのせいか、父さんと爺さんは仲がいい。生まれた場所など誰にとってもあまり大きな意味を持たないのに、おとなたちはときおり懐かしそうに思い出を語るのが好きだ。そんな気持ちはシェプシにはわからない。シェプシはむしろ、村を出て新しい場所へ行ける日が来るのを今か今かと待ちかねている。すると爺さんは、自分が生まれたこの村を隅々までよく心に止めておくようにと、くどいくらいに言いきかせるのだ。

砂漠の眺め以外に覚えておいたほうがよさそうなものは今のところ思いつかない。シェプシの望みはただひとつ、それがどこであってもかまわないから、そこへ行くときは砂漠を歩いていきたいということだけだった。こんな夢はかなうはずもない。砂漠を歩いて渡るのは、砂漠の牢《ろう》へ送られる罪人か、年に一度大勢の護衛を引き連れて歩く百人からの隊商だけだ。砂漠は神の領域であり、人間にとっては死の場所だ。そんな場所に心惹《ひ》かれるのはやはり普通ではないのだろうか。

神というものがいったい何なのか、シェプシにはよくわからない。けれどそこが神の領域ならば、神に頼んでみたかった。広大で不可思議で目眩《めまい》をおこしそうなほど美しい場所に自分を受け入れてくれることを。そして神に願い事をするのならば、岩場の中でもひときわ高いこの岩の上ほどふさわしい場所はほかにない。まるでここは神との交信のためにあるような場所だ。

実際、岩場には巫祝がひとり住んでいた。星見の家と呼ばれるその家は、岩場の中腹のわずかに開けた平地にあり、まれな通行人であるシェプシは幾度となく巫祝からお茶に招かれた。

シェプシが塩の村で尊敬しているのは、イアフ爺さんとこの巫祝だけだ。ふたりに比べるとほかの村びとたちはてんでもの知らずに見えた。砂漠のことを一日だって考えずに過ごしたり、眺めずに過ごしたりできるひとびとがシェプシは信じられなかった。

また、風の紋が変わる。幾重にも流れていた砂丘の稜線《りようせん》が、静かに、菫の花がいつの間にやら花びらを広げるさまにも似て緩やかに動く。見上げれば四つの白い月が死の印を結んでいる。シェプシは立ち上がった。風に飛ばされないように干しておいた菫の束も乾いた頃だ。それを摑《つか》んで、やおら岩場を駆け降りる。

段差を蝶《ちよう》のようにふわりと舞い降り、滑らかな岩をトカゲのように滑り降り、反り返っている岩の陰をコウモリみたいにぶら下がりながら伝い降りると、星見平のまん中にポツンと建っている家までリスのように走った。

ドンドンドン。扉を叩くと、しばらくして巫祝が中から扉を開ける。

〈ずいぶん急いで降りてきたな。わたしが三歩あるく間におまえは岩を三つ越える〉

ふぉっふぉっと音を立てて顔の深い皺《しわ》が揺れる。笑っているのだ。

〈今日は菫がたくさん採れたから、ほら〉

〈おお、これはこれは。死の月の菫は貴重じゃ〉

巫祝はそれをいくつかの束に分けて扉の外に吊《つる》した。死の月の菫は祭用で、巫祝にはいくらあっても多すぎるということはない。そしてそれはあらかじめ月夜にさらしておくのがならわしだ。

〈どうして死の月の菫は夜、外に干すの?〉

巫祝はぐいと顔をシェプシに近づけて〈それはな〉と言った。シェプシはちょっとおののいてあとずさる。

〈……シェプシ、今、月はどんな印を結んでおるかな?〉

〈死の印だよ。四つの月がひとところにかたまってる〉

〈そう、四つの月が輪をなして天にかかるのは死の月だけ。月は、神のお客じゃ。神も宴を催しておる。神のお客にまず菫茶をさしあげねばな〉

〈ずいぶん図々《ずうずう》しいお客なんだね〉

〈なぜかな?〉

巫祝はまたぐいと顔をよせ、シェプシはまたヒュッと頭をそらした。

〈だ、だって……毎晩やってきて、今は宴会かと思うと水の月には追いかけっこをしてる。金の月には隠れんぼだ。いつだって遊んでばかりじゃないか〉

巫祝はまたふぉっふぉっと歯の隙間から息のもれるような音をたてて笑った。

〈いいんじゃよ。この世を造ったのは、もとはと言えばあの四つの月なんじゃから。まあ言ってみれば古い神さまだの〉

シェプシには初めて聞くことだった。

〈三人のほかにまだ神さまがいたの?〉

〈ふむ。でも今はもう神ではない〉

〈どうして? 交代したの? どうやって交代したの?〉

〈はて、わたしも書記ではないからよくは知らない〉

とぼけてみせながらも巫祝は嬉しそうだった。シェプシは話し甲斐《がい》のある子供だ。ほかの子ではこうはいかない。年老いた自分の話を喰《く》い入るように聞くシェプシを前にすると、先の短い命が尽きる前(今だってもう普通の人間よりは遥かに長生きしている)にできるだけ多くのことを教えておきたい気がするのだった。子供のないことも理由だったかもしれない。これまでにもずいぶんといろんな話をしてきたつもりなのに、どうかするとまだ話したことのない事柄がぞろぞろ見つかってふと焦ったりもする。

〈わたしが知っているのはほんのわずかばかりじゃが〉

そんなふうに言いながら、以前シェプシが摘んできた菫でお茶をいれ、自分とシェプシの前に置いた。

〈三柱の神も生まれていなかったずっと昔には、月たちは今よりももっと近くにあったんじゃ。それより昔には何もなかった。真暗闇《まっくらやみ》。そこへ四つの月がふらりとやってきて初めて光が生まれた。月たちは光と闇をこねまわしていろんなものを造って遊んだ。一番大きい月は岩を造り、次に大きい月は風を造り、三番目に大きい月は水を造り、最後に一番小さな月がすべてに色をつけた。造られたものはみなおのおのの月の性格どおりで、あの大きくて動きの鈍い月が造った岩はやっぱりどっしりとしておるし、予想もつかないいい加減な動き方をする月が造った風はやっぱり気まぐれで悪さもよくする。青白くて気弱そうに低いところばかり回っている月が造った水はひと目を避けるようなところばかりを流れているし、小さいけれど菫の花のように愛らしい月が塗った色はどれもこれも美しい。そうではないかな?〉

シェプシは黙って頷《うなず》いた。

〈さて、月たちはそうやっていろんなものを造ったり、造ったものを動かしたりしてしばらく遊んでおったが、やがて飽きてしまわれた〉

〈飽きたぁ!?〉

〈なにしろ月はわたしらよりずっとずっと長く生きておるのだから、飽きもするだろうよ。それで、だんだんこの世界から離れていってしまった。今では追いかけっこをしたり、隠れんぼをしたりして遊んでおるな、たしかに〉

シェプシは呆《あき》れた。いやしくも神と呼ばれたものが、飽きたからといってこの世を放《ほう》り出したりしていいのだろうか。

〈それで? 飽きられちゃったこの世界はどうなったの?〉

〈もちろんそこに見守る神がやってきて、この世を今のようにお造りになった。月たちが造りっぱなしにしていったものを使ってな〉

〈砂漠も?〉

〈そう、まっさきに紫の砂漠をお造りになった。そしてそこからありとあらゆるものを取り出したんじゃ。ひとも花も動物も雲も〉

〈どうして? だって砂漠には何もないじゃない〉

〈全部取り出したからからっぽになってしまったのじゃ〉

〈ふうん〉

〈ところが〉

と言って、また巫祝はぐいと詰め寄った。シェプシは今度はぼんやりしていたのでよけそこない、頭と頭をこつんとぶつけてしまった。

〈えっ? 何、どうしたの?〉

〈ふむ。造ったものの中でどうも人間だけが不出来だった〉

〈どんなふうに?〉

〈花や動物はちゃんと自分で必要なものを捜して生きていくのに、人間だけは何人つくってもぼんやり夢でも見てるような感じで互いに見つめ合っているだけでの。まだまだ手助けが必要じゃった。けれども見守る神は、それは大変な仕事に違いないと勘づいたんじゃな。なにしろ見守る神もずいぶんいろいろなものを生み出したあとだったし、人間は自分で子孫をつくろうとしないから次から次へと神が生んでやらねばならなかったし、いい加減疲れてしまわれた〉

〈疲れたぁ!? 神さまが疲れちゃうの?〉

〈そりゃあ疲れる。おまえも同じことをしてみればわかろう。わたしなんかひとりも子供を生まなかったが、それでもずいぶん疲れとるわ〉

〈………〉

〈見守る神は考えなさった。誰かかわりに人間にもう少し知恵を授けてくれるものはいないだろうか。そして見つけた。もうからっぽだと思っていた砂漠の中にふわふわ漂ってはしゃいでいる砂の精たちじゃ。身体は神さまでもよく目を凝らさないと見えないくらい透きとおり、虹色の風のヴェールをまとってそれは美しかった。中でも先頭をきって舞い踊っている精がもっとも美しかった。いい加減疲れていた神もたちまち恋してしまったほどじゃ。そこで神はその精に人間に知恵を授ける手助けをしてくれないかと頼んでみた。あとはいつか話してやったとおりだわ〉

◈神々と真実の恋の話

見守る神がまだ若かった頃、風も凪《な》いだある冷たい朝のことです。砂漠をあやしながら月下で舞い踊っていた砂の精たちは、そろそろ踊ることにも疲れ、小さな脚と小さなお尻を砂の上におろし、小さな指先ではだけた風のヴェールを整え始めました。砂の精たちがもっとも愛していた一番小さな月ももう寝ぐらへ帰ってしまい、しんと静まり返った暗い夜明け前でした。

やがて魔の山の端から力強い光がさしてくるはずでした。世界が一番静かなひとときです。けれども精たちは妙な落ち着かなさを感じていました。誰ともなく頭の中でささやき合っていました。

〈誰かが来るよ、誰かが来るよ。誰? 誰?〉

光とともに現れたのは見守る神でした。見守る神は砂の精のひとりをじっと見つめておっしゃいました。

〈砂漠に最後まで残る者よ。どうかわたしに手を貸して、人間を助けてやってくれまいか〉

どういうことかと精は尋ねました。見守る神は答えます。

〈わたしはこの砂漠を造り、そこからあらゆるものが生まれたが、人間だけは何も自分たちのためにしようとはしない〉

〈それは素晴らしいこと。彼らは生きたくないのです。生まれたくなかったのでしょう。放《ほう》っておきなさいな〉

精は妖《あや》しげに微笑《ほほえ》んで言いました。

〈それよりわたしたちと踊るほうがずっと楽しい〉

〈人間たちはふたりずつじっと見つめ合っている。じっと見つめ合い、ずっと黙ったきり、うっとり夢みるように〉

〈そんな夢ならわたしが見せてあげよう、あなたにも〉

整えたばかりの風のヴェールを誘うようにはためかせると、精は伸び上がってひとり踊りを始めました。

見守る神はうっとりとそれを眺めていましたが、やがてぐいっと踊る精の腕を摑《つか》んでもう一度おっしゃいました。

〈わたしに手を貸してくれまいか〉

踊りをさえぎられた精はむっとして、いやだと言いました。

〈なぜだね?〉

〈人間が賢くなればきっと砂漠を荒すだろう。砂の精を邪魔するだろう。そんなことには手を貸せない、いやしくもわたしは砂の精の王なのだから〉

見守る神は少し考えました。そしておもむろにおっしゃいました。

〈人間たちを砂漠に入れないと約束しよう。砂漠を侵す者には死を、砂の精の舞を見た者には狂気を〉

〈わたしたちに永遠を約束すると?〉

〈そうだ〉

〈なぜ、そんなにしてまで人間を助けようとする〉

見守る神はややためらってからおっしゃいました。

〈わたしがおまえに投げかけるまなざしの意味を理解するのは人間しかいないからだ〉

砂の精は小首を傾《かし》げて考えてから、四つの条件を出して手助けを承知しました。ひとつは、砂の精たちに永遠の時間と自由を与えること。もうひとつは、砂の精の王を《告げる神》として認めること。三つめは、告げる神のすることに見守る神は口出ししないこと。最後に、年に一度、告げる神のために菫《すみれ》の花を一輪咲かせること。

見守る神は、それぞれをひとつひとつの月にかけてお誓いになりました。

こうして、人間たちは告げる神を得ることができ、今でも砂漠の果てには人間たちの知らない時、知らない場所に、告げる神だけのために咲く一輪の菫があるということです。

大昔、まだ何も知らなかった人間たちは、ただひとつ恋することを知っていたために神から見捨てられるのを免れた。見守る神は子供を生むすべを人間に教えてこれを助け、その生と死に関与し、告げる神は言葉と知恵を与える役目を受け持った。

告げる神に直接仕えている巫祝たちは、言葉だけでなくいつでも神や仲間の巫祝と沈黙のうちに交信できる不思議な力まで与えられた。巫祝だけが持ち、他の人間にはない力だ。けれど、真実の恋のその瞬間だけは、あたかも巫祝のように誰もがそのような力を持つらしい。大昔の人間はただ黙って見つめ合っていただけだったけれど、今の人間は言葉で語り合うことができるし、恋のさなかにはその言葉さえ使わず互いの心をのぞくこともできるのだ。おとなたちの話を総合するとそういうことになる。

真実の恋、それは子供たちにとって未知の体験だ。そして誰にとっても人生最大の事件だ。生んだ子供は七歳になれば去っていく。運命の子だって恩返しが済んでおとなになれば去っていく。けれど、真実の恋で結ばれた相手とだけは何があっても死ぬまで離れることはない。どんなことがあっても助け合って生きていく。それは絶対の決まりだ。

こんな素敵なことを人間は神よりも先に知っていた。知恵がなくて生きることも死ぬことも、食べることも言葉を使うことも知らなかったけれど、とにかく恋することだけを人間は知っていたのだ。もちろん、それがきちんと意味を持ち人間全体の繁栄につながるものになったのは神々のおかげに違いない。が、基本的には人間が最初から知っていたことだ。真実の恋、それだけは神がくれたものでなく人間が自分で見いだしたものなのだ。

子供たちは、よるとさわるとその話をしている。いったい、いつどこでどんなふうにそれは起こるのか。この広い世の中にたったひとりしかいないという恋の相手は今どこでどうしているのだろう。ほんとうに出合うことができるのだろうか、もしも出合えなかったらどうなってしまうのだろう。

〈大丈夫、ちゃんと出合える〉

と母さんは言う。シェプシの父さんと母さんももちろん真実の恋で結ばれた。でも、それが神の導くものでないのならどうしてみながみなきちんと相手にめぐり合えるのだろう。それに、たとえその相手に出合ったとしても、それが真実の恋の相手であるかどうかどうしてわかるのだろう。

おとなはみな、そのときになればわかると言う。ほんとうにごく自然にわかるのだと。一番はっきりわかるのは、もしそれが真実の恋ならば、その瞬間にふたりがそれぞれの性に分かたれるからだ。神から子供を生むことを教わった人間たちは、それをふたりの共同作業にした。ひとりが子供を宿している間、あるいは生まれた子供がまだ小さい間、彼らを守り生活を支える者がいなくてはならない。

その頃は村で固まって暮らすことなど誰も知らなかったし、いつどんな獣が人間を襲うかわからなかった。だから、真実の恋によって自分が一生で一番大切にしなければならない相手が誰だかわかったとき、人間は生む性と守る性に分化する。どちらがどちらになるかは、ふたりの間の微妙な関係によって決まる。あるいは無言の会話の中で。

シェプシの父さんと母さんも子供の頃は今のシェプシと同様にどちらの性でもなかった。父さんは、書記の町で生まれてこの塩の村へ養子に来た。五年遅れて巫祝の森で生まれた母さんが塩の村へ養子に来た。父さんも母さんもおとなに塩採りや文字を習いながら手伝いをしていたが、父さんのほうがずっと先輩だった。母さんが来てから二年目のある日、母さんはざるで塩をすくうという一番簡単な仕事を習っていて抱えたざるごとひっくり返ってしまったことがあった。傍《そば》にいた父さんが母さんを起こそうと手を伸ばした瞬間に、それは起こったのだ。

母さんは九歳かそこらでまだ小さくて、父さんは仕事も全部覚えて恩返しの時期に入るくらい大きかったから、父さんが守る性になったのはごく自然のことだったろう。それから十数年たって母さんも恩返しを済ませてから、ふたりは結婚し父さんが建てた今の家で一緒に暮らし始めた。シェプシや二番目の子供が生まれたのはさらにそのあとだ。

今では父さんや母さんの運命の親たちは死んでしまい、父さんの親の家には父さんの弟たちが住んでいるし、母さんの親の家にはイマトたちが住んでいる。

イマトの場合は少し特殊だ。イマトはまだ養子に出る前にこの生まれた村で真実の恋に出合ってしまった。七歳かそこらのときだ。相手はすでに運命の子としてここへ来ていたジェドだった。イマトはすぐに運命の旅に出なければならなかったから、彼らは恋に落ちてすぐ別れわかれになり十四年間まったく会うことができなかった。ジェドが晴れて独立してイマトに会いに行こうにもイマトがどこに暮らしているかを彼は知らなかったし、守る性になったのはジェドのほうだったから将来ふたりの暮しを支える塩採りの仕事を捨てるのはうまくなかったのだ。ジェドは十四年間ずっとここでイマトを待ち続けた。気が狂うくらい長い歳月《としつき》だったとジェドは言った。そしてイマトは三年前にきちんと戻ってきた。医師の谷での恩返しも済ませて。彼女は塩採りはできないかわりに、森で薬草を摘むのを仕事にして暮らしている。

誰もがそんなふうに幸せかといえばそういうわけでもない。星見の家の巫祝のように、真実の恋の相手とついに一度も一緒に暮らせなかった者もたまにはいる。巫祝は、巫祝の森で恩返しをしていた頃、同い歳の行商人と真実の恋に落ちて生む性になった。同い歳の者と恋に落ちるのは理想的なことだ。歳が離れていると、年長者は自分がおとなになっても相手が恩返しを済ませるまで何年か結婚を待たなければならないけれど、同い歳なら同時に恩返しが済むからだ。巫祝たちは誰よりも若くして結婚できるはずだった。

ところが巫祝の恋人は恩返しが済む前に砂漠で死んでしまったのだ。

さらに不幸だったのは、巫祝が巫祝だったことだ。告げる神の祝福を受けた能力を持つ巫祝は、離ればなれになっていても毎日恋人の安否を確かめていることができた。念波を飛ばして砂漠を監視するのは巫祝たちの重要な仕事でもあった。だから、巫祝は彼が死んでしまうということに本人より早く気がついていたのだ。なのに巫祝はそれを彼に伝えることができなかった。死んでしまうとわかっているのにどうすることもできなかった。いくら巫祝の念波を飛ばしても、相手はただの商人だからそれを受け止める力を持っていない。砂漠の中へ手紙を運んでくれるひともいるはずがない。ひとりの巫祝の願いよりは、見守る神が告げる神にした誓いのほうがずっと重い。砂漠を侵す者には死を。

そのとき、巫祝は初めて自分の仕えてきた告げる神を憎んだ。恩返しが済むとさっさと巫祝の森を出てしまい、悲嘆を抱えて放浪し、ついには生まれたこの村に戻ってきて岩場の星見平に住みついた。普通、真実の恋の相手を失ったひとは、同じような境遇にある異性と便宜的に結婚したりするものだけれど、巫祝はとてもそんなことは考えられなかったと言った。だから巫祝はあんなに歳をとっているのに、一度も子供を生んだことはないし、当然運命の子を持ったこともない。

それを考えるとたしかに巫祝は気の毒だった。けれどシェプシは告げる神を憎む気にはなれない。なんといっても、三人の神の中で直接、人間に向かってああせよこうせよと忠告してくれるのは告げる神だけなのだ。大切な子供たちをひとりひとり見つめて、性格や能力を見極めた上でもっともふさわしい運命を授けてくれるのは告げる神だ。

聞く神はありとあらゆる事柄を聞いているだけだし、見守る神は見ているだけだ。それでも見守る神はこの世のいろいろなものを造り、告げる神を捜し出して役目を与えた方なのだから、少しは敬う気持ちがあった。あの美しい砂漠を造ったのも見守る神だというし。

しかし、いったい聞く神とは何者だろう。ひとのために何をしてくれているのだろう。イアフ爺《じい》さんは、聞く神と告げる神とは協力し合って人間を助けてくれていると言う。巫祝たちが告げる神に仕えているように、書記たちは聞く神に仕えている。爺さんは書記ではなかったけれど、書記の町で生まれたから聞く神びいきなのだろうか。爺さんは言う。

人間たちが何をしているか、どんな事件が起きているか、聞く神は書記を通して知り、その報告をもとに告げる神と相談し合っていろいろなことを決める。その結果が巫祝を通して人間に伝えられるのだと。

聞く神は誰よりも物知りには違いない。イアフ爺さんよりも星見の家の巫祝よりも。たとえば何年前の何の月にどんな風が吹いていたのかも覚えているし、今、砂漠の回りにどれだけの人間が住んでいるのかも把握している。でもそんなことがほんとうに人間の役に立つのだろうか。それに、聞く神は三人の神の中では一番の新参者だ。

そんなことをつべこべ考えながら、シェプシは星見の家を出て自分のうちへ帰った。母さんはかまどの前で食事の支度をしており、まだ小さい赤ん坊は籠《かご》の中でバウバウとはしゃいでいる。まだ仮子だから名前はない。赤ん坊は、やっと生まれてきても仮子の間はいつ死んでしまうかわからない。だから母さんはそれはそれは慎重に世話をやく。食事の支度などで背を向けなければならないときは気が気でないといったふうだ。家に帰りつくなりシェプシは子守を頼まれた。

この赤ん坊はずいぶん暴れん坊だ。絶対すぐに大きくなるだろう。母さんがそんなに心配しなくても大丈夫なのだとシェプシは思う。

この子が生まれたとき、シェプシはまっさきにその耳を見た。それはみなと同じように尖《とが》っていて、シェプシは半分安心し、半分がっかりした。どうして自分の耳だけが奇形なのかますますわからなくなってしまった。しかしまあ、この子まで《丸耳》と嘲《あざけ》られていじめられることがないのはいいことだ。

この暴れん坊をおとなしくさせるコツをシェプシはよく心得ている。赤ん坊は言葉もまだ知らないくせに、シェプシがお話をしてやるとすぐに静かになる。そしてすやすやと眠ってしまう。今日は聞く神のお話をしてあげることにしよう。


昔々、この世には告げる神と見守る神のふたりの神さましかいらっしゃいませんでした。そこへある日、ひとりの書記が聞く神を連れて砂漠からやってきました。

告げる神はすぐにこの新たな神と仲良くなられましたが、見守る神は気に入りませんでした。争いごとを好まれない聞く神は、どうすれば仲間に入れてもらえるかと見守る神にお尋ねになりました。

見守る神はおっしゃいました。

〈おまえにひとがつくれるかな?〉

ひとに子供が授かるのは見守る神のお力でした。聞く神はお答えになります。

〈あなたより早くつくってみせましょう〉

告げる神が、同じ頃に真実の恋を確かめその日に結婚したばかりのふた組を選び、おのおのを神さまたちにあてがわれました。

見守る神に見守られた夫婦の女は、すぐに身ごもり一年ののちに子供を生みました。

聞く神にあてられた夫婦の女は、身ごもりもしないのにひと月ののちに子供を得ました。

見守る神はくやしがりましたが、聞く神の授けた子供が真実の恋を経てもいないのにすでに女としてあったので、できそこないだとののしりました。聞く神はそれをお認めになりました。

〈たしかにあなたのつくられた子供のほうが立派だ。しかしわたしのほうが早くつくったのですから、これは引き分けです〉

すると見守る神はおっしゃいました。

〈おまえにひとが殺せるかな？〉

ひとが死ぬのは見守る神のお力でした。聞く神はお答えになります。

〈あなたより早く殺してみせましょう〉

告げる神は、子殺しの罪を犯したふたりの人間をおのおの神にあてがわれました。

見守る神は、病の風を呼び二日ののちに罪人を殺しました。

聞く神は、光の剣で突いてその日のうちに罪人を殺しました。

見守る神は負けをお認めになり、子を授ける仕事も死を授ける仕事も聞く神に譲ろうとされました。

聞く神はおっしゃいました。

〈わたしにはまだよい子供を授ける力がない。それを見いだすまで、この仕事は人間自らに負ってもらいましょう。また、わたしはひとを殺すのが好きでない。運命も罰も、告げる神から告げてもらいましょう。わたしは誰が生まれ、誰が死んだかを知ることができればそれで充分です〉

見守る神はその後いっさい口を開くことをやめました。誰の助けもなく自ら子を生《な》すことにされた人間たちは、そのあまりの難しさに腹の中に二年近くも子を宿さなければならなくなりました。聞く神は、もっと簡単によい子が得られるような力を毎日捜しておられるということです。

誰でも知っているこの話には、奇妙なところがいっぱいある。砂漠はからっぽで砂の精たち以外には誰もいなかったはずなのに聞く神もまた砂漠からやってきたところとか、身ごもりもしない子供が生まれてしまうところとか、生まれたときからすでに女だった人間とかってなんかとっても変だ。聞く神が生んだそのできそこないの人間はどうやって真実の恋をしたのだろうか。できるわけがない。

この話には異説もある。それは、村の子供たち、とりわけ強くて意地悪なネケトに石をぶつけられたときに知った。ネケトたちは〈できそこないの丸耳、できそこないの丸耳!〉と叫びながら、シェプシに石を投げつけた。すごく痛くてさすがに涙が出た。

前からネケトの乱暴には馴《な》れていたけれど、そのときは少し様子が違っていた。投げられるのは選《え》りすぐったように鋭い切っ先のある石だったし、それが手かげんもなくことごとくシェプシの耳に命中した。いつもよりずっと凶暴で残忍な仕打ちだった。ネケトは誰かから、聞く神の生んだ子供のほうが劣っているとされたのは耳が丸かったからだという話を聞きこんできたのだった。それを知ったとき、シェプシを襲ったのはできそこないの烙印《らくいん》をだめ押しされたような新たな絶望だった。神さままでがシェプシをできそこない呼ばわりするなんてあんまりではないだろうか。

そのまま岩場に行けば身を投げてしまいそうだったし、泣いて家に帰れば父さんに叱《しか》られる。シェプシはたしかとぼとぼ歩いてイアフ爺さんのところへ行ったのだった。わけを聞いたイアフ爺さんは、それはシェプシが聞く神のおつくりになった子供ということではないか、ほかの人間はみんな人間がつくったものだがおまえだけは聞く神のつくったものだということかもしれないぞと、変ななぐさめ方をしてくれた。それは全然なぐさめになっていなかった。いくら神によってつくられたからといって、人間がつくったものより劣っているならお話にもならない。

すると、爺さんはじっと考え込んだあとで、もうひとつの話をしてくれた。聞く神のおつくりになった子供が丸耳だったという話もたしかにあるが、それとは別に、聞く神を連れてきた最初の書記が丸耳だったという話もあると。

こちらはシェプシをなぐさめるのにいくらかは役立った。もしかしたら丸い耳は書記の町へ養子に行く子の目印なのかもしれない。ただそれだけのことなのかもしれない。父さんもそれを知っているから、シェプシの耳の丸いことなんかちっとも気にしていないのかもしれない。父さんはいつもシェプシが書記の町へ行くことになればいいと言っていた。シェプシはきっと古い本を読んだりいろいろな村で起こった出来事を書き留めたり考えたりすることが好きに違いないし、何よりも砂漠を眺めるのが好きなのだから聞く神の聖地に行けたら幸せだろうと。聖地は書記の町からやや砂漠にせり出したところにあって、そこには高くて大きな塔が立っている。これはシェプシにとって逃しがたい魅力だ。そこに登ったら、どれほど遠くまで砂漠が見通せるだろうか。それはどれほど壮大な眺めだろうか。そうして書記の町に思いをはせるうちに、シェプシの涙は乾いていった。

書記の町の聖地は、イアフ爺さんがいつか描《か》いてくれた地図によれば岩場のちょうど真正面にある。ひょっとしたら見えやしないかと目を凝らすたびに、むしろ脚のほうがむずむずと動き出すのを押さえつけるのが苦しい。ここからまっすぐに歩き出せば書記の町に着く。考えると胸がどきどきしてしまう。そこへ行けば何かがわかるだろうか。何が、何が……?

シェプシは寝入ってしまった赤ん坊のかたわらで、腰に結わえた袋をきゅっと握りしめた。そこにはシェプシのたったひとつの宝物が入っている。

◆砂漠に降る雨

この水の月のことだった。今はもう死の月だから、ほとんど一年前ということになるだろう。

水の月は雨の月だ。他の季節にはほとんど降らない雨がここぞとばかりにまとめて降り注ぐ。まず湿った風がひと吹き、続いて九日にわたる豪雨、九日にわたる濃霧、合間にときおり陽光が射《さ》し込み仕上げに再び九日ほどの雨。それが上がるとようやく砂漠にかかる九重の虹を合図に季節は金の月へと移り変わる。

豪雨はなかなかにすさまじい。はじめの九日間はおとなたちでさえ家から出ない。前月、つまり死の月には聞く神の祭があり、そこでエネルギーを使い果たした村びとたちは、なんだかまだ少しぼおっとして屋根に叩《たた》きつける水の音を家の中で聞いている。

それでも雨が弱まり霧が立ちこめる頃になると、ぼつぼつ塩の原のことが気になり出してひとりふたりと塩の原を眺めにやってくる。塩の村は小さな村だ。森と砂漠にはさまれた硬い岩盤の上に三十軒ばかりの家がぱらぱらと建っている。中央にときおりひからびてしまう浅い川があり、その周辺が広場になっていた。

村のひとびとは星見の家をのぞけばほとんどが塩採りで暮しを立てている。誰が見つけたのか村と砂漠の境、高く連なる岩場の途切れたところに一面の塩の原があり、ここから採った塩を精製して小さな塊にするのが主な仕事だ。それは決して簡単な作業というわけではなく、塩が採れるのは砂漠の周囲ではここだけだったから、みながいくら働いても人手が余るということもなくて、村びとたちはほとんど総出で朝から晩まで塩の原で働いていることになる。

けれど死の月の間だけは、どうしても仕事を中断しなければならなかった。砂漠から押し寄せる紫の砂に塩の原がすっぽり覆われてしまうからだ。やがて水の月の豪雨が砂を洗い落とし元どおりの白い表面が現れるとわかっていても、ひとびとはやはりどこか不安なのか霧の晴れるのを待てずに塩の原を見にやってくる。霧の中に久々に現れた塩の原を目にすると、ほっと安心し、矢も楯《たて》もたまらなくなって塩採りを始める。そうなるともう霧が濃かろうが豪雨が身体《からだ》をなぶるように降り注ごうがおかまいなしだ。雨の日には雨の日の働き方がある。こうしてまた一年、村びとたちは塩を採る。休むのは、地の月、土の月、死の月に行われる祭のときだけだった。地の月には告げる神の祭、土の月には見守る神の祭、そして死の月には聞く神の祭。

父さんが家にいる間はシェプシも砂漠を見にいきづらい。雨に濡《ぬ》れた岩場がどんなに滑りやすくて危険かを父さんはよく知っている。せっかくここまで育てた子供が運命の子と取り替えられる寸前で死んでしまったりしたら元も子もないだろう。だからシェプシは自重しなければならない。父さんが塩採りの道具を手入れしながら呟《つぶや》く昔話に耳を傾けたりしている。聞くことは嫌いではなかった。

けれど、三日も砂漠を見ないでいるとなんだかうずうずと落ち着かなくなって、父さんの話をうわの空で聞き流したり、ときには大事な器を床に落として割ってしまったりした。すると母さんはさりげなく、染料を煮るから川岸の水菫《みずすみれ》を採ってくるようにとか言い、父さんは芋湯《いもゆ》を塩の原近くに住むイアフ爺《じい》さんのところへ持っていくようにとか言う。そのくせシェプシが嬉々《きき》として家を飛び出そうとすると、ふたりは〈岩は滑るから気をつけるように〉と大きな声で注意するのだった。

その日も雨が降り続いて四日目だった。暗い朝だ。悶々《もんもん》としていたシェプシは母さんから用を頼まれて勢いよく外へ飛び出した。いつも砂風と太陽の光にさらされてばかりいる皮膚は、外へ出た一瞬冷たい雨をすうっと吸い込んだ。それからたちまちびしゃびしゃになり、水は髪を流れ、首を流れ、まとった薄い布を濡らして滴り落ちる。立っていると水が身体の線をなぞりながら下へ下へと流れるのがよくわかる。シェプシはしばらくその感触を味わい、やがて一目散に広場へ向かって駆け出した。

広場の隅にはいつもならちょろちょろと川が流れている。川は羊山のほうから流れてきて草原を渡り、塩の村の広場を横切って岩場のふもとでかき消えている。シェプシはいつかこの川をずっと遡《さかのぼ》って草原のほうまで歩いていったことを思い出した。クルトと一緒だった。クルトはシェプシと同じ年に生まれた。シェプシは地の月に生まれ、クルトは天の月に生まれた。クルトの生まれる前に父さんは死んでしまったので、クルトは《未亡人》とふたりで暮らしている。

ネケトと一緒にいるときはシェプシに石を投げたりもするくせに、とがめる者がいなければクルトはシェプシとけっこう仲良く遊ぶ。少しばかり臆病《おくびょう》なのだ。ネケトのように本気で丸い耳を馬鹿にしているわけではないようなのでシェプシはクルトを嫌いではなかった。川を遡っていったのはたしか水苔《みずごけ》を採るためだった。《未亡人》は少し頭のおかしなところがあって――それでクルトもときどきネケトたちにからかわれたりいじめられたりすることがある――クルトはそういう頭の病気に効く水苔を捜していた。薬草の家のイマトが教えてくれたのだ。

イマトは水苔が効くと教えてはくれてもそれを採ってきてはくれなかった。なぜなら《未亡人》は自分の頭がおかしいとは絶対に信じようとしないし、クルト自身は薬の代価になるものなど何も持っていないからだ。クルトは仕方なくひとりで水苔を捜そうとしていた。シェプシがついていってやると喜んだ。

《未亡人》がおかしくなったのは、クルトを身ごもっているときにつれあいが塩の原で死んでしまってからだった。彼女の夫、つまりクルトの父さんは塩の原に呑《の》み込まれて死んだ。塩の原は一見動かぬ平面、動かぬ塩の溜《たま》りに見えるけれども、実は奥深いところに渦があり、そこに巻き込まれたが最後、もうどんなにしても表面に這《は》い出すことはできない。ひたすら奥へ奥へと引き込まれてしまうのだ。赤ん坊の生まれるのが嬉《うれ》しくて浮かれていたクルトの父さんは、うっかり注意を怠ってこれに呑み込まれてしまった。こんなふうに死んでしまうと死の祭で葬るべき骨も残らない。一番悲しい死に方だと村びとは恐れている。

でも《未亡人》は、塩の原の奥底には塩の都とお城があって夫はそこで今も生きていると信じていた。だから夫がいなくなったあと、何度も何度も塩の原にもぐろうとして村びとたちを心配させた。そんなことをしたらお腹《なか》の中の大事な子供までいなくなってしまうからだ。子供が生まれなければ運命の子もやってこない。貴重な働き手を失ったばかりの村にとって、それは大損害だ。村びとたちは何としても《未亡人》に七歳まではその子を育て、運命の子をもらうまでは生きていてほしいと願っていた。

そんなふうに村の都合で生きながらえさせられている《未亡人》の世話は、いつの間にか生まれてきた当の子供、クルトに押しつけられた。へんてこなことに、クルトは親に面倒をみてもらっているというよりも親の面倒をみてやっているのだ。まだ恩返しの歳《とし》でもないのに気の毒なクルト。しかも《未亡人》は全然そんなことに気がつかない。クルトはときどきげっそりと疲れた顔をしている。

〈シェプシが羨《うらや》ましいよ。ひとりで、好きなところで好きなもの見てればいいんだもん。砂漠を眺めてるほうが、塩採りもしない母さんを眺めてるよりずっといいよ〉

〈耳が丸くても?〉

〈問題じゃないよ。母さんの面倒をみてくれるなら、耳を取り替えてやったっていいよ。自分の耳なら眺めなくて済むもん〉

そういう問題じゃないとシェプシは思ったけれど、クルトの言うことが少しおかしくて笑った。たしかにシェプシは誰かに指さされたときくらいしか耳の形を意識することはない。クルトは朝から晩まで頭のおかしい母さんを見ていなくてはいけないのだ。

〈早く神さまの迎えが来て、どこへでも連れてってくれないかな。どこだっていいよ、ここじゃなければ〉

クルトはひたすらその日を待ちこがれているようだった。シェプシもそれは同じなのだけれど、切実さがずいぶん違うのかもしれない。

〈未亡人、どんな具合なの?〉

〈毎日、塩の都の話をしているよ。塩の原の底にあるのは純白の綺麗《きれい》な町で、塩の兵隊さん――兵隊さんってのは、なんでも悪い奴《やつ》をおっぱらうためにいる人間のことらしい――が立っているお城の王さまは死んだ父さんで、今でも母さんを待ってるんだって……。お城の壁の色や間取りも聞きたい?〉

うんざりした口調でクルトは言って、シェプシは首を横に振った。すると急にクルトは浅瀬の水を蹴《け》り上げて激した口調になる。

〈そうだろ? 聞きたくないだろ? 聞きたくないよ、ばかばかしくて。だけど毎日聞かされるんだよ、毎日。お城の壁は塩が凍って固まった蜘蛛《くも》の巣を幾重にも重ねてできていて、塩の原に光が当たるとお城の壁もきらきら輝いて、父さんは砂の精が忘れていったヴェールを母さんのためにとっておいてる……そんなわけないじゃないか。死んだ人間は死んだんだ。もうどこにもいるはずがないじゃないか〉

クルトはそう言ってずんずんと川を上っていく。でもシェプシは、じゃあ、いったいクルトの父さんはどこへ行ってしまったのだろうと考えた。クルトの父さんが塩の原に呑み込まれたのは村中のひとが見ていたはずだ。でも死んだ彼を見たという者はどこにもいない。

〈クルトは、父さんはどこに行ったと思ってるの？〉

シェプシがおそるおそる聞いてみると、クルトはシェプシに背をむけたまま水苔の上に身体を屈《かが》めた。削り取った苔を用意してきた水切り籠《かご》に入れながら、がっかりしたように

シェプシを振り返る。

〈いないんだよ、はじめっから。見たことないんだ〉

そしてまた川面《かわも》に目を凝らす。

クルトの表情は、たとえばシェプシが砂漠を見ていて明日は風が強くなるだろうとか、いつもと逆向きに風が吹くに違いないとか思い（それはたいていよく当たる）父さんに教えてあげようとするとき、〈明日のことは明日わかればいい〉と言ってすげなく背を向ける父さんの表情に似ていた。とりつく島がなくてシェプシはつかの間立ち尽くす。

ふたりはずいぶんと川を遡り、草原の中へ入ってきていた。川の幅が塩の村に比べると広くゆったりとして、背の高い草が川の中からにょきにょきと生えている。背を伸ばし目を凝らすと羊山がぼんやり見える気がした。草原に住むひとびとは主に羊を育てて暮らし

ている。季節によっては羊山にも登る。いつどこにいけば彼らに会えるのか正確にはわからない。彼らは三角形に布を張って家を作り、それを畳んでどんどん移動していく。持ち運びのできる家というのを一度見てみたいものだとシェプシは思った。

でもクルトはそんなものには興味がないようだった。羊山が見えるよとシェプシが言うと、遠くへ来すぎてしまったことに気がついてさっさとあと戻りを始めシェプシをがっかりさせた。クルトの考えることはいつもシェプシにはよくわからない。

川を下り、岸に上がって苔と身体を乾かしながら、クルトはどこへ運命の子として行きたいかとぼんやり聞いた。運命の旅や運命の親は、真実の恋の次に子供たちがよくする話だった。それならばシェプシも興にのって話すことができる。

〈うーん、難しいな。書記の町の聖地も素敵だし、祈禱師の山にも登ってみたい。でも隊商にまじって砂漠を渡るのが一番素敵かもしれない。行きたいところはいっぱいあるよ。でも巫祝の森だけは絶対にいやだ〉

〈どうして？〉

〈だって巫祝の森はずっと奥まっていて、砂漠が全然見えないんだよ〉

〈よく知ってるね〉

〈母さんが言ってた。星見の家の巫祝も。巫祝は何でも知ってるんだ。ねぇ、未亡人のことも巫祝に相談したらどうにかなるんじゃないかな〉

〈冗談じゃないよ〉

クルトは顔を歪《ゆが》めた。

〈塩の都とかいう馬鹿な話を母さんに吹き込んだのはあいつなんだ。あいつが母さんをあんなふうにしちゃったんだ〉

吐き捨てるように言った声がすっと弱くなって涙声になりかける。シェプシは気がつかないふりで話を変えた。

〈未亡人のところへ来る運命の子にもイマトが水苔のことを教えてくれるといいね〉

〈ああ、そうだね。七歳になったら母さんから離れて暮らせるんだ〉

涙声が急にさばさばした声に変わる。

〈あとは運命の子に任せればいいんだ。なんて素敵なんだ!〉

〈……だけど未亡人のところへ来る運命の子は大変だね〉

〈どうして?〉

〈だってクルトが今までしてきたことを今度はその子がするんでしょ?〉

クルトは少し考えた。そして水苔の乾き具合をちらりと見てから〈ほんとうにそう思う?〉と聞き返した。

〈だって、そうじゃない〉

〈そうかなぁ〉

〈?〉

クルトは言葉を捜しながら膝《ひざ》を抱え込む。

〈水苔を採ったりさ、母さんの馬鹿みたいな話を聞いてるのはたしかにとっても疲れるんだ。だけど、一番疲れるのはそれが自分を生んだ母さんだってことなんだ。わかる?〉

シェプシにはよくわからなかった。

〈たとえばこれから運命の旅に出るだろ。そして出合った運命の親が母さんみたいなおかしな親だったとしても、けっこう平気だって気がするんだよ。だってそれは運命だもん、誰のせいでもない。神さまだけの責任だ。それなら仕方がないって思えるよ〉

シェプシにはあいかわらずどういうことなのかわからなかった。

〈いいんだ、きっとわからないよ〉

クルトは身体を起こして籠を取り上げるとそう言って帰っていった。今でもあのときにクルトが言ったことはよくわからない。

クルトとのんびり水苔を採ったときとは違って、水の月の川は豪雨の下で踊り狂っていた。いつもなら走ってくれれば飛んでまたげるほど小さな頼りない川なのに、そのときはどこからどこまでが川なのかわからないくらい水が溢《あふ》れていて、根の弱い水菫なんかとっくに全部流されてしまったあとだった。

シェプシはどしゃぶりの雨の中でしばらく考えると、やがてザブンと水の中に飛び込んだ。深さは腰くらいまでだった。身体を横たえてみると、まず髪の毛がふわりと広がり一本一本の間に冷たい水が染み込んで、次に身体と衣の間に水が入り込みお腹がぽっかりと浮いた。上からはざんざんと降り注ぐ雨の矢が痛いくらいに身体に突き刺さる。それでもシェプシはいつも風に向かってそうしているように、何も考えずただそこに身をさらしてみた。するとシェプシは流れてくる小枝と同じように流れ出した。たどり着く先はわかっている。岩場の麓《ふもと》に砂地があって、川は吸い込まれるようにそこで終わっているはずなのだ。

仰向けに川面を漂いながら薄目を開けてみると、どこかから遠くほのかな光が射していた。雨は痛かったけれどシェプシは心地よさに我を忘れてたゆたっていた。しばらくして水が身体を押し戻すような気配にそっと腕を下へ伸ばしてみる。川底を手でさらうと、案の定、わさわさと草のようなものが指にからみつく。砂地だ。ようやく立ち上がって回りを見渡せば、そこはもう岩場のすぐ近くだった。両手ですくい上げるとそれは縮れてうちしおれた水菫の小さな花だった。川の上流からここまで岸辺沿いに咲いていたすべての、驚くほどたくさんの水菫が濁流に呑まれてここまで流れてきたのだ。シェプシは衣の上にまとっていた布を一枚脱いで、集めた菫をそれでくるみ雨の中で大きく伸びをする。

目の前に岩場があった。母さんが大収穫を喜ぶさまを想像すると思わずにんまりしてさっさと帰りたいような気もしたけれど、もう三日も見ていない砂漠のほうがシェプシのご褒美《ほうび》としては魅力的だ。菫をくるんだ衣を背中に縛りつけると、シェプシはためらうことなく岩場を登り始めた。

雨は叩きつけるように降り、岩場のそこここでしぶきすら上げている。こんなところを登ろうというのは、さっきらくらくと川を流れてここまで来たことに比べると恐ろしいくらいの難事だ。足場は滑りやすく、手がかりに差し出した掌《てのひら》や指もしっかりと岩肌を摑《つか》むことができない。岩と岩の間にも大量の水が流れ込んでいて、シェプシの重みでぐらりと大きな岩が揺らぐ。そんなときは心臓がぎゅっと縮まって、冷えきった身体から汗が流れた。こんな岩に押しつぶされたら一巻の終りだ。

手を吸盤のように岩に貼《は》りつけ、身体のこれまで力を入れたことのないようなところに力を込め、体重を器用に移動して、なんとか頂上へたどり着いたときには、どっと力が抜け、張りつめた気持ちが途切れて、もう雨が降っていることさえ意識の彼方《かなた》へ飛んでいた。喉《のど》がぜいぜい鳴り、胸がどくんどくんと音を立て、腕の筋肉が硬く震える。脚は棒みたいに投げ出されてぴくりとも動かない。それでも岩の縁までいざっていったのは、さきほどどこから射していた光がここにも弱々しくだがたしかに届いて、シェプシの頰《ほお》をかすかに温めているからだった。

見上げると雲にいくらか薄くなった部分があって、そうした隙間《すきま》から無数の細い光が漏れて砂漠を照らしていた。砂漠に目を移してシェプシは息を呑んだ。

村では激しい雨が家々を叩きつぶさんばかり、岩場は川と化し岩さえ押し流されそうという勢いなのに、砂漠は、まだいくらでも好きなだけ降ればいいとでも言うかのように、ただ静まりかえっていた。

そこでは音さえも違って聞こえた。サーサーという遠くかすかな音はいったん耳に捉《とら》えられると頭の中いっぱいに満ちて他の音を遮断した。その響きはあまりに繊細で、雨が砂を叩く音というよりは光をかすめて鳴っているように思えた。砂漠は黙ってそれに聴き入っている。砂はいつもよりも色濃く静まりかえり、上空をゆっくり流れている風は地上に下りる気配がない。雨だけが天から地へと垂直に降りてきて、どしゃ降りにもかかわらず妙に静かに砂の中へと消えていく。砂はしんと穏やかで、濡れてさえいないかのような落ち着き方だ。

それでもしっとりと水を含んでいるに違いないとわかるのは、雲間から漏れた光が砂の表面できらきらと照り映えているからだった。雨が跳ねているのではなかった。雨は何の抵抗もなく砂に受け入れられて、光だけが濡れた砂の表面で小さく跳ねている。まるでそれは月がひとつでも割れて光の屑《くず》になったらこんなふうかと思われるほど、穏やかで静かでそれでいて一面の光の乱舞なのだ。

シェプシはぼおっとそれを眺めていた。たとえ運命の旅に出ることとなく真実の恋に出合うことなく、今ここで命が終わってしまってもきっと後悔なんかしないような気がした。何を引き換えに取られてもおとなしく頷《うなず》いてしまえるほど荘厳な眺め。おそらくそのときに目の片隅できらりとひときわ強くきらめく光を捉えなかったら、家で待つひとの心配をよそに夜までここに留《とど》まっていたかもしれない。そのまま凍え死んでしまったかもしれない。しかし、それは光り、シェプシはそれを見た。

塩の原の方角だった。徐々に白い顔を取り戻しつつある塩の原は、雨の中にぼんやりと浮き上がって見えていた。その隅できらりと何かが光ったのだ。細かな砂の粒が光を弾《はじ》くのとは違うもっと大胆な、それでいてほんの一瞬。

シェプシは光が消えてからもしばらくそちらをじっと眺めていた。頭の中を満たしていたサーサーという音が、次第に強烈な光の記憶にとってかわられる。完全に音が消えたとき、やおらシェプシは身体を起こし、疲れや痛みを忘れて岩場を下りにかかった。

冷静に考えれば、濡れた岩場を下りるのは登るより遥《はる》かに困難で危険なことだった。けれども知らず知らず手足は勝手に動き、たしかなものだけを選び取って、シェプシをきちんと岩場の麓へと下ろした。頭のほうはといえば、さきほどちらりと見た光のことばかり考えていたのに、そんな放心の代償は、あとでわかったことだが幸いにも太腿《ふともも》の打ち身と足首の擦傷だけだった。

岩場を下りると一目散に塩の原へと走る。イアフ爺さんの家が見える。けれど何も考えなかった。塩の原には塩採りをする真の村びと以外は入ってならないことになっているのも思い出さなかった。シェプシら子供は誰もそこに足を踏み入れたことはないのだ。けれどもこんなざんざん降る雨の中では外を歩いているひとは誰もいない。シェプシを見咎《みとが》めるひとはいない。

道の端から少し低くなっている塩の原にそっと足を踏み下ろしてみる。意外なことにそこはどろりとぬかるんで、シェプシの足を吸い込んだ。もしこのときクルトの父さんのことがちらりとでも頭をよぎったら足がすくんで動かなかっただろう。足があまりに重たいのでよろよろと手をついて四つん這《ば》いになった。前の指を思いきり広げ、足のすねをぺたりとぬかるみの表面につけると心なしか沈む度合は少なくなった。

しかし、そんなふうに姿勢を低くすると、今度はだいたい目安をつけておいた光の位置を完全に見失ってしまった。たしか向こうのほうだと思ってそろりそろりと這い出すけれども、塩の原は広く歩みは全然はかどらない。べとべとした塩が手足を重くする。雲が動き、厚さの不均衡をならそうとしているのだろう、薄くあたりを照らしていた光の筋が一本また一本と消えていく。次第にかげり始める世界の中で、雨だけはいっこうに弱まることなく、塩の原の表面に無数の小さな穴をボッボッとへこませ、それらを絶えず新しく掘り返している。

シェプシは放心から覚めた。顔を上げてももう何も見えなかった。目の前の雨をさえぎるために掌をかざすこともできない。気をつけて聞いてみれば、ここで聞く雨の音は恐ろしげで、それはいっそう激しさを増しシェプシの身体を塩の原に叩きつけ埋《うず》めようとしていた。岩場でつけた足首の傷がこのときになってひりひりと痛み、ときおり鋭く身体を突き上げたけれど、もう姿勢を変える余裕さえなかった。粗い塩の粒が容赦なく傷口を擦《こす》り、激しく痛むたびに骨までえぐりとっていくようだ。

どれくらい時間が過ぎただろう、シェプシは塩の原のまん中にぺたりと尻をついてわーわー泣き叫んでいた。その泣き声さえ雨の音にかき消されて、誰かに届くどころか自分の耳にさえ聞こえない。泣くと息が苦しくなり、しゃくりあげるたびに大量の水が口や鼻から入り込んでむせた。身体はすっかり冷えて、歯ががちがちと鳴る。やがて手にも足にも感覚がなくなり、身体の部分という部分がみぞおちのあたりの一点に収縮し凝り固まって微動だにしなくなった。意識もぼんやりと遠のいていく。このまま背を倒して大の字になれば、何もかもが終わるだろう。甘い誘惑に肩が重くなり、後ろへ後ろへとずり落ちていく。

そのときだった。あたかも神のまなざしのように鋭い光が虚《うつ》ろな頭をよぎったのは。厚い雲にぽつんと小さな穴が開き、行き場をなくしていた光の粒子がここだここだとばかりにその穴から密集して降り注いでくる。それくらいに熱い光だった。雨がいくら激しく叩きつけてもいささかも動じないその光の糸は、空の高いところで吹いているらしい風によって巨大な雲がゆるゆると動くのにしたがって向きを変え移動し、そして当然のようにシェプシがめざしていたものの上にもつかの間降り注いで通り過ぎた。

◆光る音響盤

間もなく始まる祭のために広場でやぐらを組んでいた父さんが帰ってきて、芋湯《いもゆ》と豆パンの食事も済むと、母さんは仮子のかたわらで革を縫い始めた。シェプシは自分の寝台の上で腰に結わえた袋を解き中を確かめる。いつもなら使わない貴重な油がランプにともされ、小さな家の中に奇妙に歪《ゆが》んだ影が揺らいでいる。

袋から中身を取り出そうかどうしようかシェプシは少し迷い、いつもそうであるようにやはりそのまましまい込んだ。家の中でそれを眺めたことはまだなかった。父さんにも母さんにも見せたことがない。クルトにも。見せたのは星見の家の巫祝とイアフ爺《じい》さんだけだった。

一年前に豪雨の塩の原でそれを見つけたとき、シェプシは泣いていた。冷えきった身体《からだ》の中で涙だけが熱かったのを昨日のことのように覚えている。それは、塩の原のまん中でもう死んでしまうのかもしれないと思って泣き叫んだのとは違う涙だった。胸がいっぱいで懐かしくて、けれどその意味もわからず涙がこみ上げて、前髪から滴り落ちる雨の滴と一緒にその不思議な物体の上に落ちた。

何が不思議なのかとひとことで言うことはできない。何から何までが不思議なのだ。まず、それはきれいな丸い形をしていた。丸くてものすごく薄い。まん中に小さな穴が開いている。大きさは赤ん坊の顔くらい。色は銀色。一度だけ父さんについて鍛冶《かじ》の村へ行ったときに見たことがある燭台《しょくだい》に似た色。それは何かと聞いたら、ランプのようなものだと鍛冶の村のおじさんは言った。書記の町とか商人の町とか比較的裕福な町で使われるものだ。シェプシが拾ったのはその燭台よりももっと磨き抜かれた銀色だった。

この円盤の表面には絵が描かれている、というより彫られている。不思議な絵。ひとつはシェプシにもよくわかる。ひとの絵だ。真実の恋を経たあとの、生む性と守る性の人間がひとりずつ描かれている。あとは全然わからない丸や線や何かの印あるいはシェプシの知らない文字のようなもの。

それを見つけて家に帰ると、シェプシは薄暗い納屋にこもった。袋をあつらえて中に円盤を入れ腰に結わえつけた。取り出すときは必ずひと目を避けた。水の月の間はずっと納屋にこもって何度も何度もそれを眺めた。円盤を見つけてからしばらくは砂漠のことさえ忘れていた。父さんたちは多分性懲《しょうこ》りもなく岩場へ行ったと思っただろうが、シェプシはひたすらそこでじっと円盤に見入っていた。いったいこれが何なのか、それを解く鍵《かぎ》は何も見つからなかった。

星見の家の巫祝なら何か知っているかもしれないと思ったときにはすでに雨は去って季節は変わり、月は金の印を結んでいた。久しぶりに岩場を登っていったその日、巫祝はあたかもシェプシを待ちかまえていたかのように星見平に立っていた。シェプシが視界に姿を現すが早いか、その腰からぶらさがる袋にぴたりと照準を当てて視線は動かないように見えた。が、巫祝はこうしか言わなかった。

〈いいや、おまえの来るのがあまり久しぶりだから〉

そしてシェプシが袋から円盤を出して見せると、〈ううむ〉とだけうなった。

〈これ、何だか知ってる？〉

〈ううむ……〉

巫祝は珍しく口ごもり、言葉を捜した。

そのときそれは起こった。巫祝がもっとよく見ようと円盤を光にかざすと、円盤が喋《しゃべ》り出したのだ。シェプシは飛びすさり、巫祝は腰を抜かした。放《ほう》り出された円盤は音を立てて岩に落ち、二度ばかり弾《はず》んだ。ふたりははぁはぁ言いながら見つめ合い、落ち着け落ち着けと目で言い合ったが、いっこうに動悸《どうき》はおさまらず円盤も喋りやまなかった。

自制心を取り戻したのはどちらが先だったろう、いつの間にか円盤にいざりより、巫祝は尖《とが》った耳をシェプシは丸い耳を近づけた。シェプシはふいに、円盤に対する自分の親近感のわけを悟り、ぬっと腕を伸ばすと乱暴に円盤を裏返した。音は止《や》んだ。

〈どうして今まで気がつかなかったんだろう〉

〈……何じゃ？〉

〈見て、この絵。人間でしょ？〉

〈そりゃそうじゃろ〉

〈ねぇ、もっとよく見てよ。ほら〉

巫祝は言われたようにじっと円盤の絵に目を近づけたけれど、どうもシェプシの言わんとするところのものがわからず、注意を円盤からシェプシの心の中へと移した。そして、くいっと首をそらしもう一度円盤を見る。

〈おお!〉

〈ねっ、ねっ?〉

〈おお!〉

〈そうでしょ?〉

〈た、たしかにこの人間たちはふたりとも耳が丸いぞ。おまえと同じじゃ〉

シェプシは興奮し巫祝は混乱した。〈わからん、わからん〉と言いながら、巫祝はまた円盤をひっくり返した。おそるおそるという感じで、円盤が裏返るとひょいと手を引っ込める。再び円盤は音を出し始めた。よく聞くと喋っているわけではないようだった。何かの音が聞こえるのだ。

〈サァーー、サァーー、ウァップウァップ、コポコポ……〉

〈……水だ、水の音だよ〉

〈うむ〉

〈サワサワサワサワ……、ザワザワザワザワ……〉

〈何だろう?〉

〈風……じゃな。ここにはあまりないからわからんが、巫祝の森のように樹《き》がたくさん

あるところではこんなふうに聞こえるんじゃ〉

〈ウゥゥ、バゥワゥッ、バゥバゥッ……〉

〈悪魔だ〉

〈犬じゃよ、山に住んどる。噛《か》みつかれると痛いが肉はうまい〉

〈ニャァー、ニャァー〉

〈悪魔だ〉

〈かもしれん〉

〈フギャァー、フギャァー、フワッフワッ、フンギャァー〉

〈悪魔だ〉

〈違いない〉

〈××××××××××××××××……〉

〈これも悪魔？〉

〈うーむ、それにしては優しい音じゃ。わからん〉

わかったのはいくつかの音と、円盤は光に当てると音を出すということだけだった。

熱い菫茶《すみれちゃ》を巫祝はいれた。そしてどさりと椅子《いす》に腰を落とすと、ずっと記憶の糸をたぐり寄せるように考え込んだ。薄目は開けているものの、あたかも眠り込んでしまったように微動だにせず、ゆるゆると立ち昇るお茶の湯気の向こうですうすうという細い息の音だけがする。音を立てないようにシェプシがお茶を飲み終え、巫祝のお茶は手つかずのまま冷えきった頃、いつもとは違って頼りなさそうに巫祝は呟《つぶや》いた。

〈ちらと耳にはさんだだけじゃが、聞く神が光る音響盤を捜しておられるという話があったわ〉

〈神さまが………？　じゃあ、これは神さまのものなの？〉

〈わからん。わたしは告げる神に仕える巫祝であって、聞く神に仕える書記ではなかったからの。イアフ爺さんなら何か知っておるかもしれんが〉

だが、イアフ爺さんはもっと頼りなかった。書記でないイアフ爺さんは神の捜し物など知る由もない。爺さんがシェプシや巫祝と同じように腰を抜かしたあとで話してくれたのは、砂漠が食べた星のことだった。

まだ神がふたりしかいなかった頃、踊るのに飽きた砂の精たちが砂漠に寝ころんで空を見た。満天に無数の星が瞬く澄んだ夜だった。砂の精たちはその美しい星を耳に飾ったら素敵だろうと話し合った。けれども星は、月たちが複雑な追いかけっこの果てにさまざまな印を結ぶ指標となるものだったから、精たちが勝手に取るわけにはいかなかった。精たちがうっとりと溜息《ためいき》をつきながら空を眺め続けていると、その中のひとりが呟いた。ひとつだけなら取ってもわからないのではないか、ひとつだけもらってみなで順番につけることにしたら、と。砂の精たちは風のヴェールしか身につけていなかったから、なんとかして身を飾るものがほしかったのだ。ひとりがそう言い出すと、他の者たちもそうだと言い始めてすぐに相談はまとまった。

〈取れたの？〉

〈取れたとも言えるし取れなかったとも言える〉

〈？〉

〈砂の精たちはおのおの風のヴェールを脱いでそれをつなげ、夜空にはためかせた。星は取れた。が、月に見つかった。一番小さな月だ。見つかったことに驚いて精たちの手元が狂うと、星はヴェールから飛び出してものすごい音を立てて砂漠に落ちて、砂漠がそのまま食べてしまったんだ。もっとも、星は遠くにあれば小さいが、目の前に落ちてくるとけっこう大きくて、とても耳には飾れなかったというよ〉

〈へえ〉

〈風のヴェールもはたはたと空へ舞って月に取られてしまった〉

〈じゃあ砂の精は裸になっちゃったの？〉

〈いや、ヴェールは返してもらえたが、返してもらったときにはすっかり色がなくなっていたんだ。それまでは美しい虹色をしておったのだが。今では風のヴェールをまとっても砂の精の身体は透きとおったままで、なびかせた長い髪がかすかに見えるだけらしい。綺《き》麗《れい》なのが何より好きな砂の精たちだったからものすごく悲しがったらしいな〉

シェプシは砂の精に憧れていたので思わず話に引き込まれてしまったけれども、この話のどこが光る音響盤と関係するのかさっぱりわからなかった。するとイアフ爺さんは言った。

〈わしは思うんだが、ひょっとしてその光る音響盤がそのとき落ちてきた星ではないかな？〉

なるほど。シェプシは考え込んだ。もしイアフ爺さんが言うようにこれが落ちてきた星なのだとしたら、星というのはこんなに騒々しく天空で喋りあっているものなのだろうか。それに、どうして聞く神が自分がまだいもしなかった頃に落ちた星など捜すのだろう。聞く神が砂漠からやってきたことと何か関係があるのだろうか。そういえば聞く神は誰もいるはずのない砂漠からやってきた。もしかしたら、そのとき落ちた星に乗ってきたのだろうか。すると、この光る音響盤は神を連れてきた？　こんな小さなものに神が乗れるはずがないじゃないか。

ちょっと待てよ、落ち着くんだ、シェプシ。誰かが、一番最初の書記は耳が丸かったと言ってなかったか？　イアフだ。イアフ爺さんが言っていた。そして音響盤に描かれた人間の耳も丸い。これは絶対に関係がある。そうに違いない。でも、どういう関係だ？

それから一年近く過ぎても、シェプシの考えはここから全然進んでいない。

砂漠なんだけどなぁ、とシェプシは思った。砂の精が住んでいるのも、最初の書記がやってきたのも、空から星が落ちたのも、みんな砂漠なんだけどなぁ。砂漠には何か《謎》《なぞ》があるはずなんだけど。何なのかは行ってみなければわからない。行ってみたい。そう思って、シェプシは何度も岩の縁から飛び降りようとした。何度も岩場の下をめぐって砂漠に踏み出そうとした。けれどもできなかった。

砂漠を侵すものには死を。その神の戒めが怖かった……いや、そうではない。もちろんそれは怖かったけれど、砂漠へ行きたいというシェプシの気持ちはときとして自分でも押えがたいほどに強くなり、そんなときは命を差し出してもかまわないとさえ思った。

ただ、そうしてはいけないと心のどこかで思ったのだ。シェプシは寝返りを打って革を縫っている母さんの後ろ姿を見た。母さんは普段は使わない高価な油をランプに注いでシェプシのブーツを縫っている。祭までに仕上げるために夕飯のあともこうしてランプをともしている。

祭だからといってこんなことをしてくれるのはもちろん初めてだ。生まれてからずっと、シェプシは父さんや母さんの着古した衣をまとっていた。父さんが着ていたときには腰まででしかなかった衣は、シェプシがまとうと足首までをすっぽり隠した。そうやって父さんや母さんの匂《にお》いがする布を何枚も何枚も羽織り、岩蔦《いわつた》のつるで編んだ草履を履いて、額には細布を編んだ紐《ひも》を縛る。あとは腰に例の袋をぶらさげているだけだ。

革が少し余るので、手甲も片方だけなら作れるだろうと母さんは言った。布も新しいのを三枚も買った。一枚は菫の根で染め、一枚は木の実で染めた。一枚をもとのままくすんだ白に残すのは、生んだ子供の所有権を主張しないという意味だ。そう、今度の祭が済めばシェプシは運命の旅に出る。母さんが縫っているのはそのためのブーツだ。シェプシはなんとなく、母さんが寝る間も惜しんで作るブーツを履くこともなくふらりと砂漠へ向かって歩き出してはいけないような気がしたのだ。

◈岩場の観想

塩の原が紫色の砂に覆われてしまう死の月には、どんなに働き者でも塩採りをすることはできない。否応《いやおう》なくおとなたちは仕事を休み、他のことに関心を向けざるを得なくなる。つまり、祭の準備だ。塩の村では死の月の祭が他の祭に比べていっそう凝ったものになるのはそういうわけだった。

死の月の祭は、聞く神の祭であると同時に一年の仕事納めの祭でもあり、またその年に亡くなった者がいればそれを弔う文字どおり死の宴でもあった。今年は火の月にヴジャが死んだ。このときのことをシェプシはよく覚えている。

火の月は、太陽が砂漠にもっとも近づきそしてもっとも長くそれを照らす季節で、しかも光をさえぎる雲はひとかけらも浮かばない。紫の砂漠も燃えたたんばかりなのだから、一面真白な塩の原といったらもう太陽の光の照り返しで目も開けていられないほどのまぶしさだ。おとなたちはひさしの大きな帽子で光の量を調整しながら、その日も塩を採っていた。

シェプシはいつものように岩場の頂上で膝《ひざ》を抱えて、母さんにかぶせられた草のつるの帽子(これは森の村のひとが塩の代わりに置いていったのだが、かぶるとちくちくして痛い)のひさしの陰から砂漠を見ていた。それはもう光るとか輝くとかいう次元をこえて、太陽と砂漠が本気で争っているような熱気を帯びた光景だった。ぎらぎらした光線がこれでもかこれでもかというように砂漠にあびせかけられ、砂漠は色を失っていつもより薄く見えた。

色を失った砂漠はしかし敗北に甘んじているのではなく、むしろ美しい色にひきかえてでも何かを守り通そうと闘志をむき出しにしているようにシェプシには見えた。砂漠が守るものといったら砂の精くらいしかない。あるいは砂漠自身の《謎《なぞ》》だろうか。

こんなときシェプシは、砂漠は守る性なのだと感じる。砂漠は何も生み出すことはないけれど、きっと何かを大切に守っているに違いない。ああ、そうだろうか……砂漠はもう何も生み出さないのだろうか……でも、砂漠はあんなにも美しい風景を作り出す。土の月の頃には穏やかに空と語らい、水の月にはあんなに激しい雨さえ優しく受け入れて……何というか、そう……結婚しているみたいにも見える。

気がつけば、じっとりと汗ばんだシェプシは遠くに浮かび上がる幻の村を見ていた。何もないはずの砂漠の上に、空気の中に、ぼんやりと村のような形が見えるのだ。

それが幻だと教えてくれたのは星見の家の巫祝だった。巫祝の中には見たいと思った風景をどこでも好きなところに映し出せる者もいて、シェプシにもそんな力が少しはあるのかもしれないと巫祝は言った。おそらく砂漠にはそれを助ける力があるのだろうと。

幻は、聞き及ぶかぎりのどの村にもまた町にも似ていなかった。巫祝は自分がめぐり歩いたいろいろな町の様子を教えてくれ、父さんやイアフ爺《じい》さんは書記の町の、イマトは医師の谷の、商人たちはまたたくさんの知識を交えてさまざまな場所のことを語ってくれたけれど、そのどれにも似ていなかった。

そんなにくっきりと見えるわけではない。が、おそらくその村は葉の多い樹木に囲まれていて、高い岩山を背にしている。樹《き》に隠れるようにして屋根の低い石の家が密集しているようだ。そんな村は誰も知らない。

不思議な砂漠の村。ほんのときおりしか見えない、宙に浮いた幻の村。いつかそこに行けたら……幻とはいえ砂漠のどまん中にあるあの村に住めたらどんなに素敵だろう。養子に行く先があの村だったらどんなに幸福だろう。けれどそれは、夫の待つお城へ行きたがる《未亡人》の夢と変わらない。かなうはずのない夢だった。ひとびとは砂漠の縁に暮らしているのであってその中ではない。砂漠はひとには拒まれている。住むのを許されているのは砂の精だけだ。ならばあの村は砂の精の住処《すみか》だろうか。あそこへ行けば砂の精に会えるのだろうか。もしもあそこへ行けたら……

そんなふうに頭の中が半分踊っているようなときだった。視界の隅でくるくると何かが回った。ちょうど光る音響盤を見つけたときとまったく同じ塩の原のほうだ。豪雨のさなかとは違って見通しのきくこんな日ならば、顔まで見えなくとも働いているひとびとが誰なのかはすぐにわかる。着ているものや歩き方で見当がついてしまうのだ。

中央に立っている父さんがうつむきがちにざるの目を見ていた。父さんのすぐ脇ではヴジャが、ざるの先から袋の中に塩を受けていた。それがふいに袋を取り落とし、宙を向いたかと思うとくるりくるりと二回転して倒れた。拍子に帽子がふわりと舞った。声はシェプシまで届かなかったけれど、父さんがくいと身を乗り出してヴジャをのぞき込み何かを叫んだのだろう、回りのひとびとが次々に振り返った。

ヴジャはそれきり息を吹き返さなかった。弱った身体《からだ》には強すぎる熱気のために死んでしまったのだ。

岩場の低いところには、楕円《だえん》形に掘られた深い穴がある。ヴジャは死んだひとが誰でもそうされるようにこの穴に入れられた。みんなはそこに翌日いっぱいかけて塩をかぶせた。

選《よ》りわけた塩である必要はないから、村中の者が、ある者はバケツで、ある者は袋で、ある者は掌《てのひら》でそれぞれに塩の原から塩を運んだ。それを穴の中の死者の上にザザーッとあるいはぱらぱらとかける。シェプシら塩の原に入ることを許されない子供たちは道端から身体だけ乗り出して隅っこの塩をすくった。

シェプシはなるべくたくさん運びたいと思って水汲《く》みバケツに塩を山盛りにした。見るとネケトもそうしている。力の強いネケトはいかにも軽々と岩場へかついでいったけれど、シェプシのほうはそうはいかなかった。塩を山盛りにしたバケツを引きずるようにして、岩場へたどり着くのに半日がかりだ。そんなシェプシは、すでに運び終えて手持ち無沙汰《ぶさた》になったネケトの恰好《かっこう》の標的だ。ネケトはのろのろとしか動かないシェプシのバケツを的にして石投げを始めた。身体に当てられないだけましだと思ってシェプシは放《ほう》っておいた。ネケトはたしかに石投げの名人ではあって、決して的をはずさない。

やっと岩場にたどり着いてみると、今度はそれをどうやって登ろうかと思案にくれた。いつもならもっと高い岩場へもリスのような身軽さでひょいひょいと登っていくのに、重いバケツを持っていてはそうもいかない。途方にくれて上を見上げたシェプシを助けてくれたのはルジュだった。ヴジャのところへ二年前に来た運命の子だ。鍛冶《かじ》の村で生まれたらしいルジュは、いつも黙々とひとりで仕事をするような子供だった。このときも黙ってシェプシのバケツを上から吊《つ》りあげ、最後までひとことも口をきかなかった。ありがとうとシェプシが言うとちょっとだけ目を伏せて応じただけだ。

身体が大きく無愛想なルジュと、シェプシは話をしたことはない。ルジュは黒く大きな瞳《ひとみ》と少し縮れた髪を持っている。まだ十歳にもならないはずなのに、なんだかすっかり世の中をわかったような顔をしているルジュを、おとなたちは仕事ののみこみが早いと誉《ほ》め、ヴジャはいつも自慢にしていたものだった。シェプシには近寄りがたい存在だ。けれどそんなルジュも額にはまだ飾り紐《ひも》をきつく縛っている。いかにも鍛冶の村の出身らしく、しっかりした金具のついた細い革紐だ。なんであれ額に飾り紐を巻いているのは、真実の恋をまだ経験していない者の印だった。

穴がすっかり埋まると、運命の子であるルジュが塩の表面を塩掘りシャベルでぺんぺんと叩《たた》いた。無論これで終わったわけではない。ひと月たつと、ひとびとはふと思い出したようにまた穴のところに集まった。あんなにたくさんの塩で埋めたはずの穴が、風のせいかすっかりからっぽになっている。正確に言うとすっかりからだというわけではない。底のほうにヴジャが転がっていたのだから。ヴジャはしなびた芋《いも》みたいにひからびて小さくなっていた。

おとなたちは火種を持ってきてヴジャに火をつけた。ヴジャはぼうぼうと燃えた。黒い煙が、木の月の重たい風に乗って足元を這《は》った。どれくらい時間がたったものか、ふと見るとヴジャは骨だけになっていた。それでもおとなたちは燃やすのをやめず、今度は石の蓋《ふた》で穴を覆いながら苦心惨澹《くしんさんたん》して火を絶やさないように何日も何日も骨を焼き続けた。

火の番には交替で女たちがつく。それは女たち、生む性の仕事だ。死者は新しい生命の源だから女たちはなるべく長く火の傍《そば》にいて死者の精を吸い込むのがいい。だから子供を持たない女ほど長くこの番に当たり、死者の妻だけがこれからはずされる。

シェプシは母さんがその番になったとき、砂漠を見たついでにそこへ寄った。蓋の隙間《すきま》は小さくて穴の中はよく見えなかった。ぶすぶすとくすぶっているその中へ母さんは長い棒を差し込んでつんつんとつついてみる。それからシェプシにヴジャの妻のところへ行って壺《つぼ》を持ってくるようにお言いと命じた。シェプシは夢中で岩を降りヴジャの家へ走り着くと、息を切らしながら母さんの伝言を伝えた。

ヴジャの妻はぼんやりした様子で水を一杯シェプシに与え、壺を持って塩の原へ行った。彼女が壺を持っているのを見て、ルジュとシェプシの父さんたち数人が仕事をやめて寄ってきて、岩場で待つ母さんのもとへ向かった。男たち数人が重い蓋をとりのけると、そのはずみで穴の中のものはかさかさと崩れ、シェプシがこわごわのぞいたときにはもう白い灰しかなかった。ヴジャの妻とルジュは男たちに穴の中へ下ろしてもらい、灰をすくって壺に詰めた。

シェプシはじっとそれを眺めていた。不思議な感覚だった。ヴジャの形がなくなるということ。死んでからもそれはずっと穴の中にあった。小さくしぼんでも骨だけになってもとにかくそれは穴の中にあった。なのに、今はヴジャの形がない。もうどこにもない。あんな小さな壺の中に灰になって納まってしまった。それはもうヴジャではない。なんだか、自分の手とか足とかがなくなったように心もとなく身体が揺らいだ。

別にヴジャに可愛《かわい》がってもらったことなどないし、話をしたことさえあまりなかった。ヴジャはシェプシの父さんと組んで仕事をしていたけれど、シェプシのことはいつも避けていた。気味悪がってもいた。でも顔を合わせることはしょっちゅうあった。ヴジャはシェプシの世界に含まれていた。ついこの間までそこにいたひとが、今はもういないのだ。
シェプシの母さんはそのあとすぐに赤ん坊を生んだ。

そのとき壺に納められたヴジャの灰は、祭の始まる前に砂漠に撒《ま》かれるはずだ。祭が終われぱシェプシもここを去り旅に出る。シェプシは眺めていた音響盤から顔を上げて砂漠を見た。つかの間凪《な》いでいた風がまた吹き始めた。遠くではもう砂が動いている。風は次第に強まりやがていつものようにシェプシから思考を奪うだろう。

ササササ……音がする。耳を澄まし、シェプシは目を閉じた。

砂が歌っている。ササササ……ザザザ……砂は岩場の後ろまで回り込み、あたりは一面、紫の砂漠。シェプシはひとりだ。丸い耳の回りで短い髪が揺れる。耳のそばで揺れるのでその音が今のところ一番大きい。シャリシャリ……シャリ……髪も風に揺られるのが嬉《うれ》しいのか、いささか大げさに耳元で揺れる。むき出しになった肩と腕と顔が風を受け止める。

シェプシは多分風だけで季節を悟ることができる。死の月の風は、いつの風とも違っている。火の月の焼けるような熱風でもなく、木の月の地を這うような重い風でもなく、土の月の優しい風でもなく、砂の月の粗い風でもない。砂漠の砂が細かな粒の集まりであるように、風も細かな粒からできている、死の月の風はそんな感じだ。

目を閉じているといっそうその感じは強まる。風の粒子がピシピシピシと肌にぶつかる。ほんとうに細かい。そしてひと粒ひと粒が氷の結晶のように冷たい。何かがぶつかったと感じて手で触ってみてもそこには何もない。砂粒でも氷の粒でもなく、それは風の粒なのだ。

ピシッ……ピシピシ……そのひんやりした感触は心地よくて、身体の皮膚という皮膚がきゅっとひきしまり硬くなる。そうすると風にかすんだ世界の中で自分の形だけがくっきりと持ち上がるような気がする。風が当たって冷たいと感じただけ、痛いと感じただけ、風もまたシェプシに気づいているような。だから寒いといってそこを去る気にはなかなかなれないのだ。ときにはもう身体の奥は凍ったかもしれないと思うことがあっても。

シェプシは岩を抱くように腹這いになってみる。岩はシェプシよりももっと冷えていて、冷たいと感じる間、逆に自分のぬくもりを感じることができる。やがてシェプシの胸やお腹《なか》が岩を温ませる……するとシェプシは自分の身体の輪郭が岩の中にまで拡大したように感じる。このとてつもなく大きな岩がシェプシだ。

そこから砂漠全体と一体化するまでにはもう一歩だ。今度は大きくなった身体（つまり岩とそれに貼《は》りついたシェプシ）ごと徐々に徐々に冷えていく。頭をからっぽにして温度と音だけに気を配る……眠ってはいけない、眠ったら何もかもおしまいだ、寝息は深すぎて石や砂と決して溶け合うことはないし、二年前にやらかしたように死にかけることだってある。

あのときの父さんの怒った顔ったらなかった。夜中になっても帰らなかったシェプシを、父さんはまず正気づかせるためにピンピンと叩き、気がつくと今度は怒りのためにバシバシ殴った。七日間は熱のために外へ出られず、七日間はおしおきのために家から出してもらえなかった。やっと父さんの怒りが解けた頃には、砂漠の様子はすっかり変わり、たちこめる霧の底で濃い紫色をしていた。

そのときのことを思い出してシェプシはぶるっと身震いする。と、せっかく停止させていた頭が動いて、岩との間に隙間ができて……ああ、もう一回やり直しだ。

どこからどこまでが自分の足の甲なのかを考える……そう、足の甲と岩の表面とはくっついて境がなくなった。脛《すね》は少しへこんでいるから無理だ。膝……膝の頭はもう岩の中にもぐっている、膝と岩の間には温度差がなくなっている。お腹……ぴったり吸盤みたいに岩に吸いついている。お腹の皮が溶け出しているのがわかる。たとえばお腹の中のものがこの大きな岩の向こう端まで行ってしまったり、岩の中のものがお腹の中に入ってきたりだってできるのだ。もう、シェプシは自分のお腹が柔らかいかどうかさえはっきりとは言えない。

そして胸、これは少し難しい……腕も掌も左の頰《ほお》もすっかり岩と同化したあとも胸には動くものがあって少し時間がかかる。トクトク……トクトク……じっと胸の音に耳を澄ます。身動きしたり、何かを考えたりしてはいけない。トックン……トックン……焦らずに待てばそれは必ずゆっくりになるし小さくなる。その頃には吸ったり吐いたりする息も小さくなって、風の動きに合わせることができるようになる。

岩とすっかり同化したら今度は風と同化する。要領は同じ。岩とぴったりついていないところ、つまり足の裏、お尻、脛のくぼみ、背中、腕の裏側、髪の毛を風がなでるのにまかせておく。はじめは髪や衣がはたはた揺れるのを黙って聞いている。そのうちに、揺れているのが髪なのか風そのものなのかが曖昧《あいまい》になってくる。髪は風そのものなってしまう。

次第に髪の付け根から頭、首、肩、胸……すべてが風そのものになったとき、シェプシはふわりと浮いて砂漠へ漂い出す。もう温度は感じない。音だけだ。音に従ってふいと身体を傾けると（もうどれが自分の身体なのかわからない）愉快なほど思い通りに方向を変えたり高度を上げたりできる。高さも自由なら速さも思いのままだ。

しばらくそんな遊泳を楽しんだあと、シェプシは自分を騙《だま》しだまし虚心で紫の砂に突っ込む。砂はシェプシを受け入れてわずかに舞い上がり、やがて静まる。砂の奥で仰向けになったシェプシは空想の腕を伸ばす。それはぐんぐん伸びる。ぐんぐん伸びて砂漠の端をつかまえる。次に脚を伸ばす。それもまたぐいぐい伸びて反対側の端をつかまえる。シェプシの下には無数の紫色の砂があり、シェプシの上にも無数の砂が積もっている。

笑うことも忘れたシェプシであり、シェプシがいったいどんな満足感に浸っているか誰も知ることはできない。砂はシェプシであり、シェプシは砂だった。光に透かせばひと粒ひと粒がきらきらと輝く砂だ。シェプシは砂漠に同化する。もし誰かが軽く叩いてみれば——そんなことのできる誰かがいるのなら——ぱらぱらと粒になって舞い散るだろう。

シェプシは紫色に染まる。心はもう喜びのあまりとっくに弾《はじ》けてしまった。そこから見る砂漠は、なんと厳かなきらめきに満ちていることだろう。そこから見上げる空はなんと高く深く凜々《りり》しいのだろう。あとになって思い出そうとするとき、いつもシェプシはそんなふうに感慨の溜息《ためいき》を漏らした。

そして、この次はぜひ砂の精を捜してみようと思った。砂漠に漂っているときならば箇単なことのように思えた。毎回そう思うのに、どういうわけか実際にそのときがくると、頭はからっぽで何もかも忘れてしまっていた。思い出しかけることはある。けれどそんなとき、砂の精のことをちらりとでも思い浮かべた瞬間に、シェプシが発見するのは砂の精ではなく、決まって岩に貼りついたまま目をぱっちり開いた自分の姿だった。何もかもが一瞬にして終わってしまう。頭がこそこそと（それはちょうど分け前をもらいたくて食事中、家の隅に現れる遠慮がちな鼠《ねずみ》みたいに）砂の精のことを思い出しかけたとたん、解体して砂漠に散っていたシェプシの身体は急に集まり、元通りの大きさ、元通りの形に戻ってしまう。今日もそうだった。

目を開けると、弾けていた心が遅れがちにのろのろと身体の中に納まった。がっかりして溜息をつき、やおら頭だけを砂漠のほうに向ける。岩に同化していたはずの左の頬は岩の模様を刻んだまま、だがあっさりと簡単にはがれた。シェプシは人間で、岩はただの岩だ……。

砂漠に飛んだ充足感と急に放り出された無念がまじり合う。シェプシは腹這いのまま上体を起こし、肘《ひじ》を立てて頬杖《ほおづえ》をついた。太陽は沈もうかどうしようかという頃だった。紫の砂地の上にさぁっと赤い紗《しゃ》がひかれ、赤みがかった何種類もの紫色が縞《しま》模様になって流れている。

◆砂漠から来るひと

　空の青、太陽の赤、砂漠の紫……その色のあわいでゆらゆらと影のようなものが動いていた。ん？　竜巻？　いや違う。目を凝らす。色の干渉ではっきりしなかった灰色の点が、やがて棒状に縦に伸び、だんだん大きくなってくる。それは魔の山のほうへ流れる長い影を背負っていた。シェプシは立ち上がってさらに目を凝らした。ゆらゆらとこちらにやってくるのは、どうやらひとのようだ。

　砂の精だろうか……砂の精が幻の村へと迎えにきたのだろうか。死の月に幻が見えることはないのに期待に胸がざわついた。次第にひと影は大きくなり、姿が見分けられるようになる。村の誰とも違っていた。森のひととも草原のひととも違う奇妙な風体。結い上げるでも結ぶでもなく膝《ひざ》まで垂らした長い髪が風に揺れ、足首まで覆う長い衣は腰紐《こしひも》を失ってはたはたなびいていた。

　まったく行動的でないその身なり同様に、ひと影は前へ進む気があるのかないのかふらふらと横に揺れたかと思うと、ふらふらと逆のほうへよろめいた。顔はうつむきがちで何も見ていないようだった。岩の上に立ったシェプシに気づいたのは、風が乱れるほど岩場に近づいてからだ。

　突然吹き上げられた髪を押さえながら、そのひとは岩場を見上げシェプシを見つけた。自分もそこへ登るための足がかりを捜し、見つけられないので当惑し、もう一度シェプシを見上げた。目が合ってどきりとした。美しいひとだった。

太陽は、もう最後のひと筋の光だけを残してすっかり沈みきっている。わずかでも光のあるうちにそのひとを岩場に上げてやらねばとシェプシは焦って死者の穴のほうを指した。そちらには昔竜巻でやられて崩れた岩があるからだ。シェプシのいる岩場よりは登りやすいだろうと思った。馴《な》れないくぼみや亀裂《きれつ》を伝って自分も死者の穴のほうへ渡っていくと、砂漠の際まで降りて精一杯手を差し伸べた。

黙って握り返してきた細い右手はひどく冷たかった。長い衣の裾《すそ》をつまみ上げている左手には紫色のつるんとした腕輪をしている。おとなのくせに身体《からだ》は軽くて、シェプシが引き上げるのに何の苦労もない。背中にくくりつけた長い琴が岩に当たってカタコトと危《あや》うい音を立てた。

もう砂の精でないことはわかっている。そのひとが来るのを見かけたらすぐに知らせるんですよと母さんに言われていた。にもかかわらず、シェプシはしばらく我を忘れて眺めていた。そのひとは岩に上がるなり琴を下ろして心配そうに調べ出し、弦が切れていたので細い眉《まゆ》をしかめていた。

〈ありがとう。助かりました〉

ふとシェプシの視線に気づいて礼を言った、白くて細い顔、切れ長の目、うっすらと瞼《まぶた》にひいた紫の影。

〈砂の精かと思った……〉

ぼおっとしたままシェプシは呟《つぶや》く。

〈まさか、ただの吟遊詩人《シエヒナー》ですよ。それより、ここは塩の村でしょうね?〉

ほんのり笑って尋ね、シェプシが頷《うなず》くと小さく安堵《あんど》の溜息《ためいき》を漏らす。

〈隊商と途中ではぐれてしまって。砂嵐《すなあらし》にあったものですから……彼らはもう着きましたか？〉

〈ひとり？〉

シェプシは首を横に振る。

シェプシは詩人の声に聞き入り、自らはもう声を出そうとしなかった。ただ聞いていたかったのだ。それは誰の声にも似ていない。強いて言えばさっきまで聞いていた風の音に似ている。心をからっぽにして聞くとき風が発する音――乾いて――どこか優しくどこか冷たい。

それにこのひとの姿形は何だろう。おとなほども背が高いのに、はかない花のように柔らかく、かと思えば尖《とが》った月のように冴《さ》え冴《ざ》えとして、どこか地上を遠く離れた場所を思わせた。たとえば天空高く月星の領域とか、あるいは遥《はる》か彼方《かなた》に遠ざかった神話の領域とか、美しいことだけは知っているけれどもぼんやりと淡くかすんで決して手で触れることのできないもの。

普通、ひとは誰でも幼少期がいちばん美しい。仮子の頃はみな似たりよったりの顔をしているのが、名をつけてもらった頃から徐々に瞳《ひとみ》が大きく開き、白目が澄んでうっすら砂漠の色を帯びるほどになり、肌がピンと張りをもってきて、もしゃもしゃだった髪が艶《つや》を帯びる。そうやって真実の恋にめぐり合うまでにどんどん美しくなる。美しさは真実の恋のためにあるからだ。その後はどんなにしても幼少期の美しさは戻らない。

なのにこの詩人ときたら、もうとっくに独立している歳《とし》であろうのに肌は白く滑らかで、髪は黒くしなやかで、瞳のまわりは砂漠を映すかのようにほの紫だった。その目と濃い紫色の粉をはたいた瞼の境に黒々と長い睫毛《まつげ》が影のように揺れている。シェプシが砂の精と間違えたとて何の不思議もない妖《あや》しさなのだった。

けれど、だからといってずっと永遠に眺めているわけにもいかない。わずかの時を経て陽《ひ》はすっかり沈み、かわって四つ揃《そろ》った月の光があたりを覆い始めていた。シェプシは何も言わずに立ち上がり詩人の手を引いた。岩場は馴れぬ者には危険な場所だ。詩人は村にとって大切なお客だった。怪我《けが》などさせてはならないのだ。

岩場を抜け、とぼとぼと道を歩きながらようやくシェプシは口を開いた。

〈名前はなんというの?〉

それはきわめてありきたりの質問だったのに、詩人は奇妙なことを聞くとでも言いたげに顔をわずかに歪《ゆが》めふっと嗤《わら》った。長い髪がさらりと揺れてシェプシの頰《ほお》を撫《な》でた。

〈そんなものはありません〉

思わず詩人を振り仰いだ。

〈名前がない!?〉

そんな、まさか生まれたばかりの仮子でもあるまいし。問い返す声があまりに高かったので、詩人のほうがかえって驚いて一瞬目を大きく見開くとこの小さな連れを眺め返した。

〈生みの親、運命の親がつけてくれた名はありましたけれど、捨てたのです〉

名前を捨てることなどできるだろうか、物ではないのに。

〈どうして?〉

〈わたしを名前で呼ぶ必要は、誰にもないからです〉
容姿に似合わない皮肉めいた微笑が浮かぶ。シェプシはそれがどういう意味なのか考えた。家に着くまでずっと考え続けた。

母さんは詩人を見ると一瞬複雑な表情をした。きっと、ずいぶん早く来たものだという思いと、聞く神の使いだから失礼があってはならないという思いと、ずいぶん美しいひとだという思いと、どうしてシェプシはいきなり連れてくる前にちょっと走って伝えにこなかったのかという思いと、ご馳走《ちそう》(といっても、いつもの芋湯《いもゆ》と豆パンだが)の量は足りるだろうかという思いと何やかやが混じっていたのだろう。

ともかく詩人は招き入れられた。母さんがランプを灯《とも》すと、頼りない光がテーブルのまん中だけを照らし出した。かすかな光しかみなの手元に届かないこんな家の中では、姿形といい、緩慢な動作といい、詩人は父さんや母さんに比べて半分くらいしか存在していないように見えた。砂の精の身体が透きとおっているというのも、もしかしたらこういう感じのことなのかもしれない。祭の準備で疲れているにもかかわらず父さんが落ち着かなげに何かとしきりに詩人に話しかけるのは、やはりそのあえかな存在がふっと消えてしまったりしたら大ごとだという不安からではなかったろうか。

詩人は父さんの話に静かな微笑を浮かべて相づちを打ち、問われると言葉少なにそれに答えた。父さんは自分が生まれた書記の町について、あの頃はこうだった、ああだった、近頃は変わったかというようなことを尋ねる。何も変わっていないと詩人は答える。シェプシを指さして、この子はたいそう賢い子だからきっと書記の町へ連れていかれるのではないかと、半分カマをかけるように父さんが言うと、それは告げる神のおぼしめし次第ですとすげなく詩人はかわす。

シェプシがどこへやられる運命なのか詩人はすでに知っている。詩人が知っているということを父さんも母さんも知っている。しかしそれがあらかじめ生みの親に知らされることは決してない。

吟遊詩人は聞く神の使いだった。こうしてほうぼうに点在する村や町をめぐって、生まれた子はいるか、死んだひとはいるか、何か怪しい噂《うわさ》が広がったりしていないか、その年の収穫はどうか、どんな歌がはやっているか……そうしたありとあらゆることを聞いて歩く。そして去り際にあたかもついでのように、時期が来た子供たちを連れていく。しばらくして代わりに運命の子をつれてくるのも詩人たちの仕事だった。聞いて歩くのは聞く神の使いとしての仕事、子供を届けるのは告げる神からついでに請け負った仕事、まして歌を歌ったりするのはついでのまたそのついでの仕事だった。詩人たちの仕事は塩採りなどに比べるとずっと多様で曖昧《あいまい》だ。

身分的にはごく下級の書記だった。書記であるからには多くの伝承や神話に詳しく、またあちこちをへめぐっているので遠い地方の事情やいろいろな歌を知っている。ひとびとは見たこともない町の話を聞きたがり歌を聴きたがる。詩人はそうした願いを聞いてさまざまな話やさまざまな歌を聴かせ、かわりにそこにある情報を仕入れていく。子供を連れて歩く道程が長いからか、強面《こわもて》の詩人というのはあまりいない。そもそも書記には軟弱な体軀《たいく》の者が多いともいう。

今年、地の月に運命の子たちを連れてきたのは陽気でお喋《しゃべ》りな男だった。彼にはミウという名前があった。ミウは陽気ではあったけれど、すでに恋人を亡くしていた。だいたい詩人にはこうしたはぐれ者が多い。旅をして歩くような仕事は家族を持つ者にはきついのだろう。

恋人を亡くしたにもかかわらず、あるいはそれだからこそミウは真実の恋の歌が何よりも好きで上手だった。

子供のわたしは空に問うた
わたしの恋はいつやってくるのかと
わたしの恋人はどんなひとかと
けれどまさにそれがやってきたとき
わたしの目には空など映らなかった
あなたは水晶の目をして立っていた
あなたは虹の髪を持っていた
砂の精の美しさも
わたしはその瞳に溺《おぼ》れ

その髪に絡めとられた
あなたとわたしの記憶と未来が
果てなき砂漠の砂のごとく混じり合い
あなたのまなざしと
わたしのまなざしが
ひと筋の糸のように張りつめたとき
長い間の疑問と呪縛《じゅばく》が解き放たれた
神さえ知らぬ真実の恋を教えてくれた
あなたの沈黙に永久《とわ》の誓いを

子供のわたしは空に問うた
わたしの恋はいつやってくるのかと
わたしの恋人はどんなひとかと
けれどまさにそれがやってきたとき
わたしの目には空など映らなかった

真実の恋の歌ならミウはいくつでも知っていた。別々の運命の親のもとで暮らしていた双子がふと出合って真実の恋に落ちた話、恐ろしい魔の山に踏み迷って山賊と恋に落ちた巫祝の話、真実の恋の相手を失った旅人の冒険譚《たん》（ミウはあたかも自分のことのようにいきいきとそれを歌った）、夢の中で出合った真実の恋を捜して歩いたひとの話……次々と飛び出してくるそれらの語り歌は子供たちだけでなくおとなたちまでも熱中させてしまって、運命の子を置いてさっさと帰るはずだったミウはとうとう告げる神の祭まで足止めされてしまったのだ。

シェプシは今日もこの詩人から何か新しい歌が聞けるかもしれないと期待した。けれど詩人は、琴の弦が切れているのを理由にそれを断った。ミウなら頼まれなくてもお礼に二、三曲は歌ってくれるところだ。

詩人は隊商とはぐれてから二日間何も口にしていないと言いながら、しかし慎ましく食事を終えると星見の家に泊めてもらうと言って立ち上がった。お送りするようにと、父さんはシェプシに命じる。

〈告げる神の恵みがありますように……〉

詩人は食事の礼を言った。聞く神と見守る神は今となってはひとに何も恵んだりしないのだ。

〈あの……〉

母さんが不安げに詩人の背中に声をかける。詩人は立ち止まってゆっくりと振り返り、母さんの戸惑いがちでおびえた顔を眺めた。母さんが口をもごもごさせてそれ以上言葉をつなごうとはしないのを見て取ると、無表情に、だがあのすずやかな声で告げた。

〈わたしは祭が終わるまでは発《た》ちません、ご心配なく〉

そして優雅に右脚を引いて身を傾《かし》げ、右腕を曲げて軽く左肘《ひじ》の裏に当てた。月明りの下で滑るように行われたそのお辞儀がどれほど美しかったか、気づいたのはシェプシひとりのようだった。

星見の家の巫祝は、戸の叩《たた》かれる前に中からそれを開けた。何もかもわかっているという顔でシェプシの掌《てのひら》に褒美《ほうび》の木の実を三粒ほど乗せてくれる。シェプシはご褒美なんかよりも星見の家に入って父さんや母さんに気がねすることなく詩人と話をしてみたかった。けれど、巫祝は入れとは言わず、シェプシが木の実のお礼を言うと、扉はすげなく閉ざされてあたりはしんと静まり返る。しばらく立ち尽くして物音を聞こうとしていたシェプシは、自分がそうしていることを巫祝はお見通しなのだと思い直して走り去った。

木の実をひとつだけ齧《かじ》ってみると、はじめはちょっと苦かったがすぐにじわじわと甘味が増してきた。少し考えて、残りはとっておくことにした。塩の村には樹木が少ない。村のほとんどが岩盤の上にあるからだ。そこには豆と菫《すみれ》と苔《こけ》くらいしか生えない。森に近いあたりでようやく数種の芋が育つ。木の実はぜいたく品だった。木の実があるということは、最近森の村から誰かが巫祝を訪ねてきたということだ。きっと、運命の子を占ってもらうか、告げる神に祈ってもらうかしたのだろう。死の月から地の月にかけて何人かそんなお客が星見の家を訪れる。

〈あの子と話をされましたかな?〉

〈ほんの少し〉

〈あの子は面白い子じゃ。砂漠と一緒になれる〉

〈一緒に……？〉

〈そう。毎日のように砂漠と遊んでおる。それに面白いものを持っている〉

〈何でしょう〉

〈光る音響盤〉

〈何と……!?〉

〈わたしより先に見つけた。この水の月だったかに〉

〈実在するものだったとは〉

〈見せてもらうがいい。取り上げてはならぬ〉

〈地の月にきた詩人はなぜそれを知らない？　あなたはなぜ告げなかった？〉

〈聞かれなかった。わたしは聞く神に仕えているわけではないし〉

〈わたしも問わなかった〉

〈はて、そうだったかね。いずれにしてもわたしが告げずとてあの子はおまえさまにそれを見せるだろう、同じことだわ〉

隊商が到着したのは翌日だ。塩の村から砂漠を越えたところ、書記の町から聞く神の方角へ十日ほど歩いたところに商人の町はある。普通は砂漠の縁づたいにさまざまな町や村で物を売ったり買ったりしながら少人数で旅をして、塩の村まで来るとまた来た道を戻っていく。彼らの町と塩の村との間には砂漠の縁に沿って長い長い魔の山々が横たわっていて、それを越えようとするのは無益なばかりでなく危険だからだ。どうしても急いで塩の村に来る必要のあるとき、彼らはキャラバンを組んであえて砂漠を一直線に渡ってくる。それは塩が大量に買われるときだ。年に一度だけ、彼らは大人数でやってきて、いつもならあまり運ぶことができない重い塩を大量に買付けて砂橇《すなぞり》に乗せる。

このときは大勢の屈強な警備をひきつれて歩くので、詩人も砂漠を渡らねばならないときは彼らに便乗することが多かった。また、隊商は砂漠の中にある悪者の牢《ろう》へ罪人を護送したり、釈放される囚人を連れて戻る仕事も請け負っている。罪は、あらゆる方法で聞く神のもとに知らされ、一の書記、一の巫祝、一の祈禱師らによって解釈される。罰は告げる神の名のもとに巫祝から下され、書記によって記録される。即刻死罪というのでないかぎりは、みな砂漠の牢獄行きだ。

子供たちは、砂漠の恐ろしさ、悪者の牢の恐ろしさを幼い頃から聞かされて育つ。牢は石造りには違いないが、雨や風、砂嵐……砂漠の気まぐれで極端な気候によって痛めつけられたその建物は、ほうぼうひびだらけで建物の役目をなさず、囚人は雨が降ればそれに濡《ぬ》れ、風が吹けば砂をかぶり、陽が照れば身体を焼かれ、陽が沈めば凍るようなありさまだという。

けれども、そんなぼろぼろの建物だからといって逃げようものなら外はただただ一面の砂漠、道を失い飢えて死ぬだけだ。砂漠は決してひとりやふたりで横切れるような甘いものではない。逃げた者は死ぬまで放《ほう》っておかれ、死んでから見せしめのために牢に連れ帰られる。牢番の巫祝が、遠い巫祝の森からいながらにして一部始終を見通しているという。囚人たちは、直す先から朽ちていく牢を修復しながら、ときおり隊商が差入れる食べ物だけを頼りに月日の流れるのを待つしかない。商人たちが砂漠を渡ることを公に非難されずに済んでいるのは、こうしたひとのいやがる仕事を請け負っているからこそだった。

村のおとながする話も充分に怖いけれど、たくましい商人たちが今見てきたばかりのように語る牢の惨状は子供たちをすくみ上がらせる迫力を持っていた。子供たちは砂漠を恐れた。そんな砂漠を毎日眺めているシェプシは忌まわしい子だった。

シェプシにしても牢は怖かった。話を聞けば身震いもする。それでもやはり、砂漠の中にあるものは何であれシェプシをいったんは夢の中に引き込まずにはいなかった。砂漠の中にぽつんと建つ悪者の牢で、日がな砂漠を眺めて暮らすのはどんな気分だろうかと。

しかし何といっても素晴らしいのは隊商だ。この砂漠を端から端まで突っ切ってくるなんて。シェプシの憧れてやまない旅、普通の人間には許されない旅を彼らは毎年繰り返す。もしも隊商の一員になれたら、シェプシはきっと誰よりもいい働きをするだろう……。

商人になれなくてもいい、一度でいい、彼らと一緒にこの脚で砂漠を歩いてみたい。シェプシは何度も父さんにそう言ってみた。もちろん相手になどしてもらえなかった。それほど行きたいのなら、独立してからにしろと言うだけだ。独立してからなら、隊商についで旅しようとひとりでさまよって死んでしまおうとおまえの勝手だと、怖い顔で父さんは言う。けれど父さんのもとにいるうちにそんなことをしようものなら、すぐに巫祝に捜し出してもらって、そして連れて帰ってきたらただでは済まさないと。

父さんの言うことはもっともだ。ああ、だけど独立できるまでにはまだ十四年もある。それはシェプシにとっては永遠に近い時間だ。今まで生きてきたよりもっともっと長い、なんて遠い日の話なのだろう。その間に砂漠が消えてなくなるのではと思うほど、それは遠い先の話だった。

商人たちは豊かだった。彼らの町には塩は無論のこと、森の木の実や美しい布地、鍛冶《かじ》の村で作られる剣やシャベル、医師の村で処方された薬、巫祝の森で作られる厄除《やくよ》けのお守り、草原の革製品、器用な職人が作る笛や琴、どこで誰が作るのかシェプシにはもう見当もつかない虹色の石や煙の出る草や時を刻む機械など、ありとあらゆるものが溢《あふ》れているという。

いつもなら、彼らが塩の村にたどり着く頃にはめぼしいものはあらかた売りつくされてしまっている。近隣の村で仕入れたばかりの、シェプシたちにもさほど珍しくない物しか残っていない。けれど商人の町からまっすぐ塩の村にやってくるこのときは別だ。さながら彼らの町がそっくり砂漠を越えてきたかのように、珍しく魅力的な品々がひとびとの目を楽しませてくれる。

その隊商が広場で荷を広げた。いちはやく集まってきたのはネケトたちだった。ネケトがいるのではシェプシは気安く近寄る気にはなれない。建てかけのやぐらの陰で、ネケトたちが飽きてどこかへ行くのを待つしかない。っこうにそこを去りそうもなかった。歓声がひとつわくたびにシェプシはうずうずした。

そぉっと首を伸ばしては引っ込めて溜息をついた。

今日はもう無理かもしれないと諦《あきら》めかけた頃、広場に詩人が現れた。隊商に預けてあった荷を受け取りにきたようだ。ふた言三言商人と話して戻ろうとするところを、広場の川で洗濯をしていた女たちに引き留められ、しかたなくそこへ腰を下ろした。彼女らは歌をせがんでいた。

〈詩人さん、歌っておくれよ〉

〈琴を置いてきてしまった、星見の家に〉

女たちは諦めなかった。隊商の前に群がっていたネケトらに琴をとってくるようにと命じ、ネケトたちはしぶしぶ腰を上げる。しめた。

ネケトたちが去るのを見届けると、シェプシはようやくやぐらの陰から出て隊商のところへ飛んでいった。

〈やぁ、シェプシ、でかくなったな〉

〈あ、うん〉

〈どうだい、見事な品ばかりだろ〉

〈あ、うん。これ……何？〉

シェプシがもちあげたのは透明な石を平たく伸ばしたようなものだった。

〈不思議の板だよ〉

〈不思議の板？〉

〈そうさ、ほれ、こうして見てごらん。向こう側が透けて見えて、板なんかねぇようじゃないか〉

〈どうやって作るの？〉

〈砂漠の砂を山盛り持っていくと、こんな板に変えちまえる不思議な奴《やつ》らがいるのさね。どうやってかは教えちゃくれねぇよ〉

〈何に使うの?〉

〈いろいろさね。そういうことつべこべ考えちゃいけねぇよ、子供のくせに。綺麗《きれい》だろ? それでいいのさ。だが、不思議ってことにかけちゃこっちもそうとうでぃ〉

商人は赤ん坊の頭くらいの板を取り上げた。シェプシはどきりとした。それは形こそ違ったけれどシェプシの音響盤そっくりに光っていて、のぞき込むとシェプシの顔が映った。

〈何、これ?〉

〈そりゃ、不思議不思議の板ってんで〉

〈……音が出る?〉

〈音? 出るわけがないだろう。これは自分の顔を見るためのもんさ〉

〈自分の顔を見てどうするの?〉

〈そりゃ、おまえ、真実の恋にそなえて研究するのさね〉

〈何を?〉

〈どういう角度で相手を見たら、おまえさんの綺麗な顔がいっそう綺麗に見えるかとか、どういうふうに笑うと素敵かとかさ〉

聞いていた他の商人たちがどっと笑った。

シェプシは自分が持っている音響盤を自慢したくてならなかった。商人の持っているのが《不思議不思議の板》なら、シェプシのは《不思議不思議不思議の板》と呼んで当然のものだ。けれどもシェプシは腰に結わえた紐を握りしめてぐっと堪《こら》えた。その不思議を少しでも解いてくれそうなひとにしか見せたくなかったのだ。噂が広がればネケトたちに力ずくで奪われる危険だってある。

並べられた品々の中にとても気になるものを見つけた。それが何なのかは尋ねなくともすぐにわかった。紫の腕輪だ。詩人がしていたのとそっくり同じ紫の石の腕輪。

〈ああ……〉

シェプシはそれを手にとって眺めた。光に透かして見る。手で撫《な》でてみる。すべすべしている。

〈おお、目が高いな〉

〈これ、詩人さんがしてるのと同じだね〉

〈おおよ。詩人さんから買ったのよ。ひとつは自分でして、もうひとつをおいらに売ったんだ〉

〈詩人さんが作ったの？〉

〈いや、えーと、何だっけな。ずっと昔砂漠を旅してたときにな、こんなでかい紫の石を見つけたんだと。それをな、そう、不思議の板を作る連中にこんな腕輪にしてもらったと言ってなさったよ〉

〈ふうん〉

〈ほしいかい？〉

ほしい！　とシェプシは思った。すごくほしかった。でもシェプシには支払うものが何もない。シェプシには何かを買うことなんかできはしないのだ。

さっきネケトは額に巻く新しい飾り紐を買っていた。きっといつか自慢していた狼《おおかみ》の牙《きば》と交換したのだろう。ネケトは森へ遠征したときに森の村のひとたちが狼狩りをしているところに出くわした。しとめるのを手伝って、分け前としてそれをもらったのだ。ネケトがそこにいなかったらあの狼はしとめられなかった、森の村のひともネケトの勇敢さには驚いていたと、いつだったか大きな声で武勇伝を語っていた。それからしばらくは牙を紐に結んで首から下げていたものだ。そうするといかにも強者という感じがして、くやしいけれどネケトにぴったりだった。

シェプシはネケトのようにほしいものと交換できる品を持っていなかった。光る音響盤ならどうだろうと一瞬考えてみたけれど、それはできないと思い返した。あんなすごい宝物を手放すなんてよっぽど馬鹿のすることだ。一生懸命考えて、昨夜巫祝にもらった木の実のことを思い出した。まだふたつ残っている。それを差し出すと、商人は吹き出し他の者はまたどっと笑った。

〈おまえ、馬鹿言っちゃいけねぇよ。これはね、バケツ一杯分の塩の値打ちがあるんだよ。いくらなんでも木の実ふたつなんかと取り替えたらおいらが干あがっちまう〉

シェプシはがっかりした。がっかりしすぎて涙が出そうだった。今買えなければ誰かが買ってしまうだろう。この村で売れなければ他の村へ持って行かれてしまうだろう。こんなことなら菫でも水苔でもせっせと摘んでとっておくのだった。もっとも菫や水苔ではバケツに何十杯あっても足りなかったかもしれないけれど。

その様子が哀れに見えたのか、商人は言った。

〈シェプシ、腕輪はやれねぇがこの紫の石のかけらなら木の実ふたつで譲ってやるよ。それだって大奮発だ。砂漠で石採りする奴なんかいねぇ、偶然見つけたってだけでえらいことなんだからよ〉

爪《つめ》ほどの大きさの紫の石のかけらだった。磨かれてもいない。シェプシはおずおずとそれを手にとってみた。そしてにっこり微笑《ほほえ》んだ。ちっぽけな屑石《くずいし》だが、色も陽にかざしたときの輝きも腕輪とまったく同じだった。

〈ありがとう、おじさん！〉

シェプシはわき目もふらずに駆け出して岩場へ向かった。途中、琴をかかえたネケトたちとすれ違って何かを言われたけれど、耳にも入らないほど夢中だった。

◆一番偉い神

今日はうまく砂漠と一体化することができない。宝物がひとつ増えて興奮している胸の鼓動を静かにさせることができない。吹きつける冷たい風の中で、腹這《はらば》いになっていたシェプシはようやく諦《あきら》め、岩の上に身を起こすと砂漠に向き直った。遥《はる》か遠くのほうでは砂が動きを止めていた。一時的な凪《なぎ》のくる前兆だ。

シェプシは音響盤の袋に放《ほう》り込んだ紫色の石を取り出して、風に飛ばされないようにしっかりと摑《つか》むと、もういちど光にかざしてみた。角の多いそのかけらの中で、光はてんでな方向に反射しきらめいていた。石の中には砂漠の粋が詰まっているような気がした。たちまち魅入られて、うっとりと眺めているとき、背後で小さなうめき声が聞こえた。

その小さな小さな声が聞こえたのは、シェプシの動物的な勘というよりも、いつの間にか風がやみあたりが唐突な静寂に包まれたからだ。振り返ると岩の向こうにぬっと腕が差し出され長い琴がゴトリと置かれた。黒い頭が見え隠れしている。下で足場を捜しているようだった。ようやくそれを探り当てたらしく、詩人がひょいと身体を浮かして尋ねた。

〈そちらへ行ってもかまわないでしょうか〉

〈もちろん〉

シェプシは詩人が登ってきやすいように琴をどかした。詩人は身軽な動作でそこへ上がると、そろそろと岩の縁まで歩いて下をのぞき込んだ。高く切り立った断崖《だんがい》に一瞬身を震わせてから遥か前方に目をやった。

〈これはすごい。砂漠が一望のもとですね〉

シェプシは岩場を誉《ほ》められて気分がいい。

〈そうでもないよ。ほんとうならあの先に書記の町が見えるはずなんだ〉

〈それは無理というものです。紫の砂漠はひと月歩いても渡りきれないほど広いのだから〉

〈ふうん。書記の町の塔からでも端までは見えないの?〉

〈さあ。塔へは昇ったことがないのです。でも多分見えないでしょうね、目だけでは〉

〈?〉

〈遠くまで見通せる器械があるらしいのです。わたしは見たことがありません。祈禱師の目よりもよく見えるという噂《うわさ》もあります。あくまで噂ですが〉

〈へえ〉

〈あなたは祈禱師に似ている〉

詩人は風のない砂漠を眺めながら呟《つぶや》いた。

〈どうして？〉

〈祈禱師たちもあなたのようにひがな一日砂漠を眺めている〉

〈おとなのくせに？〉

〈そうです。眺めて祈っている〉

〈それが仕事？〉

〈そう〉

〈いい仕事だ〉

ふふっと詩人は笑った。

〈ねえ、見て〉

シェプシの呼びかけに詩人は一瞬身を引き締めた。けれどシェプシが広げた掌《てのひら》に現れたのは紫の小さな石のかけらだ。詩人は拍子抜けしたような相づちを打った。

〈わたしが売ったものだ〉

〈うん、ほんとうは腕輪がほしかったんだけど買えなかった〉

〈あなたが腕輪を？〉

詩人はふと複雑な表情でシェプシを見てから、取り繕うように付け加えた。

〈それは無理でしょう〉

〈でもいいんだ。これだってすごく綺麗《きれい》。どこでみつけたの?〉

〈砂漠です、数年前に。わたしはまだ恩返しの時期でした。今年と同じように砂漠を渡ったときに途中で石の塊を見つけました。それを岩掘村の磨き師が細工してくれたのです〉

〈不思議の板や不思議不思議の板も岩掘村のひとが作るの?〉

〈不思議……? ああ、硝子《ガラス》や鏡ですね。そう、彼らが作ります。彼らの村にはいろいろな石が出るのでそれを綺麗に削ったり磨いたりして美しいものをたくさん作る〉

〈いい仕事だ〉

〈あなたのような子供にとってはおとなになるのがとても楽しいことなのでしょうね〉

詩人はそう言いながら小首を傾《かし》げて長い髪を手の甲ですくった。

〈そうさ。早く独立して砂漠を渡るんだ〉

〈砂漠を渡るのが好きなのですか〉

〈うん。一度でいいから詩人さんみたいに砂漠を歩いてみたいんだ。でも今はだめなんだ。養子に行っても多分だめだろうな。それとも詩人さんのように書記の町に養子に行けば、恩返しの時期に渡れるかしら?〉

〈詩人になりたいのですか〉

〈うん、いい仕事だよ〉

〈詩人になりたいなんて、そんなことを言ってはいけない〉

半ば叱《しか》るような口調だった。

〈どうして?〉

〈詩人はなりたくてなる職業ではないのです。書記の町に行けば普通のひとはきちんとした書記になります〉

〈じゃあ、どうして詩人さんは詩人になったの?〉

〈……そのうちにわかります〉

無表情に答えたくせに、紫がかった目は黒い睫毛《まつげ》の下に隠れるように消えた。それからしばらく黙っていた。風はなく、ふたりが黙るとあたりは一瞬まったき静寂に覆われ、それはシェプシを少し不安にした。シェプシは言った。

〈琴が直ったのなら、何か歌ってくれない?〉

詩人はシェプシのほうへ向き直り、綺麗な腕輪をしている手で琴を膝《ひざ》の傍へ引き寄せる。

〈あなたにお礼がまだでしたね。何がよろしいか〉

〈真実の恋の歌〉

〈……恋の歌は苦手です。ほかのにしましょう〉

どこかなげやりにそう言って、音合わせに弦を爪弾《つまび》いた。ポロロンと鳴ったその音は、胸の中で何かがきしんだように冷たく響く。この詩人とつき合うのは難しい。真実の恋の歌を歌えない詩人など聞いたこともない。何か納得のいかないまま、それでもおそるおそる見守る神の歌を頼んだ。今度は詩人は何も言わず、琴に寄りそうにようにして歌い始めた。

詩人の澄んだ声はやはり本物で、風も凪ぎ静まり返った砂漠に吸い込まれていくようだった。それは、たとえばミウの暖かくてどこか陽気でひとの心を弾ませる声や歌い方とはずいぶん違って聞こえた。乾いて、細くはかなくて、そのくせどこまでも縷々《るる》として響きそうな不思議な歌声。

あなたを探して旅に出た
遠い昔の子供たち
あなたの影を追い求め
あなたの匂《にお》いを嗅《か》ぎたくて
彼らはあなたに会えただろうか
言葉を知らずただ見る神よ

あなたに焦がれて旅に出た
遠い昔の子供たち
砂漠の風に散らされて
凍る雨に芯《しん》まで濡《ぬ》れて
彼らはあなたに会えただろうか
頷《うなず》きもせずただ見る神よ

力尽きて果てるとき
子供たちは知っただろうか
デゼール・ヴィオレのまん中で
砂の色こそ神の色
雨の香こそが神の匂い
風の音こそ神の足音
灼熱《しゃくねっ》こそは神のぬくもり
見守る神よ、見守りたまえ
あなたのまなざしの中に
すまう我らを
死にゆく子らを

この歌はなんだか怖い。いつもシェプシはそう思うのに、怖い砂漠に心惹《ひ》かれるように
この歌もなぜだか嫌いにはなれない。そして詩人はこれまで聴いた中では誰よりも美しく
この歌を歌った。シェプシはもういちど歌ってくれと頼んで、膝を抱えて聴きながら静ま
り返った砂漠に目をやった。
〈……ねぇ、見守る神ってどんな顔をしてるんだろう？〉
ふとそんなふうに尋ねると、詩人は琴を胸に抱いて片膝を立て、シェプシ同様に砂漠を
眺めながら答えた。

〈神に形はないのです〉

〈じゃあ、風のようなものかしら〉

〈どこにいるんだろう?〉

〈いるべきところに〉

シェプシはしばし黙り込んで神さまのことを考えた。それからまた聞いた。

〈ねぇ、三人の神の中で一番偉いのは誰?〉

〈偉いとは?〉

〈つまり、一番たくさんの恵みを与えてくれる神さまってこと。やっぱり告げる神だろうか。それとも昔々にすべてを生み出した見守る神なのかな〉

〈聞く神です。そういう意味ならば〉

それはシェプシを戸惑わせる答えだった。昔、人間に知恵を与えてくれたのは告げる神だ。今も運命を授けてくれるのは告げる神だ。だから普通ひとびとは心情的に告げる神をもっとも身近に感じるものだ。書記や祈禱師とは縁がなくとも巫祝と関《かか》わったことがないひとは珍しい。とにかく巫祝は聞けば何かを教えてくれる。

一方、見守る神には強固な伝説がある。告げる神を生み出したのは見守る神だという伝説。すべての源なのだから、今は何も与えてくれなくともないがしろにはできない。けれども聞く神は別だ。あとからやってきて、たった一度見守る神との力比べに勝ったというだけのことで、人間に何かを与えてくれた歴史は何もない。もちろん聞く神をおろそかにするひとはいないけれど、心の底から敬っているかというと、それは少し怪しい気がした。

〈でもね、聞く神は何も作らないでしょう？　楽な子供の生み方だってまだ見つけていないんでしょう？　ただいろいろなことを聞いてるだけでしょう？〉

〈聞く神は秩序を造られた〉

〈ち・つ・じょ？〉

〈九つの時間、九つの暦月、九つの音階、九つの方角、九つの掟《おきて》……すべて聞く神が造られた〉

〈ふうん……〉

〈月の結ぶ印によって一年を水金地火木土天砂死の九つに分け、地の月には告げる神の、土の月には見守る神の、死の月には聞く神の祭を定められたのは聞く神です。三柱の神は相並ぶ神のようでいてまったく別種の神なのです。わたしたちとこの世界を造られた神、わたしたちの秩序を守る神、わたしたちに語りかけてくれる神。ひとによって好きな神は違いますが、どの神がなくてもわたしたちは今のわたしたちではない。神々は互いに敬い合っている。けれでも、そうしたことを超えて、なお、わたしは聞く神こそがこの世のもとではないかと考えています〉

〈どうして？〉

ここではじめて詩人はいくぶんかのためらいを見せた。誰もいるはずのない岩場のてっぺんで慎重にあたりを見回したりするのは詩人らしくない仕種だった。

〈見守る神も告げる神も聞く神が生んだと言うひとがいます〉

〈ええ！〉

一番あとからやってきた神にそんなことができるはずがない。

〈誰がそんなことを言うの？〉

そんなことを言うのは気違いに決まっている。

〈あなたは神々にずいぶん興味を持っているのですね、いつか機会があったら書記のシェサを訪ねるといい〉

〈誰？〉

〈神学者です。書記の町から追放されて祈禱師の山にいる。この奇妙な説を立てたので追い出されたのです〉

〈追放だなんて、悪いひとなの？　悪いひとならどうして悪者の牢《ろう》に入れられないの？〉

〈さあ〉

詩人はまた髪をいじりながら皮肉っぽい笑みを浮かべた。どんな笑い方をしても美しい顔、どんな不機嫌な言い方をしても美しい声だ。それはなんというか見守る神に恋された砂の精の王を思い起こさせる。

〈シェサはとても賢いひとですから、書記と巫祝と祈禱師の勢力争いにつけこみでもしたのでしょう。子供のあなたにはわからないでしょうが、おとなの世界にはよくあることです〉

〈子供だってわかるさ〉

シェプシは不服そうに言い返した。ネケトが大勢の子分を引きつれている力みたいなものを勢力というのだ。

〈ほう、わかりますか。あなたが今尋ねたように、ひとびとはいつも三柱の神の中で誰が一番かと考える。神の序列がそのまま神に仕える者の序列です。とりわけ聞く神に仕える書記と告げる神に仕える巫祝の関係は複雑です。巫祝はひとびとに運命を告げるところに強みがあるわけですが、それは書記の、つまり聞く神の協力なくしてはできない。運命そのものを定めているのは実は聞く神なのですから。告げる神はそれを告げるにすぎないのです。といって巫祝を廃すわけにもいきません。彼らには強大な力がある。秩序を守るために絶対必要なものです。間違っても敵に回してはいけない力です。書記と巫祝は協力し合わねばなりません。それでも互いに自分たちのほうが偉いと思っている。協力し合いながら、陰ではいろいろなことを思っています〉

〈神さまたちが争っているの?〉

〈争っているのは神々ではない。人間たちです〉

〈祈禱師はどうなの?〉

〈今のところ祈禱師は分が悪い。なにしろ彼らの神は黙ることを宣言してしまわれたのだから。それでも祈禱師たちには切札があります〉

〈どんな?〉

〈見守る神は何もおっしゃらないけれど、世界が見るに値しない堪え難い状況になったりすれば黙って目を閉じてしまわれるだろうという予言です〉

〈見守る神が目を閉じるとどうなるの?〉

〈世界に意味がなくなるでしょうね〉

〈困る?〉

〈困るでしょうね、世界に意味を見いだしているひとならば〉

さらりとした言い方は、自分は別に困らないと告げているようだ。

〈……それで、どうなるの? 誰が勝つと思う?〉

〈さあ〉

〈シェサというひとはどう言ってるの?〉

〈シェサは相手によっていろいろなことを言います。そういうひとです。わたしにはこう言いました。巫祝の力が強まっている。聞く神はもうそろそろ伝説の約束を果たさないことには危険だろうと〉

〈子供をつくる力だね? できるの、もうすぐ?〉

〈そういう噂も聞いてはいます。あなたは、ほんとうに知りたがりですね〉

いささかうんざりして詩人は溜息《ためいき》をついた。

〈祈禱師のようだと言ったのは間違いです。あなたはまるで聞く神の申し子のようだ。見えるものだけでは満足せずに、すべてを知りつくそうとする〉

シェプシは突然、自分が知りたがっているもののことを思い出して興奮気味に叫んだ。

〈そう、そうなんだ。砂漠には謎《なぞ》があるんだよ! それは目に見えないんだ。だから、なんだかとっても不安なんだ。でも何かがある。誰も教えてくれないのなら、自分で歩いていってそれを見つけたいんだ〉

詩人は何も言わなかった。何も言わずにじっとシェプシを見つめた。幼いながらも凜《りん》としたこの子の将来を思いめぐらすように、遠い未来を見つめるように、あるいは遠い過去、まだ無邪気に夢を見ていた自分の遠い過去を見つめるように、そのまなざしに一瞬うっすらと羨望《せんぼう》の色が混じり、次の瞬間にすべて消えた。

村の奥にわずかばかりある樹々がざわついた。一陣の風。凪ぎが終わり、風がまたいきなり吹き始めてふたりの髪をさらおうとする。詩人が琴にしがみついた刹那《せつな》、その額に細い輪が止められているのをシェプシは見た。腕輪と同じ石で作られた輪。何十年でも一生使えそうなほど硬そうに見えた。そこに目をとられた分だけ自分の髪を押えるのが遅かったようだ。詩人の目はシェプシの耳に釘《くぎ》づけになっており、シェプシは真赤になって耳を隠した。

崖《がけ》の縁に追風で坐《すわ》っているのは危険だ。詩人はシェプシを促して岩場を下り始めた。星見平へ下りる途中に岩陰を見つけると、もぐり込むようにして腰を下ろす。

〈ここなら風が当たらない〉

星見の家か広場まで下りるものと思っていたので、シェプシは少し戸惑ってから詩人の隣に腰を下ろした。そこは狭くて、ぴたりと詩人に身体を寄せなければならなかった。美しい詩人の傍にいることは嬉《うれ》しいはずなのに、耳を見られたあとでは逃げ出したいような気がした。

詩人は向こうを向いて岩のくぼみをいじっていた。

〈おや、この岩場は月石が出るのだね〉

そう言って乳白色の塊を掌に乗せる。シェプシは頷いた。

〈掘って売ればずいぶん豊かになるだろうに〉

〈うちの村はもう充分塩を採らせてもらってるから、これ以上掘ったり削ったりしたら罰が当たるって父さんは言ってたよ〉

〈怒る神などいないのに……〉

〈父さんたちは見守る神が怒ると思ってるみたいだよ。それに、この岩場を崩しちゃったりしたら村がまともに砂漠の風を受けちゃうから怖いんだよ。岩場の崩れるときが村の終りなんだ。風の通りが変わったら塩の原だって何か変わってしまうかもしれない〉

〈なるほど〉

詩人は拾い上げた塊をもとに戻して、さりげなく呟いた。

〈あなたの耳は丸いんだね〉

タイミングをはずされたせいで、シェプシにもとのような緊張は戻らなかった。ただこくりと頷く。

〈恥じているのですか?〉

〈別に。丸くたってよく聞こえるもの〉

〈たとえ聞こえなくとも恥じることはありません。祈禱師の山には耳の聞こえない者がたくさんいます。聞こえないものほどよく見るといいます。巫祝にしても、一の巫祝になるのは決まって見えず喋《しゃべ》れず聞こえない者だそうです〉

〈そんなで、どうやってひとびとに何かを告げることができるの?〉

〈一の巫祝の仕事は神の声を聞き、それを他の巫祝に伝えることです。目や口や耳は邪魔になるだけだそうです〉

一の巫祝でなくとも、たとえば星見の家の巫祝は目で見ずにシェプシがやってくるのを知るし、耳で聞かずにシェプシの心を読む。たしかに彼らには目や耳がなかったところでさして問題はないのかもしれない。けれどシェプシは祈禱師や巫祝になるとかぎったわけではなかった。

〈そう言えばね〉とシェプシは言った。

〈聞く神を砂漠から連れてきた最初の書記は耳が丸かったたっていうのはほんとう？　それに、聞く神が生んだできそこないの子供の耳が丸かったたって話もある。どっちがほんとうなの？〉

詩人は岩にもたせかけていた背をいっそう傾けて天を仰ぐ。いささか自堕落にも見える姿勢で、何やら少し考え込む。

〈聞きたいですか〉

〈うん〉

〈条件があります〉

〈条件？〉

〈あなたといると、どうもわたしは喋りすぎてしまう。ですが、本来わたしは話を聞かせてもらう代わりに話したり歌ったりするのです。さっきも広場で歌を歌う代わりにヴジャが死んだことやここへやってきた運命の子らがかかわりなくやっていることを聞き込んできましたよ。昨日あなたに助けていただいたお礼はもう済みました。ですから丸い耳の話と引き換えに、わたしもあなたにひとつお願いがある〉

〈なに?〉

〈光る音響盤を持っているそうですね〉

シェプシはとっさに身構えていた。腰の袋を握り締め、かえってそこにこそ音響盤が隠れていることをあらわに示してしまった。

〈くれって言うの? だめだよ〉

詩人は身体を起こして微笑《ほほえ》んだ。

〈見せて下さるだけでけっこうです〉

〈取らない? 聞く神の捜し物だったとしても?〉

〈聞く神は取り上げるために捜しているわけではない〉

〈じゃあ、どうして捜してるの?〉

〈聞きたいですか〉

〈うん〉と言ってしまってから、しまったとシェプシは思った。また何か条件とやらが増えるだろう。

〈わたしは水浴がしたいのです。今夜広場にひとがいなくなったら、その番をしてくれませんか?〉

水浴びなど誰がいようとかまわずすればいい。シェプシはそう思ったけれど、何も言わずに深く頷いた。条件は簡単なことのほうがいいに決まっているからだ。

◈詩人の溜息

〈聞く神は三柱の神の中ではいちばん新しい神ではありますが、それでもやってきたのはずっとずっと昔のことで何がほんとうかということは誰にもわからないのです。わたしたちは残された書物を読むだけです。書記の町には膨大な量の書物があります。わたしも子供の頃はかなりの書物を読みました。わたしが読んだ書物の内容から考えるには、最初の書記が丸耳だったという噂《うわさ》、聞く神が時を費やさずにつくられた子供の耳が丸かったという噂、これはどちらもほんとうだと思います〉

〈どこかにそう書いてあったんだね?〉

〈ええ、耳は豆のような形だったと……〉

〈だから、できそこないだって神さまたちは認めたんだね?〉

〈いいえ、それは違います。生まれた子供ははじめから生む性としてあったので神々はよしとされなかったのです〉

シェプシは小さく息をついた。神さまはシェプシを見捨てたわけではないようだ。

〈そのできそこないの子供はどうなったの?　殺されちゃったの?〉

〈いいえ、彼女は最初の書記に引きとられ、その傍をかたときも離れることはありませんでした。聞く神の信者たちが増えて町をなすほどになると、彼らにも慈しまれて育ったのです。最初の書記が亡くなったあとは彼女自身が一の書記となりました。長じた彼女は、最初の書記と顔も形もそっくりで、ええ、最初の書記も生む性でしたからね、声さえ似ていたので、さながら最初の書記が普通のひとの二倍も生きたかのようだったといいます。最初の書記から神に語るための言葉を完全に受け継いでいたのは彼女だけでしたから、彼女がその特別の言葉をみなに教えました。それが書記たちの間に今も伝わる神の言葉です〉

〈神の言葉……〉

〈そう、書記たちはわたしたちの知らない特別な言葉で神にさまざまな事柄を報告し、一の書記は対話すらします。残念ながらその聖なる言語は詩人ごときには教えてもらえません〉

残念だと言いながらも、詩人はちっとも神の言葉とやらを知りたそうではなかった。シェプシも聞きたかったのは言葉のことなんかではなかった。

〈ええと……それで、要するに耳が……〉

〈耳の話はわたしが調べたかぎりではそれしかわかりません。わたしの関心は他のところにあったので、形質学に詳しいわけではないのです〉

〈……詩人さんはいったい何を調べていたの？〉

〈わたしですか？　わたしは生まれたときから性を決めていた人間に関心があったのです。生まれたときから性が決まっていたなんてどんなに楽だろうかと思ったのです〉

〈どうして？　生まれたときから決まっていたら真実の恋を確かめられないじゃない。どうやって真実の恋の相手を捜したらいいの？〉

〈そう。真実の恋、真実の恋……それなくして人生に意味はないと誰も彼もが信じている〉

心がここにないかのように詩人は虚《うつ》ろに呟《つぶや》いた。

〈詩人さんは信じていないの？〉

〈何が真実かはひとによって違うものです。心が硬くて剣で引き裂いてでもみなければ、その性がわからぬ者もいる。真実の恋か……それは神が定めた運命ではないはずなのに、聞く神は、なぜ自分の子供が真実の恋を知らないからといってできそこないだなどと認めてしまわれたのだろう。丸い耳など問題ではない。呪《のろ》われているのはあなたではなく、むしろわたしなのです〉

シェプシは詩人が抱えている冷たい寂寥《せきりよう》感のわけを悟った。おとなのくせにまだ額に輪をはめているのはなぜだ？　せっかく作ったお揃《そろ》いの綺麗《きれい》な腕輪がいらなくなってしまったのはなぜだ？　誰もが好む恋の歌が苦手なのはなぜだ？　それは、詩人がまだ真実の恋を知らないからに違いない。そしてもう一生知ることはないと諦《あきら》めてしまったからに違いない。

人生でもっともすばらしい瞬間に一生出合うことがなかったら――ともに生きていく相手が見つからず、死ぬまでたったひとりきりでいなければならないとしたら――それは恐ろしい想像だ。子供たちは、いつだって自分の恋がいったい、いつ、どんな形でやってくるのかをどきどきしながら考えている。わくわくしながら待っている。そんなに憧《あこが》れて考え続け待ち続けたあげくに一生そのときがやってこないとわかったら……あんまりだ。

〈あなたはいい〉

詩人の孤独を思ってうなだれるシェプシをかえってなぐさめるように詩人は言った。

〈あなたにはまだ時間がある。希望があります。耳が少しくらい丸くても何でもありません〉

〈……そうだね……そうかもしれないけど……どこかにまだ丸い耳をしたひとはいるのかしら〉

〈さあ、わたしが見かけたのはあなただけですが〉

身も蓋《ふた》もない答えのあとで、しかし詩人は何かを思い出したように口を開きかけた。

〈何？ 何の話？〉

しまったという表情で薄いくちびるを噛《か》んだ。

〈いえ、何でもありません〉

〈何、何？〉

〈大した話ではありません。それに聞く神から、語らざるべしと令をもらっているのでした。きっと嘘《うそ》なのですよ〉

もちろんそこまで言われてシェプシの好奇心が納まるわけがない。こんな下手な言い訳は、詩人が装ったほどには平静でなかった証拠だ。

〈丸耳の話なんでしょ。話してくれなきゃ約束違反だよ〉

〈しかし神の禁止が……〉

〈音響盤が見られなくてもいいの？〉

詩人は言葉を詰まらせ、やがて溜息《ためいき》をついた。

〈誰にも言わないと約束して下さい。でないと、わたしもシェサ同様の身になってしまう〉

〈聞く神のお使いにだって言わないさ〉

シェプシはいたずらっぽく笑い、詩人は再び溜息をついた。それはあたりの空気を虹色《にじいろ》に染めあげてしまうようで、思わずもっともっと溜息をつかせてみたくなる。

〈医師の谷を訪ねたおりに聞いた話です。話してくれたのは、長く生きすぎてもう皺《しわ》くちゃになったお婆さんでした〉

星見の家の巫祝みたいな年寄りだろう。

〈お婆さんのつれあいは、若い頃、病気の子供に毒を飲ませて死なせてしまったことがあったのです。薬と間違えたのだとお婆さんは言っていました。けれど他人の子供を殺したら、それは何より重い罪になります。たとえ善意でしたことであろうと、いたしかたない過ちであろうと、言いわけにはならないのです。ですから臆病《おくびょう》な医師などは重病の子供の診立てを断ることも多いくらいです。お婆さんのつれあいも牢送《ろうおく》りになりました。それは不当に長い刑期であったと彼女は言いましたが、ほんとうは死罪でも不思議ではなく、牢送りで済んだのはまだ幸いといってもよかったのです。

ところが、まだ刑期が十分の一も終わらないある日の夜、つれあいがひょっこりと帰ってきたのです。それはもう顔かたちも変わり、傷だらけで痩《や》せさらばえて、しかも目は片方見えなくなってひどいありさまだったそうです。聞くと、牢の生活のあまりのつらさにひとりで逃げ出し、砂漠をまっしぐらに歩いてきたと言うのです。

悪者の牢は魔の山寄りにありますから、医師の谷まではどんなに順調に歩いてもふた月はかかります。商人の町からこの塩の村に来るよりも遠いのです。しかも砂漠というのは恐ろしいところで、この世ならぬ美しさにとらわれた次の瞬間には地獄の風が吹く場所です。さしたる食料も持たずに出た人間がひとりきりで横切れるようなところではないし、わたしもこれまでに成功したひとの話は聞いたことがありません。今度ここへ来る途中で隊商とはぐれてしまったときは、わたし自身砂漠をさまよいながら死ぬのを覚悟したくらいです。でも、わたしは星を頼りにどうにか方向を見失わずに歩いてくることができました。書記の町や巫祝の森の者はたいてい星のことをよく知っています。その男ももとは巫祝の森の生まれだったそうですから、何か聞きかじったことでもあったのでしょう。

巫祝の監視もかいくぐって誰もしたことのない砂漠の横断をやってのけたたくましい医師はしかし、帰った途端に頭がおかしくなってしまったそうです。お婆さんは彼が逃げ帰ったことを誰にも知られないように納屋にかくまっていましたが、そんな狭いところにずっと閉じ込められていては治るはずもありません。泣いたりわめいたり、わけのわからないことを口走ったりしていたのですが、その中に丸い耳の人間ばかりが住む村というのが出てくるのです。その奇妙な村は砂漠の中にあって、そこでこっそり食べ物を失敬したので何とか生きて帰れたと言うのですが、なにしろ狂ってしまったひとの言うことですからほんとうか嘘か幻かはわかりません。確かめようにも、その男はずいぶん前に亡くなってしまって、お婆さんももうあとは死ぬだけになったのでやっとひとに話す気になったとい

ょう〉

〈わかりません。砂漠をひとりでさすらうような目に合えば、さまざまな幻覚も見るでしょう〉

〈ほんとうだと思う？〉

詩人は頷《うなず》く。

〈それだけ？〉

うわけです〉

〈どうして聞く神はその話を禁じたの？〉

〈悪者の牢から逃げおおせた者がいるという噂は好ましくないからです〉

〈どうして逃げられたのかしら〉

〈牢の監視は巫祝の役目ですが、彼らもまた砂の精の舞を見た者には狂気をという神の禁忌に縛られているのです。したがって砂の精のエリアだけは覗《のぞ》かないことになっています。彼はそこを通ったのではないでしょうか〉

〈でも、谷へ帰ってからなら見つけられたんじゃない？〉

〈そうですね……もう充分に罰せられたと判断したのでしょうか。狂ったまま何十年も隠れ続けるのは、考えようによっては死ぬことより惨めです〉

丸い耳の人間ばかり住む村、滑稽《こっけい》な話だ。だけど……シェプシはそれを馬鹿げたものとして頭から否定してしまうことができなかった。砂漠には何か奇妙な謎《なぞ》がある。もし詩人の言うように砂の精のエリアをその男が通ったのだとしたら、丸い耳と砂の精と空から落ちた星とそれから光る音響盤の絵はつながらないだろうか。でもどうつながるのだろうか。何もないはずの砂漠、そこには悪者の牢があり、今では丸耳の村があり、そこを渡るひとびともいる。賑《にぎ》やかな砂漠……しかし、ここにいるかぎり、そんなものは何も見えない。砂漠はただ縹渺《ひょうびょう》と広がっているだけだ。行かなければ。いつか行かなければ。

〈わたしは約束を果たしました。今度はあなたが約束を果たす番です〉

丸耳の村のことを考えているシェプシは、半分うわの空で腰紐《こしひも》を解き音響盤を詩人に渡した。詩人は上向けたふたつの掌《てのひら》にそれを乗せて彫り込まれた絵を子細に眺める。大きな丸がひとつ、小さな丸が九つ、わけの分からない文字や記号（神の言葉だろうか?）、ふたりの人間。そうだ、とシェプシは思った。

〈ねぇ、この人間を見て〉

詩人は言われるままに指で示された絵を見る。

〈耳が丸いと思わない?〉

〈そうですね。豆のような形をしていますね〉

〈どうしてだろう?〉

〈わかりません〉

〈ねぇ、どうして聞く神はこれを捜してるの? ほんとうにこれが捜し物なの?〉

〈さぁ、それはそうと、音は出ないじゃありませんか〉

〈ああ、ここじゃだめだよ。外へ出よう〉

岩陰では音は出ない。光を受ける必要があるのだ。外に身をさらすと、風は相変わらずびゅうびゅうと吹いており詩人の長い髪や長い衣をはためかせた。

長い髪を脚で押えて坐《すわ》り込んだ詩人の前にシェプシは音響盤を裏返して置いた。

〈サァー、サァー、ウァップウァップ、コポコポ……〉

いつものように水の音が聴こえる。おお、と詩人は感嘆した。初めて聴いたにしては冷静なものだ。詩人はうるさい風の中で神経を集中して耳を傾けていた。シェプシや巫祝にわからない音は詩人にもわからなかった。ただ最後の音は、音というよりもひとの声のような気がすると言った。

〈これ、聞く神の捜し物だと思う？〉

詩人は細長く尖《とが》った優美な耳を音響盤に近づけて三度繰り返し音を聞いてから、やっと身を起こしてそれに答えた。

〈そう思います〉

〈聞く神はどうしてこれを捜しているの？〉

〈よくは知りません。別に何がなんでも捜し出せとお触れが出ているわけではないのです。ただそのようなものを見かけたら知らせるようにとずいぶん昔、まだ子供の頃誰かに言われたような記憶があるだけです。たしか秩序のもとだからとか……〉

〈どういうこと？〉

〈わかりません〉

〈詩人さんは、塩の村のシェプシがこれを持ってるって聞く神に知らせる？〉

〈わたしは知ったことは何でも聞く神に報告するのです〉

〈そしたら誰かがこれを取りにくる？〉

〈わかりません。でも神が捜していらっしゃるなら、あなたご自身が渡して差し上げたらいいのでは？　渡したくないのですか〉

〈わからないんだ〉

わからない。どうすればいいのか、どうしたいのか、シェプシにはわからない。ただ、今これを手放してしまえば何もかもを失うことになる、漠然とそんな気がするだけだ。


夜、食事を済ませたシェプシは父さんの許しを得て広場に飛んでいった。川の端にかがんで詩人は水を眺めていた。

〈何を見てるの？〉

声をかけると、振り向きもせずに呟いた。

〈月を〉

川面《かわも》には寄り集まって死の印を結んだ大小四つの月が映っている。詩人が腕をさしのべて水面を揺らすと月の光が細かく歪《ゆが》んだ。あたりにはもうひと影はない。

詩人は、岸（というほどのものでもないが）に尻をつくと編み上げていたサンダルをゆっくりほどいて爪先《つまさき》を川に浸し、指の間を洗い始めた。

〈そんなサンダルで砂漠を歩いてきたの？〉

かえってこのほうが便利なのだと言いながら、足を洗う詩人の横顔が次第に柔らかく幸せそうな表情に変わる。満足がいくと、つと立ち上がって衣を一枚ずつ脱ぎ始めた。巻きつけていた青い布は解《ほど》くと帯のように長い。詩人はそれを広げて丁寧にたたんだ。その下に着ていた白い衣から首を抜く。黄ばんだそれも丁寧にたたむ。まどろっこしい脱ぎ方をするとシェプシは思った。一番下には灰で染めたような布をだらりと肩にまとっていた。これまたじれったくなるほどゆっくりと肩からはずして皺をのばしている。シェプシは溜息をついてぼんやりと坐り込んだ。番をすると言ったって広場には誰もやってきそうにない。おとなたちは先ほどまでここでやぐらを組み立てていて疲れきっているし、子供たちは祭の気配にわけもわからず興奮して寝台で寝返りを打っている頃だ。

詩人はようやく衣を脱ぎ終わったらしく、川に入ってそっと額の輪をはずした。長い髪をすぐと、細かな砂の粒がさらさらと漂い出て月の光にきらめいた。冷たいはずの水の中に震えることもなく身を浸し、流れに洗われてより白くなる。月石のように白く滑らかなひとだった。

やがて詩人は川の中に立ち上がり、顔に落ちてくる長い髪を両手で掻《か》き上げた。水をしたたらせた髪が、身体が、死の月特有のいっそう明るい月光の下で輝いて、シェプシは思わずうっとりせずにはいられない。水を浴びているというよりは、月の光を浴びているといったほうがふさわしい光景だった。案の定、詩人はしばらく天を仰ぎ月明りに身をさらして何事かを考えていた。

家を出る前に、夢中で詩人を讃《たた》え自分も詩人になりたいと言ったシェプシに、父さんはむっとした顔でおまえはもっと立派な人間になれるはずだと叱《しか》った。

〈生む性にならないのならせめて守る性であれ〉

父さんの心の中にはどこか詩人に対する侮蔑《ぶべつ》があった。聞く神を敬う気持ちはもちろんある。けれども、一等低い身分の書記で、さまざまな仕事をよろずやのごとく節操なく引き受ける詩人を敬う気持ちはないようだった。母さんは心のどこかで詩人を憐《あわ》れんでいる。自分のように幸福な人間ではないのだと思っている。母さんは優しいからだ。しかし、詩人のこの高貴な美しさに侮蔑や憐れみは似合わない。そんなものとは無縁だ。月下の光景に見とれながら、シェプシはそう強く思った。

髪を絞りあらかた身体が乾くと、詩人は隊商から買っておいたのか新しい布を取り出して身につけ始めた。白い布と銀色の布をかぶり、黒い布を一番上にまとって、その端を腰に結ぶ。白い印象だった詩人が黒くなってしまった。祭用の装束だ。古い布をざぶざぶと洗うのをシェプシも手伝い、それが終わると腕輪と額の輪をはめ直して詩人は星見の家へ向かい、歩きながら月の歌を琴なしで歌ってくれた。詩人の声自体が月の光のように冴《さ》え冴《ざ》えとして村中に響き渡った。

月の光は銀の粒
ちらちら降ってひとを刺す
月の光は銀の粒
ちらちら降って地に降りつむ
蒼《あお》さが瞳《ひとみ》に触れたなら
掌で覆って隠すこと
光に埋もれて凍《い》てつく前に

怒りに触れて消え去る前に
月の光は銀の粒
ちらちら降ってひとをいざなう
けれども決して迷わぬこと
ひとは辱めをうけるだけ
月の光は銀の粒
ちらちら降ってひとを刺す

◈死の月の祭

行列の先頭は仮子を抱いたシェプシの母さんだった。ヴジャが死んでからまっさきに生まれたのがこの赤ん坊だからだ。その後ろにやはり赤ん坊を抱いた女たちが続きそれぞれに夫が付き添っている。次が壺《つぼ》を持ったヴジャの妻と運命の子のルジュ、星見の家の巫祝、あとはてんでんばらばらに村びとたちが続いている。

ネケトが前のほうを歩いているので、シェプシとクルトは後ろのほうについた。背の高い詩人の頭が少し前方に見える。村びとではない詩人もついていくことにしたようだ。弔いに琴の伴奏がつけば死んだヴジャも喜ぶというものだ。村びとの列からぽつんと飛び出した詩人の頭は、今日はひとつに束ねられ髪の中に青い布が編み込まれている。琴にもさまざまな飾りが施され、村びとたちのくすんだ色合いの中でひときわ映えている。詩人だけが別世界のひとだった。もっとも、弔いさえ済めば村びとたちも負けずに装い始めるはずだ。祭が始まる。

低く低く神々の歌を口ずさみながら、村びとたちは死者の穴のある岩へと登った。岩場は狭すぎたから、はみ出した者たちは周囲の岩に登った。シェプシもこちらだ。巫祝が、告げる神の言葉として死の運命を灰になったヴジャに告げている。ルジュには恩返しが済むまでヴジャの妻とともに暮らすようにと告げる。言わずもがなのことを言われてルジュは戸惑いがちに頷《うなず》き、ヴジャの妻は黙ってうつむいている。

〈シェプシ！〉

いきなり呼ばれてはっとした。シェプシには何の役目も与えられてはいないはずなのに、隣の岩から巫祝が何かを叫んでいる。けれど風のせいでよく聞きとれない。かわって父さんの太い声がした。

〈風の向きはいつ変わる？〉

風は砂漠から村に向かって吹いていた。灰を砂漠へ撒《ま》くのだから、これでは都合が悪い。岩場の風向きに一番詳しいのはシェプシだった。

事態が飲み込めると、シェプシはちょっと自慢げに砂漠を見渡した。するといつものように風がすべてを薙《な》ぎ払っていくようで、しばし忘我の境地に陥ってしまう。焦《じ》れた父さんの催促に慌てて意識を取り戻し、シェプシは大きな声で言った。

〈十数えないうちに風がやむよ。それからあの大きな雲の影がイマトの家にかかったら反対に風が吹く〉

言い終わるとぴたりと風がやんだ。みながこぞってシェプシの指さした森のほうを見る。大きな雲と言ってもあんなに遠くでは指先ほどにしか見えない。

〈あの雲がイマトの家を隠すまでにどれくらいかかるんだ？〉

半刻だと自信をもってシェプシが宣言すると、弔いはしばし中断し、みなはめいめい狭い岩の上に坐《すわ》り込んだ。詩人が手なぐさみに奏でる琴の音を聴きながら、風のやんだ岩の上で思い思いに語らい始めていた。これ幸いとシェプシは砂漠を正面にして坐り込む。かたわらにクルトが並ぶ。

〈いつもこうやって見てるんだね〉

〈うん〉

〈もうすぐこの景色ともお別れだね〉

〈うん〉

シェプシは頷くだけなので、クルトも黙り込んで砂漠を眺めた。生まれてからずっと暮らしてきた村をじきに去るのだという実感がふたりにはまだなかった。シェプシが考えていたのは音響盤のことだ。風が凪《な》いで光に覆われているこの岩場の上で、今それを取り出したらどういうことが起きるだろう。みながあっと驚いて腰を抜かし、まぶしそうに音響盤とシェプシを眺め、とりわけネケトは羨《うらや》ましがるだろう。そうしてみたくてたまらない。誘惑と闘っていると、手がおのずと腰の袋に触れてしまう。

〈それ、お守り？〉

〈えっ、ああ〉

〈告げる神の？　星見の家の巫祝がくれたの？〉

〈聞く神のだよ〉

〈ふうん、聞く神のお守りなんて変わってるね。持っているといいことがあるのかしら〉

〈秩序が守られるのさ〉

〈ち・つ・じょって？〉

〈わからなければいいさ〉

シェプシは少し得意になった。

〈シェプシはいろんなことを知ってるんだね〉

クルトは感心するように言ってから、何やらわざとらしく顔をそむけてもごもごと口を動かした。奇妙なそぶりだ。

〈ん？〉

〈水苔《みずごけ》をね、たくさん採っておいてあげようと思ってさ〉

〈ゆうべもね、川に行ったんだよ〉

〈ふうん〉

〈シェプシ、いたでしょ？〉

ようやくシェプシにもクルトの言いたいことがわかった。クルトは昨夜、詩人が水浴しているのをどこか上流に身をひそめて見ていたのだ。声を落としてクルトは続けた。

〈あの詩人はおとなのくせにまだ真実の恋をしてないんだね〉

〈そう？〉

わざととぼけたのは、詩人がそのことをひとに知られたがっていないからだ。だから額の輪だって目立たないほど細くして髪で隠しているし、裸をひとに見られたくないのだ。年頃の子供だったらわざと目立つようにするところなのに、もう諦《あきら》めてしまった詩人はつとめてそのことに触れないようにしている。でもだからといって隠し通せるものでもない。あんなに綺麗《きれい》な顔をしているのだし。

〈シェプシ、何してたの？　あそこで〉

〈番を頼まれたんだよ〉

クルトはそむけていた顔をくるりと戻すと、何かを探るようにシェプシを眺め回した。しばらくじろじろと顔をうかがって、ようやく納得した。

〈なんだ、それだけか〉

〈って？〉

〈うん、なんかさ、とっても綺麗だったから……詩人もシェプシも、月の下で……それにシェプシは黙って詩人を見つめているみたいだったから……〉

〈何だよ？〉

〈真実の恋の現場かなと思ったんだよ、ハハ〉

言いながらクルトは顔を真赤に染めてしまった。びっくりしたシェプシも負けずに顔を赤くした。照れ隠しにハハハと笑いころげてじゃれ合いながら、シェプシはそれがほんとうだったらと想像してみる。意外にもそれは素敵なことのように思われ、するとますます狼狽《ろうばい》した。

〈そんなこと、あるはずないじゃないか〉

〈そ、そうだよね、ハハハ〉

あり得ない話などではなかった。真実の恋にめぐり合っていない者どうしなら、誰だって恋人になる可能性はある。シェプシやクルトより十五も歳《とし》が上だからといって、詩人も例外ではないはずだ。シェプシはそんなことを思ってもみなかった。けれど詩人とお揃《そろ》いの腕輪がほしかったとシェプシが言ったとき、詩人は驚いて戸惑いがちにシェプシを見つめたのだ、たった一瞬。

シェプシたちのじゃれ合いは突風にさえぎられた。シェプシの言った通り、半刻後に雲が大きな影をイマトの家に落とし、砂漠へ向かう風が吹き始めたのだ。

弔いが再び始まった。風をさえぎって壺の前に屈《かが》んだルジュがその蓋《ふた》を開け、ヴジャの妻が中から灰をすくって砂漠へ撒いた。他のひとびとも彼女から灰をひと握り渡されてめいめい砂漠に撒いていく。ヴジャの身体が少しずつ少しずつ砂漠に散っていった。

灰を撒き終わった者は順々に引き上げてゆき、シェプシが村に帰り着いたときにはすでに大勢の子供たちが貧相な川で水浴びをしていた。身体を洗い終わって初めて祭用の衣を着ることができる。シェプシの場合はそれが同時に旅支度でもあった。

父さんが穿《は》くのと同じようなズボンは、なんだか脚の間がくすぐったくて落ち着かない。膝《ひざ》まである革のブーツもこれまでのサンダルに比べればずいぶん窮屈だった。それでもなんだかおとなになったようでうきうきして、まだ上半身は裸なのに足をバタバタ動かし母さんをうんざりさせた。右腕に肘《ひじ》まで隠れる手甲をはめると、面白がって五本の指を曲げたり伸ばしたり、それを赤ん坊の目の前でするので騒々しいことこの上ない。ようやく肩にはおった誰のお古でもない染めおろしの衣はごわごわと硬い肌ざわりだけれど、腰紐《こしひも》をきゅっと結ぶと厳かな気持ちになる。仕上げに星見の家の巫祝がくれた飾り紐を額に結ぶ。

〈告げる神の恵みがありますように……〉

しわがれた声でそう言いながら巫祝がくれた飾り紐は、赤と青と白の紐を縒《よ》り合わせた凝ったもので、月石の祈り玉がついていた。

こうして身なりを整えていくと次第に祭の気分が盛り上がってくる。すでに村ではほうぼうから低い祈りの旋律が流れ出していた。みなが準備をしながらてんでに歌っているのが、ひとつのうねりになって聞こえてくる。それは何というか、耐えて押し殺しているような声で、耐えに耐えているものが今に弾けるという予感をにじませたまま、まだこれからひと晩は続くはずだ。

身繕いが済むやいなや、シェプシは晴れ姿を誰かに見せたくて広場に駆け出していった。やぐらの上にはすでに火がたかれ、星見の家の巫祝が男たちに担がれてきたところだ。村には神に関《かか》わる者は巫祝のほかにはいないから、聞く神の祭だろうが見守る神の祭だろうがすべて巫祝が取り仕切ることになっている。塩の村には長《おさ》というものさえ明確な意味ではいなかった。

巫祝はいつものくすんだ衣の上に赤い布をまとっただけの恰好《かっこう》で現れた。巫祝としてももういい加減老いてもいるし、いつもいつも祭に担ぎ出されるのは迷惑そうだ。とはいえ何十年もそうしているからには無感動に役割を果たすしかない。いったい巫祝が死んでしまったら誰が祭を仕切るのだろう。

徐々に村びとたちが思い思いの恰好で集まってくる。塩の村のひとびとはそう情熱的な質《たち》ではなかったから、おとなたちはすいた髪を結い上げ、いつもの衣の上に黒く新しい布を巻いているくらいだ。派手なのは子供たちだ。特にまだ真実の恋に出合っていない運命の子らは、色とりどりの衣をまとい、この日のために集めておいた木の実や石をじゃらじゃらと首からぶら下げ、シェプシ以上に派手な色合いの飾り紐を結んでいる。中には頭を何色もの布でぐるぐる巻きにしているのもいる。

巫祝がやぐらの横木を叩《たた》き始めた。ひとびとは塩採りに使う樽《たる》やバケツをそれにあわせて叩き、単調なリズムを刻み始める。祈りの歌も続いている。それぞれがやぐらのまわりに腰を下ろして歌い、叩く。樽やバケツの底を、やぐらの柱を、叩くもののない者は地面の硬い岩盤を。どれも手で叩くのでくぐもった静かな音だ。何時間も何時間もそれが続く。んーんーという言葉にならない唸《うな》り声と、バンバンという素朴で執拗《しつよう》な音と。

やぐらに登ることは固辞した詩人が、それでももっとも聞く神に近い者としてやぐらの下に立ち、坐り込んだ村びとたちをぐるりと見回す。砂漠のほうを向いて例の優美なお辞儀をすると、やがて両腕を組んで語り始めた。村びとの低い祈りの伴奏にのって歌うような調子だ。

〈聞く神に申し上げる。塩の村にこの年は嵐もなく、流行病《はやりやまい》もなく、魔の山おろしの山賊の害もなく、いい年であった。われわれはよく働き、よく神を崇《あが》め、禁忌を犯す者はなかった。採れた塩は桶《おけ》にして二百二十四杯、うち十杯を聞く神のもとに奉る。死して砂漠に帰した者は火の月塩の原で倒れたヴジャがひとり、齢《よわい》五十二、長寿であった。新たに生をうけた赤子は五人、村の栄えに充分な数。地の月に授かりし運命の子ら、アウト、ヘレウ、セイア、みな健やかに暮らし村にも馴《な》れた。恩返しの時を満たしたレム、メウト、いずれも自らの意志によりて村に残ると決めた由。真実の恋に出合いたるはベイク、デペト、ヘブ、ゲレフ、ヘト、うちデペトとヘトは生む性となる。神のもとに旅立たんとする子は四人、ネケト、クルト、シェプシ、ネジェム……〉

要するに詩人はこの村で集めたありとあらゆる情報を簡単に披露するわけだ。それはいかにも淡々とした調子の詠唱で、村びとの祈りの歌に同調しそれを増幅させていく。シェプシの聞いたかぎり、詩人は光る音響盤のことには触れなかった。それでもさすがに詩人だけあって報告は長く詳細だった。いつもはこれを巫祝がやるのだけれどもっとずっと簡単だ。たまたま祭に間に合ったために神への詠唱を頼まれた詩人は、しまいには岩菫《いわすみれ》や芋の生育状況にまで言及し、食料の不足を若干訴えるような調子で終わった。

〈聞く神は聞かれた〉

詩人の詠唱によって生まれた新しいリズムを保ちながら、村びとたちは疲れ果てるまで月の下で唸り続け、叩き続ける。単調さの中で次第に覚醒《かくせい》してくるものがある。それをひたすら待っている。

〈んーんーんー……〉

〈バンバンバンバン……〉

いつの間にか火には芥子《けし》の実が焚《た》かれている。煙と眠気の間で意識が朦朧《もうろう》とする。水桶を叩いていたシェプシも冷え込む空気の中で頭がぼんやりとしてくる。ぼんやりした意識の中をひたひたとやってくるものがある。目を凝らそうとするけれども目は見えない。やってくるのは恐ろしいものだ。なのに、見たいと思う。外から見ればぼんやりしているだけの身体の中で、起きようとする意識と眠ろうとする意識がせめぎあう。葛藤《かっとう》はなかなか解決を見ない。

砂漠が見える。しんとした静かな砂漠。シェプシは歩いている。どうしてだろう。シェプシはひとりで歩いている。シャンシャンとかすかな音がする。シェプシの耳が音の方向をさぐり、足がそちらに向かう。シャンシャン……小さな風が流れている、色のついた小さな風……ああ、これが砂の精だ……なんて綺麗なんだろう、シャンシャン、シャンシャン……でも……そう思った瞬間、グサリと音がして痛みが身体を突き抜ける。背中を鷲摑《わしづか》みにされる。砂漠を犯す者には死を、砂の精の舞を見た者には狂気を。シェプシは恐怖におののいて振り返ろうとする。背中を摑んでいるのは誰だ。その鋭い爪《つめ》でシェプシの身体を引き裂こうとしているのは誰だ。誰だ、誰だ？　なかなか見えない。身をよじると身体が引き裂かれる。紫色の砂の上にぽたりぽたりと血はしたたる。

ああ……こんなことが……でも……シェプシの心は凍りつき、引き裂かれた身体だけが火照るように熱い。誰が背中を摑んでいるのか。

〈神に形はないのです〉

それでもシェプシは見ようとする。どんな顔が……でも……シェプシは戸惑う。痛みと恐怖の中で戸惑う。冷たい汗がひと筋、つぅと背中を流れ傷口に触れて刺すように染みる。シェプシの身体がよじれる。そして見る――見た――何を。

〈ガチャーン！〉

〈ひゃああ！〉

ヴジャの灰を納めていた壺が叩き割られた。それぞれにもっとも恐ろしいものをその瞬間にひとびとは見、いっせいに悲鳴を上げ、同時に曙光《しょこう》が村に射《さ》しそめる。

〈きゃあぁ!!〉

〈うぉおぉぉー〉

広場は一瞬にして阿鼻叫喚《あびきょうかん》の渦に巻かれ、いましがたまで静かにうつむいていたひとびとが狂乱の徒と化す。そうなるともう誰にも止めることはできない。いや、止めようとする者などいない。子供がまず駆け出し、おとなが叫び出し、老いた者たちがより激しく叩き出す。

〈バンババ、バンババ、ババババ……〉

火照った身体をくねらせ吠《ほ》え叫んで、一瞬前に見た恐怖におののきながら、その形を忘れるまで狂気にふける。逃げるように嚙《か》みつくように、さながら荒々しい舞を舞うごとくに身をよじって奇声を発する。たいてい、その日は日のある間中そんな光景が続く。心の内に抱えている恐怖が大きいひとほど、それを振り払うのに時間がかかるという。昼頃から我に返る者もいれば夜中まで声をからし脚をくねらせている者もたまにはいる。シェプシは四歳の頃失神したことがある。恐れが余りに大きすぎて身体がもたなかったのだ。けれどもその祭のあとでシェプシはシェプシの岩場を発見した。恐怖を振り払うには、いったん恐怖の底の底までをなめつくすしかない。

シェプシが少し落ち着いた頃、すでに日は高かった。まだ多くのひとが踊っていた。ここで祭を迎えることになった商人たちも地面を激しく蹴《け》って頭を振っている。驚いたことに、いちばん大騒ぎをしているのはやぐらの上の巫祝だった。あの歳でどうしてあんなに身体が動くのかと思うほど激しく巫祝は踊っていた。やぐらの上に積まれていた木の実の山は崩れ、酒樽もひとつ倒れたようだ。やぐらの柱から滴っている酒を口で受けているのはネケトの兄ではないだろうか。

ふと見ると、広場の隅に父さんと母さんが折り重なるように倒れて眠っており、そのかたわらに仮子がひとりで立ち上がろうとしていた。仮子は立ち上がって歩くだろう。目を覚ました母さんは仮子がいなくなったことに気づいて慌てるだろう。だけど仮子はどこか突拍子もないところで発見されるのだ、巫祝の膝の上とか、イマトの家の近くの樹の上とか、塩の原の縁とか。もちろん元気でだ。この乱暴な赤ん坊はただ者ではない。そんな確信にシェプシはにんまり笑った。

まだ踊っている者、朦朧とした意識で身体を揺すりながら唸っている者、疲れ果てて倒れている者、苔酒を浴びるように飲んで騒いでいる者……乱れきった惨状の中をシェプシはふらふら歩き、やぐらの下に散らばった木の実をかき集めて衣の端にくるんだ。新しい衣はどこでどうしたのかすっかり汚れている。

誰もがそんなふうに熱狂と忘我の中にいる中で、ただひとり髪も衣も乱していない者がいた。詩人だった。詩人は川の端に転がった大きな石に身をもたせかけ、広場のひとびとをひんやりしたまなざしで眺めていた。酒の匂《にお》い、くすぶる煙、砂埃《すなぼこり》、そんなもやもやとした空気の中で、そこだけが明るく冷めた空気に包まれている。

〈何してるの？〉

シェプシは傍に腰を下ろし、木の実をくるんだ衣の端を解きながら尋ねた。

〈うわっ、甘い！〉

口に放《ほう》り込んだ実の思いがけぬ甘さに驚いたシェプシを詩人は無表情に眺めた。ひとつ差し出して勧めると、黙って首を横に振った。シェプシはかまわず木の実を堪能し、苔酒を飲み、ようやくひとごこちついたところで尋ねた。

〈何を考えてるの？〉

詩人は小首をゆるく傾《かし》げた。

〈こんな静かで争いごともない村のひとびとが、あんなふうにいったい何を恐れているのでしょうか〉

〈詩人さんには怖いものがないの？〉

〈あります。けれどわたしには恐ろしいものの形をあらわにすることができないのです。心が硬すぎて〉

それではいつまでたっても恐怖は消えない。

〈芥子煙草《たばこ》を吸うと心がとろけるって言うよ〉

〈酔わないのです、わたしは〉

詩人は片膝を胸に抱き寄せると、澄んだまなざしのまま飽きもせずにひとびとを眺め続けた。

やがてまた陽《ひ》が落ちると、ひとびとはどうやらおのおの恐怖を切り抜けたらしく、気が抜けたように寝そべって芥子煙草を吸い、それから寝ぼけたようなゆるやかな踊りを始めた。何人かがまとまってふらりふらりと踊る。地面を叩く音はやみ、代わりに笛を吹く者が現れた。

誰ともなく大きな声が飛ぶ。おとなの男の野太い声だ。

〈そなたにひとがつくれるか〉

するとやぐらの反対側から数人の声がする。

〈あなたより早くつくってみせよう〉

また別の誰かが言う。

〈聞く神はひと月で子供をつくられた!〉

〈そなたにひとが殺せるかな〉

〈あなたより早く殺してみせよう!〉

〈聞く神は光の剣でその日のうちに殺してみせた!〉

それだけのやりとりが何度も何度も繰り返される。何のためかはわからない。聞く神を讃《たた》えているのか、それとも憤懣《ふんまん》をぶつけているのか。ただひとびとは怒鳴るように叫ぶようにこのやりとりをする。誰がどの言葉と決まっているわけではない。好き勝手に加わりたいときだけ加わる。疲れると飲み喰《く》いし、また充足するとこの掛け合いに加わる。さまざまだった声の調子、間合いが、何度も繰り返されるうちに一定のパターンに納まってくる。あとは何度やってもまったく同じ抑揚の繰り返しだ。

翌日の昼過ぎだったろうか、詩人が腰を上げて石の上に坐り琴を爪弾《つまび》き始めた。弦を一本一本執拗に弾く、聞く神に捧《ささ》げる詩人の歌だ。素朴で単純な調べ。

聞く神から与えられた水の音を神に
聞く神から与えられた金の音を神に
聞く神から与えられた地の音を神に
聞く神から与えられた火の音を神に
聞く神から与えられた木の音を神に
聞く神から与えられた土の音を神に
聞く神から与えられた天の音を神に
聞く神から与えられた砂の音を神に
聞く神から与えられた死の音を神に

ひとびとはしばしその調べを聴き、統制されたリズムを受け入れ始め、身体が覚えている振りを舞い始める。みなが和して踊ることの快さ、複雑で微細な統一を思い出し、指の先にまで神経を尖《とが》らせる。こんなとき村でいちばん美しく踊るのはルジュだった。しなやかな筋肉を弾ませてぴしっぴしっと身振りを決めていく。

こうして混乱を引き出すことから始まった祭は、次第に落ち着きを取り戻し、最後にはまったき秩序の中で終わる。これが聞く神の祭だ。今年の祭は詩人の歌を思うさま味わえてよい祭だった。

◆運命の旅

シェプシの意識はたった今、砂漠から抜け出してきたばかりだ。どこかまだぼんやりして焦点が合わない。

ここから砂漠を眺めるのも最後、砂漠と戯れることができるのも今日が最後だ。高ぶっていないといえば嘘《うそ》になる胸の動悸《どうき》にじっと耐え、風と一体化して砂の中へまっさかさま。身体をうんと伸ばして見たこともない砂漠の向こう端に手足で触れ、砂漠中の砂という砂をなで回す。ばらばらになった身体の切片が砂と混じる。ヴジャの灰とも、かつて死んだ誰かの灰とも。

これまでそんなことは一度もなかったのに、シェプシがもう帰ろうとしてもなお、砂漠が容易にシェプシを離してくれなかった。砂漠に同化したまま時間が停止した。心地よいのに、ひどく不安だった。いつもならシェプシは帰ろうなどと思わない。帰りたくなくても、まだずっと遊んでいたくても、ふと気づくと岩場のてっぺんに投げ戻されて寝ころんでいる。だから、シェプシは帰り方を知らない。手足を砂漠からもぎ離すすべを知らない。第一、拡散してしまった空想の手足はどこにもつながってなどいなかった。

〈ここにおいで、ここにおいでよ〉

どこかに放《ほう》り出された耳がそんな声を拾っていた。どこかにころがっているはずの瞳《ひとみ》が燦然《さんぜん》と輝く銀色の風を見つめていた。どこかにある掌がぽたりと小さな滴を受ける。どこで呼んでいる? 誰が泣いている? 砂の精が……? いつもはそんなことを意識に上せただけで砂漠からも風からも岩からも見放されてしまうのに、今日は違った。心臓のあたり(それはどこにあるのだろう)をしつこく引張るものがある。シェプシを引きとめて帰さない何かがある。シェプシの夢が混乱する。

はぁはぁ……大きく息をついて、四つん這《ば》いのままシェプシは砂漠を見やった。顔に垂れてくる前髪が汗で固まっている。手足の先がしびれている。

〈何だったんだろう〉

砂漠の中程に小さなつむじ風が吹いている。

やぐらの取り払われた広場に大勢の人間が集まっていた。まだそこここに何かの燃えさしや割れた木の実の残骸《ざんがい》が落ちている。旅立つ子供たち、生みの親たちが集まってがやがやと喋《しゃべ》り合っている。星見の家の巫祝やイアフ爺《じい》さんにはもうさよならをしてきた。ふたりともおのおの目を細めて告げる神の恵みを祈ってくれた。

詩人は昨日森の村にでかけたきりまだ戻っていない。詩人が森の子供たちをつれてくれば、すぐ出発だ。シェプシは父さんと母さんと仮子にそれぞれ別れを告げた。父さんと母さんが言う。

〈告げる神の恵みがありますように〉

シェプシも言い返す。

〈告げる神の恵みがありますように〉

誰も彼もがその言葉を言い合っている。祭とは違った興奮が広場に渦巻いている。シェプシも浮き立つ気分を押えかねてそわそわとしている。初めて、旅に出るのだ。

〈シェプシ、シェプシ、シェプシ……〉

父さんと母さんの間からクルトがぬっと顔を出す。

〈どうしたの？〉

興奮気味のクルトは自分をなだめるように、大きく息を吸うとにたにたと笑った。

〈ネケトのこと〉

旅立てば二度とネケトに会わなくてすむというわけではない。七歳のネケトはやはりシェプシと同様に旅支度を終えているはずだった。シェプシがこの旅に感じている唯一の不安はネケトの存在だ。村にいるときのようにネケトを避けていることはできないだろう。当分の間一緒に寝起きして一緒に歩くことになるはずだ。詩人もいるのだからそんなひどいことはしないだろうが、長い間の習性でシェプシはネケトを見ただけでビクンと脚がすくんでしまう。未知の運命よりもネケトの悪意のほうがずっとずっと恐ろしい。

だから、ネケトが祭の直後に真実の恋に出合ったとクルトが言ったとき、シェプシはあっけにとられてポカンと口を開けてしまった。それがどういうことなのかよくわからなかったのだ。あのネケトが真実の恋だって？　いったい誰があんな乱暴者に恋をしたりするのだろう。

〈それがルジュらしいんだよ〉

死んだヴジャの運命の子、無口で精悍《せいかん》なルジュ。シェプシは一度にたくさんのことに驚いて、何がびっくりすべきことなのか全然わからなくなってしまう。

七歳で真実の恋に落ちるのは、珍しくはあるけれど絶対あり得ない話ではない。イマトの場合もそうだった。しかし、昨日まで村中を走り回っていて、シェプシの顔さえ見れば飽きもせずに石を投げたりからかったりしていじめずにはおかなかったあのネケトにそれがやってきたというのはショックだった。何かが間違っていると思った。しかもクルトはこう言った。

〈ネケトは生む性になったんだよ〉

乱暴で意地悪なネケトが、母さんと同じ生む性にだって？　シェプシは三度目のあんぐりをやって、ようやく現実というのはとてもちぐはぐで突拍子もないものだと理解した。

爪先《つまさき》立って捜すと、広場の中央で子供たちに囲まれているネケトが見えた。まだ真実の恋を知らない子供たちが、まるでわがことのように興奮し根掘り葉掘りことのなりゆきを尋ねている。さすがにシェプシはそのひと垣の中に混ざる気にはなれなかった。たとえ真実の恋を経たからといって、彼女（と言うべきなのだろう）が意地悪でなくなったという保証はどこにもないのだ。しかし遠目で見ても、たしかにネケトは変わっていた。飾り紐《ひも》をはずした額は思ったより広く、昨日まで鎧《よろ》っていた硬い空気が身のまわりから消えている。そうでなかったら小さな子供たちまでがあんなに気安くネケトのそばに群がるはずはない。

そこへひと混みをかき分けてルジュがやってくる。こちらも額にしていた革紐をはずし、まぶしいくらいにくっきりと白い跡を誇らしげにさらしている。ルジュの長い腕がネケトを優しく抱きしめるのを、まわりの子供たちがびっくりして見つめている。ネケトの頰《ほお》が染まるのがわかる。ネケトの顔がそんなふうに柔らかく微笑《ほほえ》むのをこれまで見たことがなかった。どうやら生む性になったというのはほんとうのようだ。

詩人は昼過ぎに五人の子供を引き連れて森から帰ってきた。塩の村からは四人、合わせて九人。このあと草原、鍛冶《かじ》の村と道沿いに子供たちを拾いながら書記の町へと向かう。

森の子供たちは、広場のあちこちをきょろきょろ見回している。うっそうと樹木の繁《しげ》る森に比べれば、岩盤の上にできた塩の村はあまりに殺風景だ。空気も乾ききっている。身を寄せて立つものがないと不安なのか、背の高い詩人が樹の代わりでもあるかのように、その傍にそっと立っている。

五人の子供はみな柔らかな木の蔓《つる》を何本も額に巻いていた。蔓からは色とりどりの実がぶら下がっている。赤い実、青い実、黄色い実……とても目立つ綺麗《きれい》な飾り紐だ。シェプシは思わず見とれて傍に寄っていった。

〈これは何の実なの?〉

端にいた茶色い衣の子供がじっとシェプシを見返した。挑むようなまなざしだ。シェプシが指さしたのは、ほかの子の額にはないのにその子だけが下げている黒くて小さな粒々の実だった。鮮やかな赤い実の垂れる中にひと房だけぶら下がっている。

〈魔物の実さ〉

ふん、という調子でその子は答える。

〈魔物？　どうしてそんなものつけてるの？〉

おそるおそるシェプシは問い続ける。

〈魔物に襲われたとき、食わせてやることができる。その隙《すき》に逃げる。村でもほかには誰も見つけられない〉

子供はシェプシから目をそらさずにいばった調子で言った。その子供はムササビと呼ばれていた。

〈ムササビって何？〉

〈木から木へ飛ぶ奴のことさ。こんなふうに〉

ムササビはひゅんと飛び上がった。一瞬ムササビを見失ってシェプシはあたふたする。ようやく見つけたとき、ムササビはひと垣の向こうに降り立ってにやにやしていた。

〈すごい！〉

そう言って駆け寄ると、ムササビはからかうように飛びすさって別のところに移動した。シェプシはただ追いかけた。そんな光景がおかしかったのか、萎縮《いしゅく》していた森の子供たちは緊張をほぐし、木の実をわさわさ揺らして騒ぎ始めた。どうやらムササビが森の子供たちの親分らしい。

ムササビが元の場所に戻って、やっとシェプシは追いついた。

〈すごいなぁ〉

〈ここじゃだめだ。樹の上でならもっともっと飛べる〉

編み上げサンダルの革底でムササビは石の地面を蹴《け》った。

〈もっと?〉

〈そうさ、鳥みたいに〉

〈トリって?〉

〈伝説の動物。空を飛ぶんだ、こうやって〉

ムササビは両腕を大きくひらひらさせて言う。

空を飛ぶ……それではまるで風だ。そんなことのできる動物がいるだろうか。シェプシはつられて腕を左右に伸ばし、空を見上げてその果てしなさに当惑した。砂漠に住むものがいないように空に暮らすものもいないのはひとびとの常識だ。視線を戻して不思議そうにムササビを見やったとき、詩人が出立を告げた。


あいかわらずみなに取り巻かれルジュとの恋についてうきうき語っているネケトから離れて、シェプシはムササビの横を歩いていた。

草原へはまだ陽《ひ》の高いうちに着き、山から降りていた村びとたちが詩人を迎えて宴を張った。そこでひと晩を過ごすと決めた詩人は次々と神々の歌を歌い、羊山から草原にかけてのできごとを聞きとることに専念し、放り出された子供たちは移動式のテントや動物たちを珍しそうに眺め回していた。シェプシが驚いたのは、みんながそうやって騒いでいる間、ネケトが仲間に加わらないだけでなく、あろうことか小屋の中で衣を縫い出したことだ。

出発間際に生む性となったネケトは、多分衣の用意が間に合わなかったのだろう。額の飾り紐をのぞけばみんなと同じような恰好《かっこう》をしていた。それにどうせ長い旅なのだから、ことさらおとなの生む性のような恰好をするよりも歩きやすいズボンとブーツを履いているほうが都合もよい。けれどネケトはどうにもそれが耐え難いらしく、せっかくのブーツを売り払うと、交換に手に入れた大きな布を裂いたり縫ったりして、腰から脚先までをすっぽり覆えるスカートを作り始めたのだ。テントの隙間からのぞき込んだシェプシの目はまん丸になり、その信じ難い光景に釘付《くぎづ》けになった。ネケトが母さんになったような、母さんがネケトになったようなおぞましさだ。見ればざんばらだった髪は不器用にだが結い上げられ、出発間際にルジュから贈られたのであろう髪飾りまでつけている。

ネケトの目は優しく布を見つめ、頰は幸せそうに緩み、手は滑らかに布を撫《な》でていた。ミウが歌っていた真実の恋の歌が口から漏れている。

〈……わたしの目には空など映らなかった〉

シェプシの頭はこんがらがって、心を満たしているのがある種のねたましさだと気がつくまでにずいぶん時間がかかった。そう、ネケトは誰もがそれなしには生きていけないと信じている真実の恋を、早くも手に入れてしまった。だから、あんなにも幸せそうなのだ。でもどうして性悪なネケトが誰よりもまっさきに幸せになるのだろう。神さまはいったい何を見ているのだろう。いや、そうではない。真実の恋だけは神さまの知るところではないのだ。神の技ではなく人間のものだ。ならば、ネケトのように弱い者いじめをするのが早く幸せになるコツなのだろうか。

シェプシは溜息《ためいき》をついてのぞき見をやめ、草原のほうへと歩き出した。振り返ると、とっぷりくれた夜の中にかがり火が何本もたかれおとなたちの喝采《かっさい》が聞こえている。月に照らされた大樹の上で、ぴょんぴょん飛び跳ねているのはきっとムササビたちだろう。シェプシはひと気のない広い場所を見つけるとそこにゴロンと横になった。草は柔らかく、まるで家の寝台のようだ。岩場とは違うのだとシェプシは思った。塩の村と変わらないのは夜空だけだ。

ふいに淋《さび》しさがこみあげてくる。ここからは砂漠が見えなかった。広がっているのは砂漠ではなく草の原だ。風が吹けば倒れそうにこころもとないテント。シェプシたちよりひと回りも大きい草原の子供。耳に馴染《なじ》まない草原の歌。何もかもが昨日までとは違う。母さんはどうしているだろうか。父さんは。まだ名のない仮子はどんな夢を見ているだろう。

もう彼らに会うことはないのだと突然に気づいた。もう二度と会えないひとびとに、自分はいったいどんな挨拶《あいさつ》をしてきただろう。これから旅立つことに夢中で、ただおざなりに告げる神の恵みを祈っただけだ。見知らぬ土地、これからめぐり合う真実の恋や運命の親、砂漠の謎《なぞ》、光る音響盤、そんなものに夢中で父さんや母さんのことを忘れていた。可《か》愛《わい》がってくれた星見の家の巫祝やイアフ爺さんのことを忘れていた。塩の村のことを忘れていた。

もっと言うべきことがあったはずだ、もっと名残を惜しんでおけばよかった。最後の最後まで父さんたちの傍にいればよかった。なんでムササビを追いかけたりして遊んでいたのだろう。取り返しのつかないことをしたようでシェプシの胸は詰まった。時期が来れば塩の村へ帰れるネケトが無性に羨《うらや》ましかった。

〈泣いてるの?〉

クルトが三歩くらい先に立って首を傾《かし》げていた。シェプシが慌てて目を拭《ぬぐ》うと、クルトは近寄ってきてわきに横たわった。ふたりとも何も言わなかった。ただ、そうやって高い空にかかっている四つの月とちりばめられた星をずっと眺めていた。詩人の声が遠くから聞こえていた。砂の精が星を盗む話を弾き語っているのだった。

夜が明けると、新たな子供たちを加えてそこを発《た》ち、いったん砂漠の方向へ戻ってから鍛冶の村へと歩き出した。ゆっくり歩いて鍛冶の村に着くと、そこでもまたひと晩を明かした。ずいぶんのんびりした旅なのだなとシェプシは思った。しかしその理由は鍛冶の村を出てからの強行軍で思い知らされることになる。鍛冶の村を出ると、村らしい村はひとつもなかった。街道も荒れ果てた山間《やまあい》をただひたすらに歩くのだ。そんな道程はひと月以上も続き、その間には宿場もごくわずかしかない。いったん宿場を出たら必ずその日のうちに次の宿場までたどり着かねばならず、そうできなかったときには野宿をするはめになった。子供の脚にはきつい旅程だ。

しかも、歩いているうちに月は変わって水の月となり豪雨がやってきた。豪雨の九日間に入ると足止めだった。その中を歩くのはいかにも危険だ。このあたりにはときおり盗賊が出るので注意も必要だった。もちろん、詩人と子供の群を襲っても盗《と》れるものはたかがしれているのだが、盗賊のすべてにそうした分別は期待できない。彼らは神の統治に従わなかった者たちの成れの果てだった。生んだ子供を手放したがらず、聞く神に自分たちの報告をしようともしない。運命を信じないのだ。

〈それでも彼らは見守る神だけは信じているようです〉

　雨で足止めされたある日、詩人はそう言った。

〈盗賊も真実の恋をするかしら〉

　すっかり生む性になりきったネケトが聞く。ネケトは、はじめのうちこそ誰より早く真実の恋に出合ったことで心浮かれていたけれど、次第に当の恋人と別れてきてしまったこと、今度会えるのは十四年も先であることを実感し始めて胸ふたがれていた。シェプシやクルトがなんとかホーム・シックから立ち直った頃、ネケトの元気がまったくなくなってしまったのだ。何か腑《ふ》に落ちないものを感じながら、シェプシはむしろ彼女をなぐさめる側にまわっていた。

〈盗賊も真実の恋をしますよ。ときおり子供がさらわれるのは、盗賊の子供が恋をしたがるからです。気をつけてください〉

　ネケト以外の子供たちはその脅しに震え上がった。盗賊の子供と恋をするなんて考えただけでも背筋が寒くなる。

〈だ、だ、だけど、さらったってそれが真実の恋の相手じゃなかったら、どうするの？〉

　おびえた子供のひとりが聞いた。

〈そのときは帰してもらえるの？〉

　詩人は琴の手入れをしながらすまして言った。

〈どうでしょう。もしかすると、さらにふたりさらってみるのかもしれませんね〉

その夜、さびれた宿場の一室で身を寄せ合った子供たちは詩人の言葉について話し合った。

〈さらってきた子供と真実の恋ができるのかな?〉

〈そんなわけないじゃない。だって恋の相手はこの世にたったひとりしかいないんだよ。そのひとりをうまい具合にさらうんでなけりゃだめに決まってるよ〉

〈でも、できるから盗賊にも家族がいるんじゃないの?〉

〈え、盗賊に家族がいるの?〉

〈子供がいるんだから家族がいるんだろ、何言ってんだよ〉

〈だったら、どうしてきちんと守る性として家族のために働かないの?〉

〈ああ、こんがらがっちゃったじゃないか。そんなこた、どうでもいいんだよ〉

〈問題を整理してみよう〉

冷静な声で言ったのはクルトだ。

〈ひとつは、さらわれた子供と盗賊の間に真実の恋があり得るか。もうひとつは、あり得るとしたらどういう子供が狙《ねら》われやすいか。ないとしたら、なぜ子供がさらわれるのか〉

その言い方はまるで書記のようだったので、クルトはみんなから尊敬のまなざしを浴びた。もっとも誰も詩人以外の書記なんか見たことがなかったのではあるが。クルトは得意になるでもなく、当り前みたいに声を落として続ける。

〈まず、盗賊が誰かをさらったとして、そのさらわれた子供と真実の恋ができるのか〉

〈でもさ、盗賊っておとなだろ。もう、真実の恋に出合っちゃってるんじゃねぇ?〉

〈もし、そうだったら絶対に真実の恋なんかあり得ないってことか〉

〈そうだよ。だから子供なんかさらわないよ。真実の恋の相手に死なれちゃったはぐれ者だったら、さらうのはもう性の決まってる人間だ〉

みんなの目がネケトに向けられて、それまで自分には関係ないというように髪をすいていたネケトがビクンと身体を震わせた。

〈ふうむ〉

クルトがイアフ爺さんのようにうなる。

〈それはそうだ。じゃあ、盗賊がまだ真実の恋に出合ってない奴だったら？　詩人さんも言ってたでしょ、盗賊の子供が恋をしたがるんだって。もしシェプシがさらわれたら、シェプシとその子が真実の恋に落ちるなんてことがあるのかな……〉

やめてくれよとシェプシは思った。山に隠れて村々を襲う盗賊なんて、悪者の牢《ろう》で囚人と恋に落ちるほうが砂漠が見えるだけまだ救いがあるというものだ。

〈冗談じゃないよ。こんなところで〉

〈だからさ、はじめはそう思っていてもさらわれて何年か一緒に暮らしていくうちに恋が芽生えるなんてことが……〉

〈絶対ない！　恋の相手ははじめから決まってるんだから〉

〈はじめからって、いつから？　シェプシが生まれたときから、それとも相手が生まれたときから？〉

当り前のことを言ったつもりだったのに、そう問いつめられるとぐっと詰まった。

〈はじめからねぇ……〉

クルトは何だかおとなみたいに疑わしそうな顔で呟《つぶや》いてネケトのほうを見た。

今や塩の村の子供たちの力関係はまったく逆転していた。頭のおかしい《未亡人》という弱みから解放されたクルトは、もう誰の前でもおどおどしなくなっていた。それまではシェプシの前でこそ言いたいことを言いはしても、ネケトやネジェムの前ではただおとなしくしていただけだったのに。でも考えてみれば昔からクルトにはそういうところがなくもなかった。《未亡人》なんかと暮らしていたので、ほかの子供とは少し違うことを考えていたのかもしれない。

クルトに促されてネケトはちょっと考え込む仕種をした。なんであれ真実の恋について語るのは好きなのだ。もったいぶるように記憶をゆっくりとたどり、みんなの目が充分に集まったところでネケトはおもむろに口を開いた。

〈あのときより前から、ルジュのことはすてきだなぁって思ってたような気がするけど……〉

そのことの意味をみなが測りかねていると、今度はクルトが言う。

〈思うんだけどね、真実の恋の相手はたったひとりだけど、最初っから決まっているわけじゃないんじゃないかな〉

〈どういうことだ？〉

〈うん、だって神さまが決めるんじゃないってことは人間が決めるんだってことだ。ってことは、生まれたときから……その相手に会ったこともないときから決められるはずが

ないと思わない？〉

子供たちは考え込んだ。シェプシも考え込んだ。

〈心が硬すぎると真実の恋に出合えないって聞いたことがある〉

〈どういうことだ？〉

〈どうって……〉

〈つまり、真実の恋ができないほど心が硬くなければ、たとえ相手が盗賊だって、真実の恋に落ちるかもしれないってことだよ〉

シェプシをはじめ、みなは顔を引きつらせた。宣告を下したクルト自身蒼《あお》ざめていた。盗賊にさらわれる危険のない者は、一行の中にひとりとしていないことがわかったからだ。

そんな中でぽつりとネケトが呟いた。

〈でも、真実の恋の相手が盗賊だったら、恋に落ちた瞬間からずっと一緒にいられるわけでしょ。運命を信じてないんだから、養子に行かなくてもいいし恩返しをしなくてもいいんだから……それって羨ましい〉

恋人とあと十四年も離れて暮らさなければならないことを思ってネケトはしくしくと涙を流し始めた。

◆祈禱師の山

運命の親から仕事を教わる七年間、そして恩返しのための七年間……その十四年が長すぎると感じるのはネケトばかりでなく、シェプシも一緒だった。旅は砂漠をめぐる道沿いに進んだが、道から砂漠が見えることはごくまれで、たまにぐっと砂漠に寄って紫の砂が見えるときでも塩の村の岩場からのような眺望はとうてい望めない。十四年どころか、三日砂漠を見ないだけでもそわそわし始めるシェプシだったから、最初のうちこそ目新しい景色や目新しい人間たちに気を紛らせていたものの、旅を始めてはやひと月、その間にほんのわずかでも砂漠が見えたのはたった三回となればもう我慢も限界で身悶《みもだ》えするようだ。盗賊に対する注意どころではなく、クルトの話しかける言葉も耳に入らない。

幸い盗賊たちはシェプシらの前に現れることはなかった。考えてみれば、盗賊にしても身を貫かんばかりに勢いよく降る雨の中でいつ通るかわからない旅人を待ち伏せしたりはできるはずもなかった。こんなときはじっと遠くの寝ぐらに引き籠《こも》っているに違いない。だからこそ、旅には不向きなこんな時期にたったひとりの詩人の引率で大切な子供たちを旅させたりもするのだろう。そうでなかったら、隊商の護衛が必要なのはむしろこうして多くの子供を引き連れた帰り道のほうなのだ。

それにまた、魔の山の麓《ふもと》にある塩の村周辺の土地は言ってみれば辺境である。そこにしか塩がないからこそ、ごくたまに商人が山間《やまあい》を抜けていきはしたけれども、それ以外にはこんなところを歩く用事のあるひとはいない。盗賊が実入りのよさを求めて待ち伏せるのはこんな場所ではなくて、祈禱師の山の向こう、道が巫祝の森方向と書記の町方向のふた手に分かれるあたりだろう。そこならば季節のよい頃に子供たちも通るし、医師を求める病人も運命に不安を持って巫祝にすがりにゆくひとも、岩掘村の産物を買いつける商人も書記や巫祝も頻々と通る。しかもそこは樹々《きぎ》にはばまれて見通しの利かない場所だという。かつて塩の村にやってきたミウの恋人が殺されたのもこのあたりだと聞いていた。

そこを通るに当たっては詩人のほかにもうひとり巫祝の付添いが付くことになっていた。子供たちが雨山を越え、ようやく医師の谷にたどり着いてぐったりしていると、詩人はここで迎えの巫祝を待つと伝えた。途中の宿場で拾った子や医師の谷の子を加えると総勢は三十人をこえていた。祈禱師の山にも何人かの子供がいるだろうから、たとえ安全な道だったとしてももう詩人ひとりで収拾できる数ではない。それでなくとも、子供たちは馴《な》れない長旅で神経をすり減らし我慢がきかなくなっている。

誰もが疲れきっていた。自分を待ち受ける運命や真実の恋への期待と不安も、そうなるともはや疲労の種にしかならなかった。身も心もくたくただ。塩の村を出てふた月近くになろうかというのに、この先まだ十日は歩くというのだからたまらない。

〈こんな調子じゃ書記の町に着いた頃には地の月になってらぁ。いったいどうやって運命の親のもとに地の月のうちに着けるんだ?〉

いったん書記の町に集められた子供たちは、今度はそこからおのおの運命に従ってほうぼうの村や町に散っていく。どこの村でも地の月の告げる神の祭までには運命の子がやってくると信じている。書記の町やそこから近い村へやられる子はいいとしても、塩の村のように遠いところへやられる子供はシェプシたちが歩いてきた道を今度は逆に旅しなければならないのだ。地の月に書記の町を出て間に合うとは思えなかった。

〈馬を使うんだよ〉

そう言ったのはクルトだ。そういえば、ミウが連れてきた運命の子供たちも馬に乗ってきたのをシェプシは思い出した。

〈だったら行きも馬にしてくれればいいじゃねぇか〉

頭をかきむしりながら誰かが言う。

〈子供の数だけ馬がいればね〉

塩の村には一頭だって馬なんかいなかった。森の村にだっていないだろう。

〈第一、乗れないよ〉

すると草原の子供たちが、馬もいないのか、馬にも乗れないのかとクルトたちを馬鹿にし始めた。草原では馬も育てていたし子供たちは毎日のように馬に乗って駆け回っていた。宿場の子供も馬に乗れると言い出した。宿場はほんとうにぽつんぽつんとしか建っていないから、連絡を取り合うには馬を走らせなければならないのだ。そんなつまらないことで何十人もの子供たちがとっ組み合いを始めてしまったからたまらない。

いつもならなだめ役にまわるクルトやムササビまでが騒ぎのまっただ中で誰かと殴り合っている。

〈ちょっとばかし頭がいいからって図に乗るな〉だの〈田舎者のくせに〉だのという言葉が入り乱れている。クルトの袖《そで》を見つけて引張り出そうとしたシェプシも、たちまち〈丸耳のできそこない〉という叫びに捕まって引きずり込まれた。相手が誰かもわからず三、四人を殴ってその倍くらい殴られたところでようやっとシェプシはその場から抜け出し詩人を捜して走った。

どこへ消えたのか詩人はなかなか見つからない。谷のひとに尋ね回ってようやく捜し当てたとき、詩人は雨山の中腹に腰をおろして、のんきに見守る神の歌なんかを歌っていた。息を弾ませてシェプシが近づいても歌を途中でやめはしなかった。シェプシはいらいらしながらも呼吸を整えて歌の終わるのを待って言った。

〈大変だ。みんながとっ組み合いの喧嘩《けんか》を始めちゃったんだ。誰も止められないんだ。クルトが死んじゃうよ〉

詩人はゆっくりとシェプシを見やるとのんびりした口調で言った。

〈放《ほう》っておきなさい。好きなだけ暴れるといい〉

〈だってすごいんだよ、あれじゃ……〉

〈死にはしません。なにしろここは医師の谷なんですから、大丈夫〉

〈……〉

〈あなたもだいぶ殴られたようですね。光る音響盤は無事でしたか〉

シェプシははっとした。音響盤のことをすっかり忘れてとっ組み合っていたのだ。けれど、おそるおそる開いてみた袋の中にそれは割れもせずにきちんと納まっていた。気が抜けてへなへなとその場にしゃがみこんだシェプシから、詩人はそっと音響盤を受け取ってささやいた。

〈あの騒ぎは毎年のことなのです。それよりごらんなさい〉

久しぶりに鳴り出した音響盤を聴きながら、詩人が指さすほうを見るとそこには紫の砂漠が広がっていた。

〈ああ……〉

シェプシは言葉を失った。見馴れない角度ではあったけれど、たしかにそれは砂のひと粒ひと粒までが光に照らされてきらきらと輝いている金の月の砂漠だった。無性に懐かしい気がした。砂漠が懐かしいのか塩の村が懐かしいのか、よくわからない。何もかもが懐かしいとシェプシは思った。

砂漠を眺め音響盤の音を聴いているうちに、ささくれだった心は優しくなだめられていった。シェプシは岩場を思い出した。そこでいつも感じていた幸福感やどうしても解けなかった疑問や強い憧《あこが》れを思い出した。

〈これからどうするの?〉

裾《すそ》を払って山を降りようとしていた詩人に向かってシェプシは聞いた。

〈巫祝の迎えが遅れているようです。巫祝があなたたちを見ていてくれる間にわたしが祈禱師の山へ行く手はずなのですが、時間のゆとりがもうあまりありません。あなたがたを谷の長《おさ》に頼んでひと足早く山を登ろうと思います〉

〈一緒に行ってもいい? 山のてっぺんからはもっとずっと広い砂漠が見えるだろうね〉

詩人は赤ん坊を諭すように優しく首を振った。

〈それはいけませんよ〉

〈だって、ここで待っているだけなんでしょう? 一緒に行って一緒に帰ってくれば

……〉

〈それは休息の時間です。ここでゆっくり身体を休めなければ〉

ません〉

〈いつか教えてくれたシェサっていうひとも山の上にいるんでしょう?〉

〈だめです。これはあなたにとって運命の旅です。運命に逆らうようなことをしてはなりません〉

〈ちょっと話を聞いてみるだけだよ。会ってみるといいって言ったのは詩人さんだよ〉

詩人のまなざしが一瞬だけ厳しくなった。

〈それはあなたが恩返しも済ませておとなになったらということです。今はいけません〉

〈どうして……〉

詩人は今度はなだめるようにシェプシの肩を抱いた。

〈いいからここで待ってらっしゃい。ここからだって砂漠は見えるでしょう。充分ではありませんか。あまりに欲をかくと、よい運命にめぐり合えませんよ〉

詩人から漂ういい匂《にお》いに負けて、シェプシはこくりと頷《うなず》いてしまった。

谷に降りると、騒ぎこそ収まっていたものの、新調してもらった衣を引き裂いて泥だらけにした子供たちが山のように折り重なって倒れていた。騒ぎに加わらなかった医師の谷の子供たちが当惑してぐるりと回りを囲んでいる。詩人はその子たちに水を汲《く》んでこさせ、山になっている子供たちに浴びせて回った。ひとりふたりと気がついてうめき声が上がる。クルトはと捜すと、手前の山の一番下でヒーヒーうめいている。生む性になったネケトもせっかく作ったスカートをはだけて地面に転がっていた。

詩人は全員を正気づかせて立たせると、祈禱師の山へ登るので二日間留守にすると告げた。その間に川を借りて汚れた身体と衣を綺麗《きれい》にしておくこと、村長《むらおさ》の言うことをよく聞くこと、迎えの巫祝がやってきたらその巫祝と一緒におとなしく待っていること。もしも悪さをしたりすれば必ず聞く神に報告するから悪者の牢送《ろうおく》りになるかもしれないと脅すことも忘れなかった。子供たちはしゅんとして頷いた。

詩人は夜を徹して山を登るつもりで、すぐに谷をあとにした。シェプシはその場に立ちつくし、ぞろぞろと子供たちが川に下りていくのを見守っていた。最後の子供が川のほうへ消えると、ゆっくり振り返り詩人の姿を捜したけれど、それももう見えなかった。シェプシはそろそろと歩き出した。

医師の谷は、低い雨山と高く尖《とが》った祈禱師の山にはさまれている。谷の一番低いところを太い川が流れている。塩の村に流れていたのに比べると何十倍も水量豊かな川だった。水が多いのはその名のとおり雨山には雨が多いからで、水の月でなくとも周期的にたくさんの雨が降る。おかげで医師の谷ではいろいろな作物を育てることができた。たとえ病人たちの謝礼がなかったとしても彼らは充分に暮らしていけるだろう。すべては隣の山で祈り続けている祈禱師たちのおかげだと、少なくとも医師の谷のひとたちは思っている。だから医師の谷からは祈禱師の山へ感謝を込めた作物が頻繁に贈られる。そうしたときにひとびとの通う道が、この切り立った高い山にもあることはあった。こんな高い山に登って下りてくるのに二日間で足りると詩人が判断したのもこの山道があるからだ。

祈禱師の山は不思議な恰好《かっこう》をした山だった。シェプシたちは医師の谷へ着くずいぶん前からこの山を見つけていた。もうほかに見るべきものは何もなかったし、とにかくこれまで目にしたことがないほど高い山に畏怖《いふ》の念を抱きつつ歩いてきた。それはなだらかな羊山やこんもりとした雨山とはおよそ違う厳しい姿を持っている。けれども、遥《はる》か彼方《かなた》に霞《かす》んでいた祈禱師の山が近づいてくるにつれて、畏怖の念は何か奇妙な印象にとってかわられた。

山は砂漠に面してそそり立っており、背後にかばうように雨山を抱いていた。雨山のほうを向いた斜面は樹々に覆われているのに、一方の砂漠に面した斜面はおよそ草一本なさそうな荒れた岩肌を露出させている。砂漠から見るのと医師の谷から見るのとではまったく印象の違う顔なのだ。それを真横から見つつ歩くのはなんだかとても不思議な気持ちがしたものだ。なぜならひとつの山の右半分と左半分が全然異なる顔をしているのだから。祈禱師、ひいては見守る神に対する畏怖の念にいくらか滑稽《こっけい》なおかしみが混じってしまったのは仕方がない。シェプシも少しばかり、この山を甘く見すぎた。そう、シェプシの足は祈禱師の山のてっぺんをめざしていた。

詩人の細い後ろ姿を捉《とら》えたとき、シェプシは草の蔓《つる》に足をとられてころんだ。詩人はつと立ち止まって後ろを見やり、やがてまた元の方向へ歩き出した。詩人に見つけられるほどの距離ではなかったようだ。シェプシのほうがはるかに遠目が利くのだろう。詩人が見えなくなるとシェプシは立ち上がって土をはらった。

それから用心してあまり近寄らないように心がけたのがよくなかった。砂漠とは違ううっそうとした樹々の中に詩人の姿を見失ってしまうのにいくらも時間はかからなかった。道はあるにはあった。けれどそれは、通い馴れた者になら道に見えるかもしれないといった程度のもので、充分な水があれば植物の育つのにそう時間もかからないのか道のまん中にすら若い草の芽が伸びつつあった。岩場に育ったシェプシはそうしたすべてに不馴れだった。

足を下ろすとそのたびに柔らかくへこむ土の上を歩くのはそれだけでも骨が折れるのに、からまってもぐいと引けば簡単にぷちんと切れた岩蔦《いわつた》とは違う、しなやかで丈夫な草の蔓がシェプシを苛立《いらだ》たせる。空気はじめじめと湿って身体にからみつき、先を見渡そうにも視界は生い茂る樹木にさえぎられていた。仰向《あおむ》いても見えるのは黒々と覆いかぶさるような樹の枝と葉の重なりだけ。緊張している背中にときおりぽたりと水滴が落ちて岩場育ちの子供を震え上がらせた。

山の中は昼でも暗い。やがて完全に陽《ひ》も沈み、月は出ているのかいないのか、重なり合う葉の隙間《すきま》からわずかに星が垣間見えるばかりとなった。小さな動物がたくさんいるのだろうか、あたりでがさごそと音がする。何かが頭の上をびゅんと飛んでいった。あれがムササビというものかもしれない。

どうしていいのかシェプシにはわからなくなった。きちんと道の上を歩いているのかどうかも自信がなかった。明るくてもわからないものが闇夜《やみよ》にわかるはずもない。ただ、道からはずれたにしろそうでないにしろ、とにかく高いほうへと登っていけばいいことだけはたしかだ。夜だからといって休んだりすれば余計に詩人に引き離されてしまう。この先頂上までどれくらいの距離があるのかシェプシには見当もつかない。詩人より先に医師の谷へ帰らなければとんでもないことになるということだけがはっきりとわかっていた。

斜面の傾斜だけを頼りに歩き続けて、夜半、とうとうシェプシは重たい睡魔に襲われ身動きならなくなった。じっとり湿った木陰に尻をついて耳を澄ます。視界が利かない以上、耳だけが頼りだ。けれども聞こえてくるのはどれもこれも聞き覚えのない音ばかりだった。葉の揺れる音、動物の鳴き声、風の音さえ岩場で聞くのとは違って複雑に折れ曲がりこもっている。どれもこれもシェプシに安心して眠れとささやきかけてはくれない。眠りたい、でも眠れない、眠ってはいけない……睡魔と恐怖の間で逡巡《しゅんじゅん》を繰り返す。

そのとき、素直に眠りに入ることを決定的に拒む声がどこかでした。はっとしたシェプシは重たい眠気を引きずって、丸い耳を精一杯尖らせながら声のするほうへ這《は》い出した。そして、この山にはうんざりするほどたくさん生えるらしい灌木《かんぼく》のしげみからそっと顔をのぞかせて、それを見た。

二十歩ほど離れたところに大木が倒れており、その上に詩人が向こうを向いて坐《すわ》っていた。シェプシは喜びのあまり一瞬にして眠気を忘れた。声をかけようと息を吸い込んでから、ふとそれを止め、詩人の後ろ姿に眺め入った。

樹々の葉の隙間がたくさんあるのだろう、いつ昇ったのか、どの月なのか、その細い光が何本も降りて詩人を照らしていた。闇の中に沈もう沈もうとする黒い髪、黒い衣を月光がむりやり浮かび上がらせている。なぜだか残酷な仕打ちに見えた。身体を支えているらしい長い琴に結ばれた白い腕と紫の腕輪が、うなだれた詩人の頭上で月明りに輝いていた。砂漠から歩いてくるのを見つけて以来、いつもいつも美しく優雅なひとだと思っていた詩人は、ここでもシェプシを金縛りにするくらい綺麗だった。けれどまた、それは月下で水浴する詩人が見せた気高い美しさとはどこかしら違う翳《かげ》りある美しさだった。衣が黒いからだろうか。後ろ姿だからだろうか。

詩人の肩が大きく上下した。泣いているのだとシェプシは気づく。思いがけないことだった。詩人は泣いていた。頼りなく琴にすがり頭をうなだれて、あまりにも無防備に詩人は泣いていた。押し殺した奇妙な声はやがて吠《ほ》えるような慟哭《どうこく》に変わり、たった一度顔をあげて虚空にやるせない響きをさまよわせた。

シェプシは凍りついていた。見てはならないものを見た。もしかしたら詩人は、旅の日程惜しさではなく泣き場所がほしくて山の中を歩き出したのかもしれなかった。まさかこんな年端もいかない子供に見つかるとは思わずに。どうしよう……あんな泣き方をしたことは一度もない。あんな泣き方を見たことは一度もない。それは、押し込めて押し込めた末にもうこれ以上は胸に入りきらない悲しみが堰《せき》をきって溢《あふ》れてしまったというような、どうにもやりきれないくらいせつない泣き方だった。

詩人の悲しみがどういうものなのかシェプシにはとうていわかることはできなかった。耳の形がひとと違うことの悲しみを決して詩人がわかりはしないように。けれどもその大きさ深さだけはわかる。それは誰にも受け止められないほど大きく深い。垣間見ただけのシェプシまでが、胸を締め付けられて身動きできなくなってしまうほど。

あんなに大きくなってしまった悲しみを受け止められるひとなど、どこにもいるわけがなかった。けれど受け止めるひとが現れないかぎり、あの悲しみはいよいよ大きくなってしまうのだろう。どうしよう。どうしたらいいのだろう。自分に受け止められるものならば……シェプシはしげみのこちら側にうずくまったまま精一杯詩人のことを念じていた。そのために、もしこの場でこの瞬間、真実の恋に落ちてもかまわない。小さな自分が詩人の深い悲しみのために押しつぶされてしまうことになってもかまわない、かまわない、詩人を守る性になりたいとシェプシは心の底から思って目をきつく閉じた。

どれくらいそうしていただろう、そっと目を開けたとき、シェプシは自分が何も変わっていないことを認めて惨めな気持ちになった。何も起こらなかったのだ。起こるはずもない。ついこの間まではやっと七歳になったと浮かれていたのに、今は詩人の三分の一も生きていないことが悔しかった。あるいは、こんなしげみの陰でなく詩人の目の前に立って思いを念じたなら何かが起こったりもしただろうか。

けれど、シェプシはどうしても詩人に自分の存在を気づかせる気にはなれなかった。詩人があのようにせつなげに泣いているところを誰かに見られて喜ぶはずはない。その配慮のほうが詩人を恋する気持ちよりずっと強かった。シェプシはなすすべもなくその場を離れると、先刻までの眠気を忘れてがむしゃらに山を登り始めた。胸に怒りがあった。何に怒っているのか自分でもよくわからなかった。

空気が一段と冷えた頃（見守る神が砂の精を訪れたのもこんな時間だ）、また頭上をムササビらしきものが飛んだ。話の種にどんな動物なのか見ておこうと顔を上げてみても、それはすばしこくて、ましてまだあたりは薄暗くて目で捉えることはできなかった。少しばかり投げやりになっているせいかすぐに諦《あきら》めたシェプシの背後にバサリと音がして、振り返るとそこにいたのはムササビ、森の村のムササビだった。

〈何してる?〉

〈そっちこそ〉

〈クルトには口止めしといてやった。ほかの奴らはまだ気づいてない〉

〈連れ戻しにきたの?〉

〈一応勧めてみるだけだ〉

　ムササビはシェプシを心配したというよりも、きっと生まれた村に似たこの山の中で樹々と戯れたかったのに違いない。少しはましな姿をしているところを見ると、言われたとおり川で身体も衣も洗ってから出てきたのだろう。それなのにもうこんなところまで登って来たのだとしたら、すごい速さだ。

〈途中で……何か、見た?〉

　おそるおそる尋ねると、ムササビは〈詩人を見た〉と造作もなく答えた。

〈倒れた樹の横で眠ってた〉

　それならムササビが通ったときはもう泣きやんでいたのだ。シェプシは少しほっとした。

〈おまえも、もう戻れ〉

〈頂上へ行くんだ〉

〈頂上?〉

　ムササビの表情はいぶかしげだった。

〈紫の砂漠を見る〉

〈変わり者だな〉

ムササビの表情が和らぐ。

嘘《うそ》ばかりついている……とシェプシは思う。自分は今日、嘘ばかりついている。詩人にも嘘をついた。ムササビにも嘘をついた。自分にも嘘をついているような気がする。どんな嘘なのか、よくわからない。

〈連れてってやるよ〉

ムササビは屈託なくそう言うと、シェプシを抱きかかえてひゅんっとかたわらの樹の枝に飛び乗った。とっさのことにシェプシは目眩《めまい》がした。固い岩盤の上でさえあれだけ跳躍できるムササビだったから、枝をしならせて飛ぶと、ほんとうに信じられないくらい素速くそして高く跳んだ。枝から枝へひゅんひゅんと跳び、樹が途切れると太い蔓にぶらさがって宙を飛んだ。

目眩と恐怖がかわるがわるやってきた。けれども、やがてわかったのだ。これは、いつもシェプシが岩場で風と同化して飛んだのと同じだ。ムササビはムササビというものになりきっている。シェプシが風になりきってしまうように。ムササビになりきったとき、そこに飛ぶことの恐怖はみじんもない。

しぶきを放つ急な滝があり、樹の間をのしのしと歩く巨大な動物がいた。たったひとりであんなのに鉢合せしたら恐ろしいことだとシェプシは震えた。詩人は大丈夫なのだろうか。シェプシの思いをよそに、興にのったムササビは楽しくてたまらないというように夜明け前の山を樹から樹へと飛んで登り、あっという間に頂上にたどり着くとどさりとシェプシを投げ出した。

〈見ろ〉

息をきらしながらも胸を張ってまっすぐに伸ばしたムササビの腕の先には紫の広がりがあった。崖《がけ》の縁には見馴れぬ恰好をしたひとびとが、すでにたくさん並んで砂漠を眺めている。太陽が顔を出したばかりだ。彼らは一等見晴らしのいい場所に群なしている。あたりにひとのいないのを確かめて、ムササビはシェプシを樹の上に上げてくれた。太陽がとりどりの色の帯をにじませてゆらゆらと真正面から昇ってくる。紫色に凝り固まった依怙地《いこじ》な砂漠を誘惑するかのように、雲を染め山を染めて揺らぐ色の乱舞は夕暮れのそれよりあでやかだ。

〈すげぇ〉

感に堪えずムササビが呟《つぶや》く。森の村では太陽はいつも気づくと樹木の枝にかかっていた。木の枝にかかるほどの大きさだった。こんなに大きくはない。さえぎるもののない視野に広大な砂漠を捉えたのも生まれて初めてだ。砂漠を眺めてばかりいるシェプシを変人扱いする塩の村の連中のほうがおかしいのだということを、ムササビはあっさりと素直に認めた。

〈こんなすげぇものが見られるのに見ないなんて、森に住んでて樹の下を這い回ってるミミズみたいだよな〉

シェプシは目を見開いたまま、答えることができなかった。塩の村で見るよりも遥かに雄大な眺めだった。なんといっても塩の村の岩場と祈禱師の山とでは高さが比較にならないほど違う。そしてこんなにも高い山から見おろしてさえ、紫の砂漠は雄大であり続けることにシェプシは圧倒された。視野が広がった分だけ砂漠も広がっている。なのにここからも向こう側にあるはずの山々はかすんでさえ見えず、砂漠は遠い地平線からそのまま空へつながっている。

〈絶対に砂漠へ行く〉

ふいにシェプシはきっぱりと言った。ムササビはゆっくり振り向くと黙ってシェプシの横顔を見つめた。

どれくらいそこにいただろうか、満足したムササビが帰ろうと促すのをシェプシは拒んだ。

〈詩人と一緒に帰るから〉

〈見つかったらやばいじゃないか〉

〈正直に言うよ〉

〈悪者の牢送りかもしれねぇんだぜ〉

〈牢に行ってみてもいいよ、そう思わない?〉

きっとあっちのほうだと砂漠を指さすシェプシを呆《あき》れた顔で見返して、好きにしろとムササビは言った。

また嘘をついた。どうしてこう次から次へと平気で嘘をつけるのだろう。もちろんシェプシが会いたかったのは詩人ではなくシェサという名の書記だ。

見守る神に仕える祈禱師たちには、たしかに耳や口の不自由な者が多いようだ。山の頂上近くにある小さな集落は異様な静けさに満ちている。凍える寒気のせいか、誰もが大きく分厚い一枚布で首から爪先《つまさき》までをすっぽり覆い、首にはぐるぐると別の布を巻き付けて鼻から下を覆っている。それでも彼らが誰彼なくやせ細った身体をしているであろうことは、何かの拍子に差し出される細い指を見ればわかった。

塩の村と同様に飾り気のないひとびとだったが、やはり真実の恋を待つ若者の額には飾り紐《ひも》が結ばれ、目尻には色が引かれている。シェプシがシェサの居所を尋ねようと声をかけた子供の目は木の実の汁か何かで赤く隈どられ、その汁は長い睫毛《まつげ》までを染めていた。瞳《ひとみ》の色は黒く目尻にうっすらと青をひいている。その不思議な感じのする大きな目の威圧感にシェプシはたじろいだ。

子供は黙ったまま視線で崖のふちを示すと、両手のひとさし指の先を合わせ額に当てる仕種を残して歩み去った。よく見ると、ほうぼうでそうした仕種が見受けられた。祈禱師特有の挨拶《あいさつ》なのだろう。

教えられたのは家というよりは洞穴だ。のぞき込もうとすればころがり落ちそうなほどきわどい斜面に入口がある。

幸いそんな危険を冒すまでもなくシェサは見つけられた。穴の外に黒いローブをまとった男がひとりうずくまって、祈禱師よろしく砂漠を眺めていたからだ。

へ丸い耳の子供とは珍奇なお客ですな。書記の町からの追っ手とも見えず、さりとて巫祝の間者にも見えない。新顔であるからには運命の子か。しかし運命の子が来るにはいささか時期が早い。なにしろここにはまだ子供の迎えも来ておらないのだから。はて、あなたたましく話しかけてきた。

　小柄な男だった。丸い顔につやつやした頬《ほお》を張りつけて、祈禱師たちに比べればだいぶ肉づきがよい。全体にぽってりとした身体の中で薄い舌だけがぺらぺらと回った。

〈塩の村のシェプシ〉

〈わたしのお客かな。それとも祈禱師への供物でも運んでらした？〉

〈あなたの客だよ〉

〈それは嬉《うれ》しいことです。なにしろ、ここの祈禱師たちときたら余計な詮索《せんさく》をせずにかくまってくれるのはありがたいが、話し相手としてははなはだ不適当な奴らばかりでわたしもいささか難儀してますよ。暖かいもてなしの礼に有益なる話をたぐいまれなる弁舌でもって一昼夜語り明かした挙げ句に、相手が聾《つんぼ》だったとわかったときのわたしの脱力感をわかってくれるひとは少ない。まして何かを語り聞かせてくれるのといったら、語るべき何事をも持たない小さなこわっぱだけときている。でもまあ、おのが暮しについて不平を述べるべきではありませんな。なにしろここのひとびとは善意が衣を着たようなもので。悪くはありません。悪くはありませんよ。しかし、欲というものを持たないひとびとは、最大限の善意をもってしても他者の欲に気づくことはないわけでして、ああ、腹ぺこだ。何か食べるものをお持ちではないかな。持っていないとわたしからは何も聞き出せはしませんよ。舌を動かすには動かすだけの養分がいるわけでして〉

はどなたかな〉

シェサはシェプシが声をかける前に振り向くと、間を置かず大仰な身振りとともにけ

〈あなたは話すよ。だってあなたの欲は何も食べ物についてだけのものではないでしょう？〉

〈いかにも、人間はその欲の形態を見ればおよそ人柄がわかるものですが、わたしの場合、わたしという人物を構成しているのは食欲ともうひとつは知識欲。実に単純極まりない人間です。ところで、お見かけするところあなたはまだ真実の恋についてすら話すこともできない、おのが運命にも出合っていないお子様のように思えますが、それでもすでに四十年近く記録の宝庫である書記の町で研究にいそしんできたわたしに食指を動かさせるだけの何かをお持ちだと言い張るのですかな？〉

〈ええ〉

あまりの早口にシェサの話は半分も理解できず、目眩すらしそうだったけれど、とりあえずシェプシは精一杯威厳を取り繕ってそう答えた。

〈はてさて、辺境育ちの気弱な子供に見えてなかなかに気の強いお客ですなぁ。で、それは何です？〉

〈………〉

〈その場かぎりのごまかしなんぞは通用しませんよ。わたしが一の書記とは言わぬまでもかなりの栄達を望める地位を捨て、愛すべき妻を他の男に譲ってまで得た知識を安売りはできないのです〉

〈妻を譲っただって？　どうしてそんなこと？〉

さすがにシェサも少し表情を曇らせる。

〈わたしが守る性だったからです〉

〈生む性を守れなくていったい何を守るんだ⁉〉

〈真実です。わたしが守るべきはひとりの人間ではなく真実というものだったのです。わたしは真実を守るために、ほかのものを捨てた。さあ、その真実に対していったいあなたは何を支払えるというのですか〉

シェプシはむっとした。

〈光る音響盤だよ〉

さすがのシェサもいささか言葉をなくして考え込んだ。

◆シェサの真実

〈で、何をお知りになりたいのかな〉

態度を改めたシェサがおもむろに尋ねた。

〈あなたは聞く神が見守る神と告げる神を生んだって言ってるらしいけど〉

〈おやまあ、そんなことが辺境の地にまで知れ渡っているとしたらわたしの命ももはや長くはないかもしれません。いったい誰からお聞きになったのですかな〉

〈詩人だよ〉

〈吟遊詩人も何人かおりますからなぁ。どの詩人でしょう〉

〈名なしの詩人さ〉

〈ああ、あの美しくも悲しい詩人。あれほど麗しい者は世界広しといえども他にいますまい。名なしなどと……最上の名があるものを〉

〈知ってるの？〉

〈知ってますとも。生地は存じませんが生みの親のつけた名はアーネジェウ、あなたもいましがたご覧になったに違いない《曙《あけぼの》》の意です。さぞかし生まれたときから光り輝いていたのでしょうな。もっともわたしたちは月こそ古代の神として崇《あが》めないことはないものの太陽についてはあまり意識することがありませんから、これが良い名なのかどうかよくわかりませんけれども。さて、書記の町にやってきて運命の親にもらった名はジェセル。これは最初の書記の名にあやかる名です。つまり、よい書記になるようにという願いのこもった聖なる名ですが、残念ながら詩人は運命の親同様に一介の詩人として生を終えるのでしょう。まぁ、本人が望んだことでもありましたけれども、もしも真実の恋に出合っていたら考え方も変わっていたでしょう。つまり、彼の名はジェセル・アーネジェウ、《聖なる暁》とでも言いますか……捨てたくなる気持ちもわからないではありません〉

たしかに皮肉な名前だった。それでもシェプシは一度だけ抱き締めるようにその名を呟《つぶや》いてみる。

〈ジェセル……アーネジェウ……〉

〈その太陽も刻々と高みへ昇りつつありますから、話を戻しましょう。あの無口な詩人から聞いたとおっしゃるなら、話して差《さ》し支《つか》えないのでしょうからね。聞く神が他の神々を生んだというのはこういうことです。すなわち、聞く神が現れる以前に神の記録はなかっ

た〉

〈どういうこと?〉

〈簡単なことですよ。わたしたちは古書に書かれたさまざまな伝承や記録によって神々の若かった頃のことを知りますが、その古書は聞く神が現れ、書記の町ができてから書かれ始めるのです〉

〈一番古い書物は聞く神がやってきたときに書かれたということ?〉

〈そのとおりです。なにしろ、聞く神が現れる前には文字や紙など存在しなかったのですし、誰もそれを必要とはしなかったのです。ということはですよ、誰も聞く神が現れる以前のことはたしかに知っているわけではないということです。ただ、最初の書記が思ったとおりのことが書かれているわけで、それが歪《ゆが》められた真実だったり勘違いされた真実だったりすることはあり得ないことではない。真実がどうだったかは別として、最初の書記が初めて記録というものをした瞬間に、今わたしたちが信じているところのいっさいがっさいの神話が作られたのです。書いたのが聞く神に仕える書記だったことを考えればそれが聞く神にとって都合のよいように少しくらい変えられていたからといって不思議ではないでしょう?〉

〈そんなこと言い出したら何も信じることができないじゃないか。神さまの記録を疑ったりしちゃいけない〉

〈あなたは良き民ですな、実に。別にあなたが何を信じようとわたしはかまわない。話せと言われたからお話ししているだけでして〉

〈そんなの嘘《うそ》だよ〉

〈ほう、どうしてですか〉

〈だって、神々の伝説では聞く神はちっとも有利な立場にいないじゃないか。あなたの言うとおりなら、誰もが聞く神こそいちばん偉いと信じ込まずにいられないような伝説になっているはずさ〉

〈あなたは、思ったより賢い。そのとおりですな。それこそわたしの学説の要なのですよ。いいですか、あなたは神々の伝説上、聞く神はちっとも偉そうでない。故に、聞く神が自分に都合のよい話を作り上げたのではない、と思っていますな。しかし、わたしはこう考えたのです。わたしたちには何が聞く神にとって都合がいいかなんてことがわかるのか、とね。なにしろ相手は神なのですぞ、神のお考えになることが、一介の書記ごときに、まして運命のいかなるかもわからぬあなたごときにわかるでしょうか〉

〈それは、そうだけど……〉

〈書記と巫祝が勢力争いをしているのをご存じかな。知識欲の代わりに支配欲を持ったひとびとというのも大勢いるものです。そのような書記にとっては腹立たしいことです。最初の書記が神々の記録を書いたとき、それを書いたのは紛れもなく書記なのですから、告げる神より先に聞く神がいたと記してくれさえすれば、こんな争いは起こらなかったでしょうからね〉

〈そんな……書記っていうのは、真実を記録するひとのことだよ。争いに勝つために記録をねじ曲げるひとのことじゃない〉

〈まったく賛成です。そのとおり〉

シェサは大きく広げた両腕をお腹の前で強く打ち合わせようとした。だが、お腹がぽってりと膨らんでいるために右手は左手に、左手は右手に届かず、はからずも両手でお腹をぽんぽこと叩《たた》いてしまった。照れ隠しにエヘンと咳《せき》ばらいしてシェサは続ける。

〈人間どうしの争いごとなどどうでもよろしい。くだらないことだ。問題は神が何を望まれるかです。人間など及ばない尊い意志と力と知恵を持った神が何を考えていらっしゃるのか。あなたは聞く神がどれくらい賢いかをご存じかな。それは、一の書記が今年養子に出される子供をおのおのどの親のもとに送りましょうかと相談すると、たちどころに何百人という子供をもっともふさわしい親に結びつけてみせるほどですよ。同じことをわたしがやったら一年はかかるでしょうなぁ。たとえばあなたにとって一番よい運命の親を知ることはたやすいが、もしもうひとりの子供にとってもその親が最適だったならさぁどうするか、どちらかを諦《あきら》めなければならない。ではその親はほかに譲ってあなたを二番目にふさわしい親のもとへ送ることにしたら、その親こそもっともふさわしいはずだった子供をどこへやるか……難しいでしょう? そんなことを、聞く神は瞬時に解決してしまわれる。もちろんそれは日頃わたしたち書記が子供たちや親たちについてわかるかぎりのことをお聞かせして、神もそれをすべて覚えていらっしゃるからですが。さて、かくも賢い神がもっとも大切に思われているものは何かご存じかな?〉

〈それは秩序だよ〉

〈いやまあ、驚いた。あなたは犬相手に謎《なぞ》かけ遊びをしたとかいうのんきな英雄よりはよほど賢いと見える。さよう、秩序こそ聞く神ご自身が生んだとお認めになり、聞く神が守り続けるであろうところのもの。よいか、聞く神にとっては真実よりも秩序のほうがずっと大切なのですよ。あるいは、聞く神にとっては秩序こそが真実と言い換えてもよろしいが〉

〈何が真実かはひとによって違うと詩人は言ってた〉

〈そのとおり。わたしはですね、塩の村のシェプシよ、わたしにとっての真実を探しておるのですよ。聞く神をないがしろにしようというのではない、聞く神のお力を信じるからこそその裏にしまわれた別の神話があるはずだと思っているのです。これはもうわたしの欲なのでして、これを諦めるとわたしはわたしでなくなってしまうのですな。知識欲です。まぁ、支配欲と比べてどちらが高尚かと言えたものでもありませんけれど〉

〈前置きはもういいからさ……〉

高くなる陽《ひ》を眺めながらシェプシが先を促す。

〈いやいや、気の短いお方ですな。老い先の短い者よりも若者のほうがせっかちなのはどういうわけか……よろしい、わたしの仮説はこうです。聞く神には真実よりも大切にしているものがある。それ故に聞く神のお膝元《ひざもと》で書かれた古書にはいくばくかの歪みがある。歪みが聞く神にとって有利に見えないとしたら、わたしたちにはまだ見えていない聞く神の事情というものがあるのです。それを解く鍵《かぎ》は神話における聞く神の不利にこそあるはずだ。あれほど賢い神が自ら不利になるような記録を作るとは思えませんからね〉

〈つまり、鍵は、聞く神がいちばんあとから来たってこと？〉

〈それもあります。見守る神の存在は歪めようもない真実だったとしても、告げる神と聞く神の出現については充分に疑わしいものがある。わたしはもしかすると告げる神より先に巫祝が存在していたのではないかとも思っています〉

〈そんな馬鹿な話は聞いたこともない〉

〈いや、巫祝が神より先に存在していたというのが言い過ぎなら、巫祝たちは神の存在にあとになって気がついたと言ってもよろしいが。いいですか、わたしの考えはこうです。かつて人間たちの間には苛酷《かこく》な争いがあった。いちばん強力だったのは、もしかしたら今は沈黙しか知らないようなここの善良なる祈禱師たちだったかもしれません〉

〈ちょ、ちょっと待ってよ。人間たちが争っていたなんて、そんなこと聞いたことないよ。どうしてそんなこと思うのさ。古い書物に書かれていたの?〉

〈ううむ、残念ながらわたしの調べたかぎり、はっきりとそう書かれたものはありませんな。記録にあるのは魔の山の山賊とのいざこざがわずかばかりで〉

〈だったら、どうしてそんなことわかるのさ〉

〈それならちょっとこちらへいらっしゃい〉

シェサは崖《がけ》っぷちを危うく、しかし器用に回って洞穴の中に入るとシェプシを手招きした。手足が短くぽってりふくらんだお腹のために足元も見えないに違いないので、見ているシェプシはひやひやした。あとを追って穴にもぐり込むと中は真暗だ。だがしばらくすると、ぽっと明りがついてランプのゆらゆら揺れる火がシェサの顔を浮かび上がらせた。

〈すみませんな。日が高くなればここも明るくなるのですがね〉

そう言いながらシェサがランプをかかげて少し場所を移動すると、薄暗かった壁になにやら赤い線がぼんやり浮かび上がった。消えかけているところもとない線をたどっていくと、駱駝《らくだ》に乗ったひとの絵だとわかる。ひとの手には槍《やり》があり、その槍は地にころがったもうひとりの人間の身体を貫いている。よく見るとまわりにはかなりたくさんのひとと駱駝が見える。少なくとも明りに照らし出された壁面一杯にひとと駱駝がいて、多分明りの届かない暗がりにも同じような光景が描かれているのだろう。くらくらするような迫力ある絵だった。

〈誰が描いたの?〉

〈わたしたちのお友達でないことだけはたしかですね〉

〈いつ描いたの?〉

〈さあ、いずれにしても聞く神が現れる以前の争いではあるでしょう〉

シェプシははげ落ちそうな壁の絵を指でなぞり、やがて少し離れて眺めてからあっと叫んだ。

〈これは砂漠じゃない?　もしかしたら砂漠の中じゃないの?〉

〈でしょうな〉

シェプシはうずくまって頭を抱え込んだ。入ってはならないという砂漠の中に隊商でもない人間がこんなにたくさん入り込み、まして闘うなんて、そんなことがあるだろうか。砂漠を侵すものには死が、砂の精の舞を見たものには狂気が約束されているのを知りながら。

〈こんなこと、あり得ないよ〉

よろよろと立ち上がってもう一度壁一杯に広がった絵を見ると、ぼんやりと月が四つ、死の印を結んでいるのがわかる。あろうことか、背景には草原で見た小屋に似た三角のテントまでが見える。

〈どうして？　だって砂漠に入ってはいけないって言ったのは見守る神と告げる神なんだよ。告げる神が現れる前の人間はぼんやりと互いに見つめ合うしか能のないくらいおとなしかったんだ。だったらこれは告げる神が現れてからのことだ。砂漠の禁忌が告げられたあとのことだ。こんなことってあるはずがない。こんなことしたら、神の怒りに触れないわけがない。みんな殺される。勝ったって何の意味もないじゃないか。それがわかってて、こんなことしてるなら馬鹿者だ〉

シェサは火を焚《た》きお湯を沸かしながら、また両手を振り回して喋《しゃべ》り始める。壁の絵にシェサの歪んだ影がゆらゆら動く。

〈どこかに歪みがあるのです。どこかはわからない。この絵が嘘なのかもしれない。告げる神が砂漠に人間を入れないと見守る神に誓わせた……それが嘘なのかもしれません。それとも見守る神が愛したのは恋する人間でなく、争い合う人間だったのかも〉

やがてシェサはお茶をズズとすすった。そのお茶からはシェプシが嗅《か》いだことのない香がする。勧められたシェプシがおずおずとお茶に口をつけると、今度は食べ物を出して頬張《ほおば》り始めた。青菜と魚の燻製《くんせい》だ。

〈よかったら召し上がれ。医師の谷ご推奨の長寿草と祈り魚です。祈り魚は祈りながら泳ぐと言われています。ひとの腹の中に入ってもまだ祈り続けるそうですよ。ですから食べた者の身体は祈りそのものに包まれると言われています。塩の村では魚などいないのではありませんかな。遠来のお客にこれ以上のご馳走《ちそう》はございますまい、と自分から言うのも何ですけれど、世の中には教えてやらなければ物の価値もわからない輩《やから》が多いものですからな。いやいや、あなたがそうだと言うのではありませんが。お先にいただきますよ。初めてでは食べ方もご存じないかもしれませんからな。と申しましても実はこうして口に放り込めばいいだけなのですが。うーん、うまい。わたしはこれが好物でしてね。あなたは、もしかしたらこの壁画があるためにわたしがここに住んでいるとお思いになるかもしれませんし、書記の町を追い出されたからこんな辺ぴなところに住まわねばならないのだと思ってるひともおりますが、何のことはない、この祈り魚が喰《く》えるからこそわたしはこの山が好きなのです。これは燻製ですがな、生で食するのもなかなかです。地の月になればたくさん捕れるのです。いや、楽しみですわ〉

シェプシはとても食欲など出なかったけれど、せっかくだからと出された食料を腰の袋に突っ込んだ。

〈で、あなたはどう思うの?〉

〈祈り魚のことですか〉

〈ふざけないで。どの嘘がほんとうだと思うの?〉

〈ややこしい問いかけをしないでいただきたい。消化に悪いですからね。ここでは食事も祈りながらしなければならないのですよ〉

口が休む間もないほど喋り続けておいて、この言いぐさはないものだ。

〈何を祈るのさ、見守る神相手に〉

〈もちろん、見守り続けて下さいと祈るのです〉

〈見守るっていったって結局黙って見てるだけってことでしょ？　手を貸してくれるわけじゃない〉

〈それは違いますよ。どんなものにも、どんなひとにもそれを見守るまなざしは必要です。見つめるまなざしがあって初めて意味があるのです。見守る神があるからこそ砂漠にひっそり咲いているかもしれない一輪の菫《すみれ》の美しさにも意味があるのです〉

〈わかったよ、そうかもしれない。それで？　見守る神が若かった頃に見ていたのは闘う人間だったと思うの？〉

シェサはあれだけ喋りながらもすでに食事を平らげて口を拭《ぬぐ》っていた。もう一度ズズとお茶をすすってさらに舌の回転をよくする。

〈わたしは、七歳で書記の町に養子に出されてから三十数年そのことを考えてきたのです。いささか考えすぎたために、まぁ、書記の町を追われたわけですが。祈り魚が好きだからなんて、そうです、強がりにすぎませんよ。それで、ずっと考えてきて一番理屈にかなうのはこういうことではないかと思ったのですよ。

書記の町の古書には闘いの記録がないのに、ここに闘いの絵があるということは、少なくともこの絵を描いたのは書記ではない。おそらくは祈禱師たちの祖先でありましょうな。祈禱師たちがいつごろからこの山のてっぺんに住むようになったのかは不明ですが、おそらくは聞く神との力比べに負けた神がすべてを見守ることに徹した頃からではないでしょうかな。もしかしたらその前からかもしれませんが、とにかく祈禱師の祖先は闘いを経験したはずです。ひとは見たこともないものを描いたりできないものなのですよ。誰にも神の絵を描くことができないようにですな。

かつて人間たちは、この美しさよりほかには何の糧も生み出さない苛酷な紫の砂漠において、わずかな水、わずかな食料、わずかな塩をめぐって争っておった。先ほども申し上げたでしょう、祈禱師の祖先もまた争っていた。そしておそらく巫祝たちもかなり強かったはずです。あなたは巫祝の力をご存じかな。巫祝は今はかなりの力を失ったかあるいは封印してしまっておりますが、彼らが告げる神の教えをなげうって持てる力のすべてを発揮したならばどんなことになるか、巫祝の力は恐ろしいですぞ。彼らは遠く離れていながら互いに会話することができる、力をこらして闇《やみ》の中に目を開けば捜しているものが世界のどこにいようと見つけ出すことができる。それどころか巫祝の森の言伝えによれば、大昔には大きな岩を望みの場所に落としたり、瞬時にして自ら好きな場所に移動できた巫祝までいたと言うのですから驚きですな。

さて、この恐ろしい巫祝たちと見守る神に見守られた祈禱師たちが血みどろの争いを繰り広げていたとしますな。そんなときに聞く神を連れた最初の書記がやってきたとしたらどうなります？〉

〈どうって……〉

〈聞く神が、巫祝たちにこっそりと相談をもちかけたらどうなります？〉

〈相談てどんな?〉

〈あなたがたに守護神を与え、争乱を収拾しよう、とかなんとか〉

〈………〉

〈わたしの思うに巫祝たちにとってこれ以上ありがたい話はなかったのではないでしょうかなぁ。祈禱師たちが神の名をふりかざして自分たちの正当性を謳《うた》うのはいまいましいことだったでしょうし、神の名を戴《いただ》いて自らの優位のうちに混乱を収めることができたならと考えないわけがない。いい加減闘いに疲れてもいたでしょうし、名誉ある平和が得られるなら、自分たちの力をセーブするくらい何でもなかったでしょう。また、巫祝の森のように住みやすい村を得られるなら何で不毛の砂漠に固執することがありましょう〉

〈だけど、聞く神にそんなことができたの?〉

〈聞く神には巫祝の力に勝るとも劣らない奇跡の力がありましたからな。思い出して下さい、伝説の中の光の剣を〉

〈あっという間にひとを殺す力だ〉

〈さよう……殺して見せたのはもしかすると巫祝が闘っていた相手だったかもしれませんな。その剣は今も聖地にしまわれていると聞きます。もちろん高位の書記しかそれを見ることはできません。それでもたしかにあるのです。おそらく塔の地下の聖具室に〉

〈だったら、なぜ祈禱師も巫祝をやっつけて、聞く神だけの世界を造らなかったの?〉

〈必要だったのではありませんかな、彼らが〉

〈どうして〉

〈聞く神が欲したのはなんでしたかな〉

〈……秩序だ〉

〈さよう、秩序を守るのに巫祝の力が必要だったのではありませんかな。見守る神の古い信仰もです。それに皆殺しにしてしまっては秩序もへったくれもないですしな。整理するとこういうことです。聞く神は争いを終わらせるために告げる神を創造し、逆らう者を斬《き》り殺す強力な力を示された。飴《あめ》と鞭《むち》、誘惑と威嚇ですか。巫祝たちは名誉ある闘いの終結の代わりに秩序を守るため力を貸すことを約束した。一方、祈禱師たちにとってもさして屈辱的でない終結の解釈が施された。思いますに、砂漠の禁忌を望んだのは誰よりも聞く神であって、決して告げる神や見守る神ではなかったのではないでしょうか〉

〈砂の精なんかいないって言いたいんだね。砂の精を信じないの?〉

〈いないとは言いませんがね、いるとしたらおとぎ話の中にでしょうな〉

〈そんなの、嘘だよ……誰も見たことはないかもしれないけど、砂の精はいるもの。とっても綺麗《きれい》な踊りを踊るんだよ。砂の精がいないなんて、そんなこと……〉

〈おやおや、元気がなくなってしまわれたようだ。そうですよ、そうですよ、砂の精はいるのです。そう信じてらっしゃいな。多くのひとびとが信じているようにですな。かまいません、それこそ秩序に殉ずるということでして聞く神も喜ばれることでしょう。なにしろ、聞く神お墨つきの《三神正伝》第二巻行番号〇〇三六七に正式に登場するのですから たしかなお話です。こうでしたかな……生きとし生けるものあまねく砂漠を去りてののちなおそこにとどまりたる者あり。砂の精なり。これ、風をまとい月夜に舞い月とともに砂に沈みて休む。紫玉《しぎょく》の眼、いと白き髪、腕《かいな》は細く、笑みつつ踊ればその様比類なく麗し。小さき踵《かかと》にて砂を蹴《け》れば紫色の砂高く舞い上がりやがてはらはらと舞い落ちる、これ神の御心をも捉《とら》えん。すなわち、告ぐる神の由来なり……〉

小馬鹿にしたように嬉々《きき》として喋り続けるシェサに半ば傷つけられ半ば呆《あき》れてシェプシは髪を掻《か》き上げつつ口をはさんだ。

〈もうひとつあったよね〉

〈……時過ぎて小の月砂漠の端に沈みたる寂々たる暁の……えっ、何ですって？　何か言いましたか〉

〈聞く神の話にはもうひとつ気になることがあるんだ。いい？　聞く神は自分が授けた子供をできそこないだって言われて、はい、そうですねって認めてしまった。それは、どうして？〉

〈見守る神曰《いわ》く、汝《なんじ》が子未《いま》だ真実の恋を経ずして既に性を決す。粗末なり。聞く神答えて曰く、然《しか》り……同じく第三巻行番号〇一一二九。同じ話が《生物学基礎編》ヒトの部の脚注行番号〇一〇五六にもありますな。なぜかこちらのほうが広く流布しております。現代語に近いからでしょう。あれですよ——死の月の祭に掛け合いでやる——そなたにひとがつくれるか！　あなたより早くつくって見せよう！……聞く神にとって不利な逸話を持ち出して、しかも不利な部分自体には目をつぶる、不可解な現象だ〉

〈記憶力のいいのはわかったからさぁ。神はどうしてそれをできそこないだと認めた

の?〉

〈生まれたときからすでに生む性としてあったからです〉

〈耳が丸かったからではないんだね〉

〈耳がですか。ちょっと待って下さいね。ええと、そういえば辺境エリアの年次報告書《今年流行《はや》った歌とお話》の索引番号八七七二枝番号六二かどこかにそんな話があったような気がします。しかし、これは百年ほど前の報告書で、つまり聞く神が現れてから四百年もたってぽつりと辺境に現れたお話でして、資料価値は無きに等しいですな。あるとすれば、民俗学的見地からではないでしょうか。どうしてこのようなお話ができたのか。わたしの思うに豆を媒介にして悪い病気が流行ったかなにかした際に、豆を憎むような感情が発生し、それが豆のような形の耳を憎む感情に発展したのでは?〉

わけのわからない説明を聞きながらもシェプシは安堵《あんど》して、次に期待を込めて聞いた。

〈じゃあさ、最初の書記の耳が丸かったっていうのはほんとう? 詩人はほんとうだって言ったけど〉

〈少なくとも《聖書記列伝付録―書記の横顔《プロフィール》》にはそのような記載がありますな。なにしろ横顔だから耳のことははっきりしてるのではないですかな、ハッハ、ええとたしか行番号は〇〇一〇三だったと思いますが〉

〈ふうん〉

力が抜けたようにシェプシが相づちを打った頃にはかなり日が高くなったのか、洞穴の中にも光が射《さ》してきていた。シェサはくちびるを管のように細めると、ふうっとランプを吹き消した。

〈耳の形は問題じゃないとすると、やっぱり生まれたときから性が決まってたことが問題だったんだね。どうして聞く神がつくった子供は生まれたときから生む性だったのかな〉

〈それこそかの詩人が歳月を費やして調べていたことですな。率直に言って答えはまだわからないのです。母の胎内ですでに真実の恋にめぐり合ったのでしょうかな、ハッハッ、それにしても相手がおらないのでは説明になりませんが〉

〈聞く神がよい子供を授ける力を捜しているというのは?〉

〈うむ、これはちょっとお高い情報ですぞ。しかしまぁ光る音響盤に関する知識と交換とあれば仕方がない。わたしの思いますに、書記の町の聖地の奥でそのすべは編み出されつつありますな。あの塔の上のほうで〉

〈そうするとどうなるの?〉

〈聞く神が子供を授けられたのと同じくらい早く、そして聞く神が授けられた子よりは完全な子が生めるようになるのではないですかな。そうすれば、ひとびとはもっとたくさんの子供を持つことができるようになって、もっと遠くに住むひとびととも交流できるようになるでしょう〉

〈遠くって、書記の町のもっと向こうとか塩の村の奥の森よりもっと向こうとかってこと?〉

〈そうです、詩人たちはときおりそうした遠い地方の様子を探りに行きますから聞く神はだいぶ情報をお持ちのはずです。噂《うわさ》によれば砂漠を持たない実に多くのひとびとが世界にはおるようです。彼らは砂漠も持たなければ、三柱の神も持たないのでしょう、もしかすると文字というものも持っていないかもしれませんな。かなり野蛮な暮しをしているようです、気の毒なことに。やがては彼らにも三神の支配が及ぶことになるでしょうが、しかし今はまだちと時期が早い。彼らにわたしたちの存在を知られて万が一にも争いなど起こってはとうてい勝ち目はありません。数で負けますし、わたしたちは聞く神の秩序によって闘いを忘れましたからね。運命の親子制度などその最たるものですな。ついこの間まで一緒に暮らしていた生みの親、生みの子、あるいはこれから運命の子になるかもしれない子が他の地にいると思えば誰しも他の町や村と闘う矛先が鈍らないわけはない〉

〈ふうん……〉

〈もしかすると、最初の書記の耳が丸かったのは、それが外の世界の異民族だったからかもしれませんな〉

〈遠くにいるひとは耳が丸いの？〉

〈いや、そういう話は聞いたことがありませんが〉

〈そうだよね、聞く神は世界の果てからじゃなくて、砂漠の中から来たんだもんね……砂漠か……いったい何なんだろう。たくさん話を聞いて何かがわかったみたいな気がしたけれど、でもなんだかよけいにわけがわからなくなっちゃった。聞きたかったのは砂漠のことだけなのに〉

〈砂漠は世界の果てですよ〉

〈なに言ってるの？　砂漠は世界の中心じゃないか〉

〈いいや、砂漠こそ世界の果てなのですよ。どこから歩き出してもそこで道の途切れるところ、泣いても叫んでも誰も聞きつけてくれないところ。秩序にそぐわぬもの、寸法に合わぬものがまとめて放り出されているところ……〉

〈行ったことがあるんだね?〉

〈ある、と言うべきか……独立したわたしは書記として働きながら神の姿を捜し求めておりました。古書に書かれていない神の戦記を書くことがわたしの夢でした。それは、聞く神こそ偉大なる第一神であることを証明づけるものであるはずでしたし、書記にとって不利益なものとは思いませんでした。さきほどお話ししたような推論からわたしは砂漠へ行くことの必要を感じて、とりあえず砂漠を渡る隊商について砂漠を渡ったのです。けれども隊商は商いのために砂漠を渡るのであって好んで神の戒めに背くのではありません。彼らの歩くのは、方角も見失われる砂漠の中とはいえ半ば定常化したルートで、そこで何かが見つかったということは百年ほど前に彼らが砂漠を渡り始めてから一度としてありはしませんでした。ですから何かを見つけたいのなら途中から彼らと別れなければなりません。わたしはそうするつもりでおりました。砂漠のまん中あたりから彼らとは違う方向に歩き始めるつもりでね。けれども、いざ、そうしようと思ったとき、わたしの足はすくんで一歩も動かなかったのです。恐ろしかったのかもしれません。隊商とともにいてさえ何度も死の危険を感じていましたし、わたしを神の冒瀆者《ぼうとくしゃ》のように言う者もおりますが、その実わたしほど聞く神の力の大きさを感じている者はおらない、つまりその禁忌を犯すことの重大さをわかっている者はいなかったのですから、わたしが恐ろしさに負けたと言って臆病者扱《おくびょうもの》いされても困ります。しかし、そのような危険は覚悟した上での旅立ちだったはずです。今更怖いからなんぞとたわけたことは言いますまい。おそらくわたしはそのとき肌に感じたのです。わたしは拒まれていると。その感覚をわかっていただくことができますかなぁ。砂漠のまん中で、どの方向にも何もなくて、すなわち次の一歩はどの方向へ差し出してもよかったはずですのに隊商と同じくするその方角以外のすべての方角がわたしには拒まれていたのです。誰の意志かはわかりません。もしかすると強い力を持ったどこかの巫祝がわたしを縛りつけただけなのかもしれません。が、とにかく砂漠が拒んでいると思いました。不思議に拒まれてもつらくはありませんでしたし、強がりを言うのではありませんが恐怖がわたしを押しとどめたのではありませんでしたよ。わたしはそのとき見守る神のまなざしとでも言うべきものを感じておりました。むしろ、それは暖かいまなざしでした。神は何も言わず、ただじっとわたしを見つめておりましたな。わたしにはそれが感じられました。暖かなまなざしの下でわたしは考えた。今は時期ではない。わたしはそのひとではないと。そしてもうひとつ、この禁忌、この拒絶は優しい、と。狂気や死を引合いに出して恐ろしいものとしてわたしたちは砂漠を避けておりますが、わたしには何かとても優しい配慮といったものが感じられたのです。不思議な体験でした。あのことのためにわたしはいまだに混乱しているくらいです。しかし、時期が来ればわかるでしょう。もちろん諦めたわけではありません。しかし、待つことも大切です。現に、おとなしく待っていたために今日は珍しい光る音響盤を拝見できることになったのですから。ほんとうなのでしょうなあ。聞く神がひそかに捜しておられると噂されるあの音響盤なのでし

ょうな。そろそろ見せて下さってもよろしいのでは？　わたしはずいぶんお話ししたように思うが〉

◆六日間の猶予

ちょうど洞穴の入口からまっすぐに射《さ》し込むようになった光の下で、シェサは音響盤から流れ出る不可解な音を聴いたあと、その大きさを測ったり、硬さを試したり、描かれている絵や文字を眺め回したりしてそれらのすべてを真新しい紙の上に書きとっている。この人間の絵は《博物誌》に何らかの形で付け加えられるべきだとか、九つの小さな丸こそ秩序の源なのだとか、この記号らしきものは文字に違いないがひとの言葉とも神の言葉とも異なるのはどうしたわけだとかぶつぶつ言いながら。シェプシは勝手に喋《しゃべ》らせておいた。正直なところシェプシの小さな頭にはもうどんな情報も入りきらない気がしたのだ。

そうすればすべてが納まるべきところに納まるとでもいうように、ごったがえした頭を二度ばかし左右に振って、いったいシェサは何かを教えてくれたのだろうかと考えてみる。たくさんの言葉が必ずしもたくさんのことを伝えるわけではない。ようするにシェプシが聞き取ったのは、たったひとつ人間に委《ゆだ》ねられた真実、つまり真実の恋すらもまっとうできない人間に神の真実が明かされるわけがないじゃないか、というそのことだけだった。

〈その音響盤を持って書記の町へ行ったらどうなると思う？〉

ときおり〈はあ〉とか〈ほお〉とかうめきながらとりとめもなく喋り続け書き続けてい

るシェサに向かって唐突にシェプシは尋ねた。

〈聖地に奉納されるでしょう。光る剣の隣かどこか。そうなったら二度とひとの目には触れなくなる。見ることができたのは好運でした〉

顔を上げてこちらを見たシェサの視線がふと止まった。シェプシが振り返ると、そこには光を背にした細長い影が腰を屈《かが》める恰好《かっこう》で立っていた。無理もなかった。ずいぶん長い時をここで過ごしてしまったことに、シェプシだって気がついていないわけではなかったのだ。

逆光のせいで詩人の顔は闇《やみ》の中だ。表情は見えない。ゆっくりと滑るような足どりで奥へ入ってくると、シェプシの顔、シェサの顔、台の上に置かれた光る音響盤、広げられた厚い紙、紫色のインク壺《つぼ》、壁に描かれた戦乱の絵……そうしたものに順々に視線を移していった。ようやく見えるようになった顔には表情というものがなく、いつまでたっても口を開く気配がない。

ずいぶん間が開いてしまってから、我にかえったシェサが身じろぎして〈これは、これは〉と機嫌よく詩人に話しかけた。

〈今日はまたよいお客をよこして下さいました。わたしの研究にも……〉

〈もう用はお済みでしょう〉

詩人は冷たくシェサの言葉をさえぎると、台の上から光る音響盤を取り上げた。それをシェプシの袋に戻し、さらにその袋を黙ってシェプシの腰に結んだ。何も言わず、神の恵みも祈らず、仕種だけでシェサに挨拶《あいさつ》をしてシェプシを外へと促した。

これはそうとう怒っている。シェプシはそう思った。なぜだか勝手に詩人を優しいひとと思い込み、どこかに甘えがあってこんなところまで来てしまったけれど、たしかに詩人は雨山の中腹できっぱりとそれを禁じたのだった。ひとに欺かれて平気でいるほど詩人はおひと好《よ》しではない。こんなふうにこのひとは怒るのだ。冷たい怒りだと思った。聞く神に言いつけられてやはり悪者の牢《ろう》へ放《ほう》り込まれるのだろうか。覚悟はしていたつもりなのに、それは全然覚悟などというものではなかったと今になってわかる。脚ががくがく震えている。

だが、詩人は叱《しか》るでもなかったし何かを尋ねもしなかった。

〈帰りましょう〉

そう言っただけだ。その声はシェプシが拍子抜けするほど穏やかで、むしろはかなく聞こえた。怒りとはまるで違った何かのためにかすかに震えてさえいるようだった。

〈いやだ〉

口が自然に開いてそう言った。どうしてそんなことを言ったのか自分でもよくわからない。ただそう言った途端、脚の震えはおさまり、そしてシェプシは気づいたのだ。恐れていたのは詩人のほうだと。詩人は怒っていたのではなく恐れていた。洞穴にシェプシを見つけたときからこうなることだけを恐れていた。その証拠に詩人はつかの間息を止め、浅くくちびるを噛《か》んだままシェプシをじっと見返した。そのあとで、静かに耐えるような様子で尋ねた。

〈どうしてですか〉

〈砂漠に行くんだ〉

〈ですから、どうしてですか〉

〈わからないよ、そんなこと〉

シェサが言うような真実が知りたいのではなかった。シェサはたしかに星見の家の巫祝よりもイアフ爺《じい》さんよりもずっと物知りだ。でもだからといって少しも立派なひとには見えなかった。砂の精は存在しないなどと馬鹿なことを言うのも気に入らなかった。何が気に入らないといって、真実の恋に出合っていながらそれを嘘《うそ》っぱちのものにしてしまったことほど気に入らないことはなかった。だから、どうしてですかと聞かれるとシェプシには答えようがない。ただ、行くべきだと思うのだ。すると、それはもうずっと前から決心していたことのように思えた。

〈理由もないのに運命に背くのですか〉

〈運命に背く気はないんだ〉

〈あなたは今、運命の旅の途中なのですよ。この旅から抜け出すことが、すなわち運命に背くということではありませんか〉

〈じゃあ、帰ってくればいい？　ねぇ、医師の谷を出たら巫祝の森へ行って、それから岩掘村へ行くんでしょう？　それまでに戻ってくる。ならかまわないでしょ〉

シェプシがあまりにけろりと言ったせいか、詩人は身体をよろめかせ、かたわらに転がっていた岩に手をついた。蒼《あお》ざめた顔をしてそのままそこに腰をあずけた。

〈シェサの話を聞かなかったのですか。歩き出そうとする人間を砂漠は受け入れないとい

う〉

〈あのひとはそうだったかもしれない。でも、この間砂漠は呼んでいたんだ。シェプシ、おいで、おいでって。そうだ、呼んでいたんだ〉

頭が重そうに滑り落ちるのを詩人はかろうじて片手で受け止める。

〈夢でも見たのでしょう。いったい何人のひとが砂漠で死んだと思っているのですか〉

〈でも、生きて帰ったひとの話もしてくれたよね〉

ますます重くなる頭を詩人は今度は両手で受け止めた。長い琴がその拍子にごろんと倒れたのを気にするふうでもなかった。

〈全然答えになっていません〉

ようやく両の掌《てのひら》で頭を上げる。ひどい頭痛をこらえるように。

〈呼ばれたから行く、いいでしょう、呼ばれたら行くべきです。けれども七歳にもなったのだから少しは考えることもしなければ。あなたが呼ばれたところは死を約束された場所なのです。どうして帰ってくるなどとのんきな顔をして言えるのです。たしかにわたしは帰ってきたひとの話をしました。しかし、彼は屈強な男のひとだったし、星の知識も持っていた。そして何よりとても運が強かったのです。あなたにそれと同じだけのものがありますか。その男でさえ帰ったあとは気が狂ってしまったのですよ〉

〈何もないよ〉

シェプシは詩人のまなざしを捉《とら》えた。

〈何もない。だけどシェサはこう言った。歩き出そうとしたそのときに砂漠がシェサを拒んでいるのがわかったって。その同じ砂漠が呼んでくれているのをたしかに感じるんだよ。シェサはこうも言った。今は時期ではないって。四歳のときからずっと砂漠を眺めていたのに、今になって初めて砂漠が呼ぶのはなぜ？　今が時期だからじゃないの？　今でなくちゃ間に合わないってことじゃないの？〉

〈いったい何に間に合うと言うのです。砂漠はなくなりはしません。どうして、せめて恩返しが済むまで待てないのですか。独立してからなら、詩人になることも商人になることも自由です。そうして安全な旅をしたらよいではありませんか。今だから言いますが、あなたは……あなたの運命の親は書記の町にいらっしゃいます。あなたは書記になれるのです。書記として働きながら充分な知識を得ることもできるのです〉

〈そんなこと言ったって、一人前の書記になるのに七年、恩返しに七年、自由になるのは十四年も先のことなんだよ！　そんなに待てないよ〉

〈十四年くらいすぐですよ〉

〈そりゃ、詩人さんにとってはそうかもしれないけれど、こっちにしてみたら今までの人生の倍なんだってば〉

詩人は言葉に詰まり、こころなしかその瞳《ひとみ》を翳《かげ》らせる。詩人の歳月が決して瞬く間に過ぎていくような気楽なものではなかったことに思い当たりシェプシは心の中で舌打ちした。詩人を悲しませたくはなかった。守りたいとさえ思ったのだ。けれどそれよりもっと強く砂漠に惹《ひ》かれてしまうのをどうしようもない。それはこんな優しいお説教なんかでは止められない。

〈ずっとずっと砂漠を歩いてみたいと思ってたんだ。向こう側まで渡ろうとか何かを見つけようとかそんな気はおこさないって約束する。三日歩いて、そしたら引き返してくる。ただ砂漠を抱き締めてみたいだけなの、一度だけ。そしたらそれを思い出にしてきちんと運命を果たすよ。砂漠の端っこをちょっと歩いてくるだけだもの、それなら危なくないでしょう? 六日後、七日目の朝にはちゃんと岩掘村で待ってるから〉

〈砂漠がどれくらい危険かということをあなたはわかっていないのです〉

かすかにうめくように詩人が言った。

〈わかってる〉

〈もしかしたら帰ってこれないということも〉

〈わかってる〉

詩人のまなざしは疑わしげだ。シェプシを見つめた瞳が動かない。それはかぎりなく黒に近い濃い紫だ。

〈もしかしたら、もしかしたら死んじゃうかもしれないってこともわかってる〉

ぴくりと詩人の眉《まゆ》が動いた。

〈そのことの意味を……あなたはわかっているのですか?〉

シェプシは深く頷《うなず》き、詩人は首を横に振った。あれほど重そうに見えた頭が今はからっぽのように虚《うつ》ろに揺れた。

〈大丈夫、戻ってくる。光る音響盤があるんだよ。聞く神がほんとうにこれを捜しているなら守ってくれるはずさ〉

詩人はそれには答えなかった。うつむいたまま自分の足元を見つめている。シェプシが不安になるほど深く思い詰めた沈黙が漂い、ただでさえ白い詩人の顔がいっそう色をなくして透きとおりそうだ。どこからか、すでに旅立ちの用意をした祈禱師の子供たちの歓声が聞こえてくる。やがて詩人は何かを諦《あきら》めたようにぽつりと言った。何を諦めたのか、そのときシェプシは気づかなかった。

〈砂漠では太陽は敵です。これをかぶっていきなさい〉

言いながら髪を解き、編み込まれていた青い布をぱさぱさと広げると、シェプシの頭に幾重にも巻きつけた。そこには詩人の移り香があった。手折ったばかりの岩菫《いわすみれ》のように清涼な匂《にお》いがシェプシの頰《ほお》を包む。

〈ありがとう、アーネジェウ〉

詩人は刹那《せつな》手を止めてシェプシを見つめ、それから視線をふらりと砂漠のほうへさまよわせた。

〈砂漠はそれほどによいものですか。わたしも砂漠に恋すればよかったのかも……〉

かすかな溜息《ためいき》をついて自分の腕からそっと紫の腕輪をはずした。

〈これを持っておゆきなさい〉

〈でも、これは……〉

〈わたしにはもういらないと思うのです〉

シェプシは戸惑いながらもそれを受け取り〈告げる神のお恵みを〉と告げた。詩人はほのかに笑い、ゆっくりと首を横に振る。

〈あなたにこそ三柱の神のお恵みがありますように〉

すずやかな声を残して詩人は背を向けた。そして二度と振り返らなかった。後ろ姿はぎらぎらと照りつける光に溶けていくようにして消えた。

シェプシにはわからなかった。詩人に問われるまでは、ほんとうに自分が砂漠へ行くとは信じていなかった。どうして行くのかと問われても答えられなかったし、実際詩人を納得させられるようなことは何ひとつ言えなかった。なぜ詩人はもっと怒らなかったのだろう。シェプシがそんなことを思うのは奇妙なことだ。さっきまではなんとか詩人を説得しなければと必死だったのに、いざ成功してしまうとそのことが不思議だった。これがほかのひとだったら、激して殴り倒し縛ってでもシェプシを連れて帰ったに違いない。そうしてくれてもよかったのに……詩人は最後まで怒らなかった。まるで詩人を怒らせよう怒らせようとするようにシェプシがわがままを言いつのっても、怒らず諦めてしまうほうを選んだ。誰もいない森の奥で月を相手に泣くくらいなら、いっそここでシェプシをひっぱたいてくれてもよかった。そうでなかったことが、嬉《うれ》しくて飛び跳ねそうな気持ちのどこか隅のほうで、なぜだか少し悲しかった。

いったん医師の谷へ戻るのではなく、そこから砂漠側の斜面を下ることにしたのは、シェプシにしてみれば当然の選択だ。登ってきた道とは違って草一本ありそうにない断崖《だんがい》の絶壁だったが、岩場に馴《な》れたシェプシにとっては、視界の利かない湿った山道よりはたとえ危険でも足場の硬い岩壁のほうがありがたいからだ。

やっかいなのは、この山のてっぺんからは絶えず寡黙な祈禱師たちが雄大なる砂漠を見おろしていることだった。砂漠に足を踏み入れたシェプシを見つけたとき、祈禱師がどのような行動をとるのかは想像がつかない。見守る神の戒めを破った者を彼らが見逃すとは思えなかった。さりとて問うひとにさえまなざしでしか答えない彼らが進んで罪を暴くとも思えなかった。何はともあれ見つからないにこしたことはない。シェプシは今は穏やかにまどろんでいる砂漠を見渡しながら、祈禱師の視界から隠れることのできる場所を捜した。そして視野の右方にある丘陵に目をつけた。

祈禱師たちは一番見晴らしのいい崖《がけ》沿いに坐《すわ》り込んでいる。砂漠を正面から望む場所だ。その右手のほうに瘤《こぶ》のように隆起しているのはシェサの洞穴の屋根にあたる岩だった。さらにその右手にシェプシがムササビと上った巨木がある。この陰から降りていけば少なくとも壁にへばりついている間は祈禱師たちの視野には入らないだろう。降りたら一目散に丘陵の陰まで走る。ゆったりとした稜線《りょうせん》を描いてたたずんでいるその丘陵を越せば、誰の目にも捉えられるはずはない。問題はそこまでの距離だ。

詩人は仮眠も含めて丸一日かけてこの山を登ってきた。だとしたら、シェプシがこの岩壁を下るにはやはり一日あれば充分だろう。いや、多分半日、なるべく明るいうちにこの岩壁を下り、夜のうちに丘陵の裏手まで回り込めば……とりあえずそんなことを考えてから、食料と水の調達に祈禱師たちの集落へ近づいていった。

シェプシはある家の前に立ち、そこで木の実をつぶしていた女のひとに食べるものを分けてくれないかと声をかけた。彼女は何も言わず顔をあげると脇にあった壺から豆をすくってシェプシに渡した。身を屈めて手を伸ばさなければすくえないほど豆の残りは少なかった。シェプシは交換に紫の石のかけらを差し出した。それ以外には渡せるものがなかったのだ。光る音響盤はもちろん、さっき詩人がくれた腕輪も手放す気にはなれなかったから。

女のひとは黙って手を振り、なかなか石を受け取ろうとしなかった。シェプシは戸惑っていつまでもそれを差し出している。それを見て、ようやく女のひとは口を開いた。

〈豆は見守る神から授かったもの。神に何かを支払ったひとはおりません〉

そうして両手のひとさし指を合わせ額に当てる。納得がいかないままに石を引っ込めて立ち去ろうとすると、背後で〈見守る神のお恵みがありますように〉と声がした。水筒を手に入れるのも泉の場所を聞くのもわけはなかった。シェプシは何も失わずにそれらを手に入れた。光る音響盤を渡すのは惜しいとか、詩人にもらった腕輪はもったいないとか、そんなことを考えていた自分がとても愚かしく思えてくる。見守る神の恵みだって？　妙な居心地の悪さを感じて、シェプシは小さな紫の石のかけらを泉の中へぽちゃんと落とした。

禿《は》げ上がった山のてっぺんにぽつんと立った巨木の陰に立ち、シェプシは行く手を吟味した。目眩《めまい》を覚えるくらい斜面は急で切り立っていたけれども、強く冷たい風が巨木の尖《とが》った葉を散らすと、シェプシは風に促されるように突き出しているひとつの岩に足をかけた。それが最初の一歩だった。あとは夢中だ。

どのように見える岩に手をかければ掌が宙を摑《つか》んでまっさかさまに落ちるはめになるのか、どのように見える岩ならば信用してそこに足を下ろしてよいのか、そんなことを覚えるまでにさして時間はかからなかった。シェプシの目はたちまちきらきらと輝き出している。意識の及ばないところで、目は絶えず足元の岩の色や形、角度、露出度を測り、数歩先まで見越してあるひとつのたしかな足場を選んだ。手は身体を支えるために必要な手がかりを捜し当て、そこに手をつくやいなやすでに体重は移動し、足は選ばれた地点に下ろされ次の一歩を待っている。

おそらくは旅の途中でさしかかる山越えなどのために作ってくれたのであろうブーツと肘《ひじ》までを覆う手甲は、今ではすっかり身体になじんでシェプシをより大胆な一歩へと導くのに役立った。やわなサンダルしかなかったときよりも、もっと大きな歩幅を想定することができたし、もっと高いところから飛び降りる自信がついた。むき出しの腕しかなかったときよりも、もっと鋭い岩の切っ先に手をかけることができたし、岩と岩との間の隙間《すきま》に腕を差し入れることもできた。

そうしたことのおかげで、塩の村の頃なら諦めざるを得なかった斜面を滑り降りることができたり、あるいはあの頃だってくぐれたには違いないがだいぶ時間がかかったであろう岩の隙間をほんの少し手際よくくぐれたりすることが、シェプシにはたまらなく嬉しくて興奮せずにはいられなかった。うっそうと樹々の生い茂る斜面をとぼとぼ歩いていたときや、ムササビに抱えられて樹々《きぎ》の間を飛び渡ったときとは違い、たしかに自分の足が硬い岩肌を踏みしめている実感があった。手も足も目も耳も頭もすべてがシェプシの目的のために充分に働いているのは気持ちがよかった。

ぼんやり砂漠を眺めることが何より好きだとは知っていたけれど、岩場を登ること自体がこんなに好きだったとは自分でも今の今まで気がつかなかった。書記の町で長いロープを引きずって歩くのもいいかもしれない、神の言葉や教えを学ぶのもその秘密を探り出すのも面白いかもしれない。だけど自分はそんな難しい知恵など何もない荒涼とした岩場を歩くのがこんなにも好きだ、塩の村が好きだ。

〈イアフ爺さんの言ったとおりだ〉

爪先《つまさき》に力をかけトカゲのように岩肌に貼《は》りついていたシェプシは、ふと身体を裏返して砂漠を眺めながらそう思った。

半分ほど降りたあたりで足元が暗くなった。陽《ひ》はちょうどこの山の向こう側へ沈む。高い山の陰では日の暮れるのも早い。シェプシの足は思わず早くなった。平坦《へいたん》な道ではないのだ、暗くなったら一歩も進むことはできない。それからは太陽とシェプシとの競争だった。十歩進んでは砂漠に落ちた山の影を眺め、それが三歩ごとになり、一歩ごとになった。影はぐんぐん長くなり、それにつれて足元はどんどん暗さを増す。そしてとうとう長く引き延ばされた影はあたりの闇にすっぽりと呑《の》まれてしまった。

足の下にはまだ四分の一ほどの距離が残されていた。なんとしても降りたかったけれど、こんな暗がりでは一歩でも踏み出すのは危険だ。シェプシはその場にしゃがみ込んで空を見上げた。

〈月があるさ〉

話しかける相手などいないのに声に出して呟《つぶや》いた。三つの月がやがて次々に顔を出すはずだった。月明りでもないよりはましだ。それを待とうと思った。思ったけれども待ちきれなかった。待つ時間はなんだかひどく長い気がして不安になった。月が出ないはずなどないのに、今日にかぎってもしかしたら気まぐれな月のことだからどこかへ遊びにいってしまったのかもしれないなどと弱気になってしまったのはどうしたわけだろう。

そんなはずはないけれど、とにかくもう二、三歩先へ進んでおこう。そんなふうにふらりと立ち上がって足をかけた隣の岩はぐらりと動いて、シェプシの身体を放り出した。宙を飛びながら、シェプシは月が遅ればせながら姿を現し始めたのを目の端にとらえていた。

◆聖なる暁

……目を開くより先に頭の中が目覚めた。ぼんやりと闇《やみ》の中に心の目が開いた。それからゆっくりと瞼《まぶた》が開く。何も変わらない。あいかわらず漆黒の闇。が、しばらくすると、この闇一面に塩の粒がばらまかれているのが見えた。白い粒がどこからかの光を受けて細かくきらめいている。誰かが間違ってざるをひっくりかえしたのか……また誰かが父さんに叱《しか》られる……そんなところは見たくない。シェプシは再び目を閉じようとした。

そのとき、塩の粒と見えたものがひとつ、すうっと闇を横切った。シェプシは今度こそしっかりと目を大きく開いて白い粒に焦点を合わせる。星だった。満天の星空だ。溢《あふ》れるほどの星が夜空にまたたいている。思わず引き込まれるように頭をもたげた瞬間にギャッと上がった自分の悲鳴を聞いた。骨がきしみ肉が引き裂かれる。鋭い痛みが全身を駆け抜けた。それは槍《やり》を刺された人間の絵を思い起こさせ、洞穴を、シェサを、そして祈禱師の山を思い出させ、ようやくシェプシは自分がどこに、なぜいるのかをはっきりと理解した。いったいここでどのくらい気を失っていたのだろう。崖《がけ》から落ちたのはたしか陽《ひ》が沈んでからだった。今も夜中だ。意識のなかったのはほんの数刻だと考えるのは理にかなっている。でもシェプシは落ちる間際、宙に身を躍らせた瞬間に、遠く地平線の陰から今まさに昇らんとする月を見た。それが今は影も形も見えない。あれからどれくらい時間がたったのか。まさか何日もここで寝ていたなんてことがあるだろうか。

星の動きを知っていれば方角がわかると詩人は言った。星見の家の巫祝は時刻もわかると言った。けれどもシェプシが知っているのは、何月ならば月がいくつ夜空に現れ、どの印を結ぶかということくらいだ。もっとよく教わればよかった。ひとつの太陽と四つの月、そして無数の星に彩られる天の動きはとても複雑でそう簡単には教えられないと、巫祝はごくごく簡単なことしか教えてくれなかった。どのみち実際に夜空を見ながらでなければ説明はできないし、シェプシは夜は滅多に家から出してもらえなかった。

金の月には彼らは何をしているんだったろうか。しょっちゅう追いかけっこやダンスをして遊んでいるのんきな昔の神々は……隠れんぼだ。鬼は一番小さな四の月。残りの月は日に日に身体を細くして身を隠す。小さな月は的はずれな場所ばかり捜していっこうに誰も捕まえられず、さんざん捜しまわった末にある日うっかり大きな身体をさらしてしまった一番大きな月を見つけ、次にちょろりと尻尾《しっぽ》を出した二の月をつかまえる。最後までつかまらないのは三の月。

ああ、そんなことはどうでもいい。シェプシは頭を掻《か》きむしろうとして手を上げ、再び激痛にのたうちまわった。

なぜ月は見えないのだろう、さっき見えかけたあの月が。それにこの身体はいったいどうしてしまったというのだ。そこら中が使いものにならなくなった塩掘りシャベルのようにガタついている。このまま死んでしまうのだろうか。ここで死んだら誰も見つけてはくれないだろう。誰にも見つけられなかったらお葬式も出してもらえない。でも、まぁ砂漠に帰ることには変わりがないから同じだろうか。

いや駄目だ。詩人が待っている。約束どおりに帰らなければ詩人が心配してしまう。六日後には帰ると約束してきた。なのに身体が動かない。次第にシェプシはいらいらと動悸《どうき》を激しくした。動かないといっても動かすしかない。どんなに痛くても立ち上がるしかない。ここで寝ていて誰が助けに来ると思ってるんだ。おい、しっかりしろ、シェプシ。

覚悟を決めて腕を曲げ、上半身を持ち上げてみた。ずきずきと痛むのは左肩のようだった。はぁはぁと息が荒くなり、すると胸もきりきり痛む。起き上がろうとお腹に力をこめると肉がそり返るような痛みが走った。

〈何なんだ、いったい……〉

痛みの少ない右の肩を上下させて気を落ち着かせ、シェプシは腰をさすった。腰紐《こしひも》が切れていた。

（袋がない！）

慌ててあたりを見回した。身体のそこら中がめりめりと音をたてたけれどそれどころではない。足の裏を探り身体を裏返してのけぞるように背後も見た。しかし、あたりは真暗だ。月明りさえなく、すぐそばには高い山の威圧感があり、それは目に見えないだけいっそう闇を濃くしてシェプシに重くのしかかり、きらめく星が嘘《うそ》のように自分の身体もその闇の中だ。痛みが少しでも遠のくと、自分はたしかにここにいるのかさえ自信がなくなってくるほどの完璧《かんぺき》な闇。

目覚めてから初めて怖いと思った。死ぬかもしれないと思ってさえ怖いとは感じなかったのに、この闇は怖かった。そして一度怖いと思ったが最後、恐怖はじわじわとふくれあがり形もなく闇に溶け出して再びシェプシに覆いかぶさってくる。音響盤さえ闇に呑《の》まれてしまった。見つけてから一度だって手放したことはなかった、それさえ持っていれば神から見放されないのではと考えた、大切な音響盤が腰にない。それは決して武器ではなかったのに、思いのほか大きな喪失感がシェプシを無力にした。喉《のど》がひくひく震え今にも絶叫に変わろうとしたそのときに、シェプシはビクンとすくみあがった。そして見えるはずもないのに背後を振り返った。

（何か、いる……）

見えたわけではない。聞こえたわけでもない。気配だった。

シェプシの頭はめまぐるしく回転した。詩人だろうか。あまりに遅いので捜しにきたのだろうか。そういえば闇の中にもほのかに詩人の匂《にお》いがする……もしそうだったら、抱きついてしがみついて、もう何もかまわないから一緒に帰ろうと思った。けれどその清らかな匂いは、シェプシが頭に巻いているターバンの残り香だ。では山に住む恐ろしい獣だろうか。星見の家の巫祝が言っていた犬とかいう……嚙《か》みつかれるとひどく痛いという……ま、まさか悪者の牢《ろう》から逃げ出してきた罪人じゃ……だったら気がふれてるかもしれない、ひと殺しかもしれない、飲まず食わずでお腹を減らしているかもしれない、見つかったら身体を裂かれて串刺《くしざ》しにされるだろう。いや、それよりも神さまだったらどうしよう。砂漠の禁忌を犯した罪をどうやって懲らしめようかと手ぐすねひいて考えてる神だったら……

思わずゴクリと唾《つば》を飲み込んでしまった。静まり返った闇の中で、その音はびっくりするくらい大きかった。

するとザザッと砂を蹴《け》る音がして気配があとずさった。シェプシの心臓は早鐘《はやがね》のように鳴る。相手にも聞こえているに違いない。もう駄目だ……そう思って、頭を抱え込んだ。けれどいつまでたっても相手は動かなかった。何事かを考えている気配だけがあった。闇を伝ってくるのはおびえのようにも感じられる。恐れているのは自分だけではないのだとそう思ったとき、シェプシはようやく胸にたまった空気をふうっと吐いた。また肋骨《ろっこつ》がきしんでウッとうめいた。相手が何かを喋《しゃべ》った。

たしかに相手が今、何かを喋った。吠《ほ》えたのではない。シェプシは自分に言い聞かせるようにゆっくり確認した、吠えたんじゃない、何かを喋ったのだ。ならば獣ではない、人間だ。でも、なんと言ったのだろう。再び声がした。全然意味をなさない声。まるで溜息《ためいき》のような。

やがて足音がした。そんなことをしてもどうにもならないのに、足音を忍ばせるようにして近づいてくる。シェプシはもう怖くなかった。なぜだろう。声が——意味のない溜息のような声が——若かった。優しかった。だから気配のほうにまっすぐに顔を上げた。立ち上がることはできないが、まっすぐ(と思われる方向)に顔を向け、闇に目を凝らした。その途端に殴り倒された。

(何なんだ……)

何かが身体の上に乗って重かった。胸と肩の一番痛むところにだ。払いのけようと空いた腕をさまよわせて……とたんにシェプシは笑い出した。無性におかしかった。ふぁっはっはと笑うとそのたびに胸が死にそうに痛む。それでも笑いやめられなかった。するとシェプシの胸の上でもうひとつの胸がやっぱり同じように笑い出し、肋骨と肋骨ががちがちとぶつかった。シェプシに蹴つまずいて倒れた相手は身体を離し、シェプシと同じように仰向《あおむ》けに横たわって笑い続けた。

空の高いところにたわんで横たわる糸のような月が現れ、みるみる太くなっていった。シェプシたちはあまりに突然な月の出現に驚き、まじまじとそれを見つめた。目隠しをはずして顔を出したのは、隠れんぼの鬼になった一番小さな月に違いなかった。

月明りは、シェプシとそのかたわらに横たわるもうひとりの子供を照らし出した。肌の色はよくわからない。髪は輝くように白く見えた。シェプシの髪とは違い、うねるように額から顎《あご》のあたりまで流れている。月の光が当たるとうねりごとにきらきらと瞬いた。その子はシェプシのほうへにっと笑ってみせ、つられてシェプシも微笑《ほほえ》んだ。

得体の知れない子だった。はじめは好奇心の強い祈禱師の子供が自分と同じように山を降りてきたのだろうと思った。言葉を喋らないのも祈禱師にありがちだ。

と、その子は立ち上がって何かを拾った。

〈あっ！〉

音響盤を入れた袋だ。自分のものだとシェプシは必死で主張するけれども、どうやら相手は喋れないばかりかシェプシの言葉も理解しないらしい。シェプシが必死で振り回すちぎれた腰紐を見てどうにか納得すると、わけのわからないことを呟《つぶや》きながら袋をシェプシの腰に結んでくれた。少し名残惜しそうだった。

子供はシェプシが立ち上がれないのを知って、指で高い山をさし示し、次に砂漠をさし示し、首を傾《かし》げた。どちらへ行くのか聞いているのだろう。シェプシが戸惑い、相手を指さしておまえはどっちだと聞くと、その子は砂漠をさし示す。怪我《けが》をしていないからまだ冒険を続ける気なのだろう。シェプシはちょっと悔しくなって自分も砂漠を指さした。相手は少し怪訝《けげん》そうにシェプシを見つめてから、勝手に納得して嬉《うれ》しそうに笑った。

〈×××、×××〉

何かを呟きながら当り前のようにシェプシを肩に背負う。背負ってはみたもののかついだまま歩くことはできないとわかると、今度は衣を脱いで地面に敷き、シェプシをその上に寝かせた。衣の端をシェプシの足首に結び、頭のほうの端を自分の腰に結んでそろそろと歩き出す。要するにそれは橇《そり》だった。

うまく行きそうだとわかると、子供は駆け出して速度を上げ、橇は砂の上をぐんぐん滑った。あの、夢にまでみた紫の砂漠を、きらめく星々を眺めながら、小さな愛らしい月を眺めながら、月光を浴びた砂の粒の跳ね返りを浴びながらシェプシの身体が滑ってゆく。お尻が擦り切れそうになることも揺れるたびに身体が痛むことも全然気にならないほどそれは素晴らしかった。何もかも忘れてしまうくらいに愉快だ。

が、ふいに橇は止まり、怪訝に思って振り返ると、引き手は遠く丘陵の右手のほうを見やりさきほどと同じ言葉を呟いていた。

〈×××、×××〉

ようやくシェプシはその意味を悟った。砂嵐だ。遠くに何本も小さく光っているのは、つむじ風の柱に違いない。目にする前から予期していたところをみると、つまりこれは日常的な嵐なのだろう。おそらくシェプシさえいなければこの子は嵐以前に安全な場所にたどり着けるはずだったのだ。どうしたらいいのだろう。自分のことは放《ほう》って逃げろと言うべきなのか、助けてと言うべきなのか。

裸になっている子はしかし、眉《まゆ》を曇らせながらもしきりに考えている。どれくらいで嵐がやってくるかとシェプシは焦って尋ねた。言葉は通じないのに、シェプシが嵐を指さすと相手は何かを呟いた。

〈××、×〉

片膝《かたひざ》を立て、シェプシの横に坐《すわ》り込む。それから思い出したようにシェプシに微笑みを振り向ける。心配するなと言っているようだ。それからまたひとりでもの思いにふけり、あたりを見渡し（もちろん何もない）、近づきつつある嵐を見やった。

相手がずいぶん落ち着いているのにシェプシは気づいた。動転しているシェプシとは裏腹に、こんな何もない絶望的状況にもかかわらず、その子は身のうちにしんとした静けさをたたえていた。同じ年頃にしか見えないのに、父さんのように毅然《きぜん》とし、母さんのように思いやりに満ちている。クルトのように考え深く、ムササビのように頼り甲斐《がい》がある。何にせよ任せておけば大丈夫なのかもしれないという気がしてくる。シェプシは畏敬《いけい》のまなざしをうつむく子供に注ぎ、その額には飾り紐がないことに気づいた。もう真実の恋を知っているのなら、多少おとなびているのも不思議はないことだと無理矢理納得した。

子供は前触れもなくつと立ち上がり、最後の確認をするように二本の指を立てて嵐の規模を測ると、今度はやにわに膝をついて猛然と砂を掻き始めた。穴を掘るつもりらしい。シェプシが硬い腕輪をしているのを見ると有無を言わせずそれをはずさせ、その腕輪でもってどんどん砂を掻いていった。シェプシは思い出して音響盤を取り出し、わけもわからず痛む肩を押えながらそれで砂を掻いた。傷がついたらいやだなどと言ってる場合ではなさそうだ。子供はそれをみるとニヤリと笑った。

やがてこの苦労が無益なことを知ってシェプシは愕然《がくぜん》とした。カチンと音がして、さらさらだった砂の層の下が硬い岩盤であることがわかったからだ。風が髪をそよがせるほどに嵐は近づいている。なんだかよくわからないが今度こそ絶体絶命に違いない。身体から力が抜けていくのがわかる。だから、ほとんど同時にその岩盤を見つけた相棒がまたニヤリと笑ったのは意外だった。ニヤリと笑ったかと思うと、岩をひと撫《な》でして今度こそ気合いを込めてその脇を掘り始めたのだ。ぼおっとしているシェプシに活を入れさえした。

当たりをつけて掘り始めたところはどこまでも今積もったばかりのように柔らかな砂の層だった。身体ひとつ入るくらい掘り下げるのにはいくらもかからない。それでもときおり風の具合を見ながら、できるだけ深くふたりは穴を掘った。風が強くなり、もう掘る先から埋められてしまうようになって初めて、子供は立ち上がりシェプシの頭からターバンを剝《は》いだ。その青い布で互いの身体を縛りつけ、橇にした厚い衣をシェプシともども頭からかぶり、そして岩の層の陰に掘った穴に抱き合ってもぐり込む。その途端に上を突風が突き抜けるのがわかった。

身体の上を吹き抜けていくのは風というよりも石つぶてのようで、まともにぶつかったら骨が砕けていただろうと思うくらいに硬い。岩を見つけたときにその子がニヤリとしたわけがようやくわかる。岩の層の陰にひそむことで、ふたりはまともに突風を受けることを避けられたのだ。だが風は一陣ではすまないし、渦巻いた返し風もきりきりとふたりを岩に押しつけるように吹きすさぶ。

何度も何度もそんな風が執拗《しつよう》にふたりを穴からえぐり出そうと吹きつけた。シェプシは怪我の痛みも忘れて相手にしがみつき、きつく目を閉じていた。瞼の間にも抱き合った互いの胸の隙間《すきま》にも細かな砂が入り込み厚く積もっていくのが感じられた。裸の子供はふたりのかぶった厚手の衣が吹き飛ばされないように必死で中から押さえつけ、そうしながらもシェプシの肩と胸を腕の中でかばっていた。

どれくらいそうしていたのか、ついに風は彼らが掘り下げた穴を埋め、ふたりを地上にさらすことに成功した。最後の突風が彼らを宙に巻き上げ、はためく衣を手放さなかった分だけ高く舞い上げられ、やがて投げ捨てるように落とされた。ようやく満足したというように嵐は通り過ぎていった。

シェプシが気がついたのは、自分の足に押しつけられる自分の重みによってだった。どうやら再び布橇に乗せられ、今は斜面を登っているらしい。自分がずいぶん高いところにいると気づいて顎をひくと、彼方《かなた》ではもう何事もなかったかのように砂が月明りに照らされてきらめいていた。

橇の引き手がちらりと振り返り、何か声をかけた。きっと、大丈夫かとか、もうすぐだとか言ったのだろう。どうしてこいつは見も知らぬ他人のためにこんなに良くしてくれるのだろう。頼もしいけれど不思議だ。こんなふうに誰かにかばわれたことはこれまでなかった。

途中で二、三度休み、ついに丘陵のてっぺんにたどり着いたとき、重い橇を引いてきた子供は今度こそ限界だというように柔らかな砂の上にひっくり返り、何かを呟きながらたちまち寝入ってしまった。

取り残されて、シェプシはひとり茫然《ぼうぜん》とあたりを見渡した。ぐるりとあたり一面を静寂が取りまいている。小さな月の光に照らされて、祈禱師の山の断崖《だんがい》は、ほんとうに自分がそこを降りてきたのだろうかと思うほど切り立って荒々しい岩肌をさらしていた。もしもこれをはじめに見ていたら決してあんな無謀なことはしなかった。その左手には、あれが岩掘村かしらと思える岩山の群が見えた。塩の村の岩場とは比べものにならないほど広い岩場のようだ。見えたのはそれだけだ。あとはどちらを向いてもただ眠ったような砂があるばかり。シェプシもまたゆっくり身体を横たえ、うとうとと眠りについた。

次に気づいたときには空は白みかけていた。シェプシは祈禱師の山に目をやると、はっとして丘陵の裏側の斜面に回り込み、寝ている子の足をひっぱった。ここに寝ていたのでは山の上から丸見えだ。

子供は目を覚まし、足をひっぱるものを見つめた。シェプシが地平線を指さし、夜明けを告げると、納得したように身体を持ち上げて、反対側の斜面を少しばかり滑り降り、そこにまたごろんと横たわった。空の色が虚《うつ》ろになり始めていた。裸の子供のお腹に何本も赤い筋が走っているのが目に入った。橇の重みがつけた跡だ。痛々しく血をにじませ、どれほどの重労働に耐えていたかを物語るその赤い筋をシェプシはそっと優しく撫でようとした。

途端に相手は跳ね上がりころげ回った。痛いのかとシェプシは驚いたけれど、くすぐったかったらしい。相手は仕返しにシェプシをくすぐった。身をよじって逃げると、また肋骨が悲鳴を上げた。

そこに曙光《しょこう》が射《さ》した。突然、鋭い光が目を射抜き、それは思いのほか冴《さ》えざえと冷たく、見れば遠く遠く何も見えない砂漠の果てに太陽が昇り始めている。ひと筋の境界線上にびっくりするほど大きな太陽がゆらゆらと揺らめきながら偉容を現す。まず世界の果てにも見えるもっとも遠いところの砂たちが帯状に金色に染められ、次に赤、太陽がひと揺れするたびに帯は虹《にじ》のように色を重ねて太くなり、じわじわと砂漠を目覚めさせながらこちらに近づいてくる。その速度はいらいらするほどゆっくりなのに、それでいてあっという間だった。

太陽が吸いつく地平線を振り落とすように最後のひと振りをすると、不思議な光が地面を撫で、カラフルだった砂漠はその刷毛《はけ》で本来の紫色に染め直された。ふと見上げれば、すでに太陽は空の領域にいる。塩のひと粒が水に溶けるほど短い一瞬、でも細い針を突き刺すほどに深い一瞬だ。シェプシは圧倒されて声も出ず、身じろぎもせずにその光景を見つめた。昨日（と言っていいのだろうか？）もムササビと眺めた同じ光景なのに、それはまた違った何かを予感させる違った一日の始まりだった。

光に遅れてぬくもりが届き始めた頃、ようやくシェプシはさきほどから頭の中心で震えていた言葉を口から漏らした。聖なる暁。

〈ジェセル・アーネジェウ……〉

かたわらでやはり放心していた子供が振り向いて何かを言う。昇る朝日に気をとられていたシェプシは、声の主を見て驚いた。その子は月明りで見るのとはまったく印象が違っていた。

あんな力持ちとは思えないほど、しなやかで瑞々《みずみず》しい顔がそこにあった。闇に溶けていた肌は綺麗《きれい》に陽焼けしたクルミ色、月明りの下で白く見えた髪は銀色で、それは今、黎明《れいめい》のもとで燦然《さんぜん》と輝いている。この見事なコントラストは太陽の光のもとでこそはっきりと意味を持つひどく印象的で忘れ難い美しさに寄与していた。闇の中より、月明りの下より、太陽の輝く真昼にこそ似合うそんなまぶしさのかげから、かつてイアフ爺《じい》さんが書記の町の門にはそれは美しい瑠璃《るり》という石がはめ込んであると教えてくれた、それはこんな色に違いないと思えるふたつの瞳《ひとみ》が何かをうかがうようにじっとシェプシを見つめている。

名なしの詩人こそこの世で一番美しいと思っていた昨日までの思い込みはこの瞬間に消えてしまった。詩人も美しいけれど、それは蒼白《あおじろ》い三の月の美しさだ。今、目の前にいるこの子の美しさは太陽の美しさだ。それらは比べてみることができない。太陽が美しいなどとは旅に出るまで思いつきもしなかった。詩人の名が聖なる暁だとは、ほんとうに何重もの意味で皮肉な話だったのだ。

小さくてももうこんなに綺麗であれば、真実の恋にめぐり合ったのも当然に思えた。ネケトの場合よりもよほど納得がいく。それでいったいこの子はどちらの性になったのだろう。それがどうしてもわからない。自分を助けてくれたあの雄々しさたくましさは守る性特有のものにも見えるのに、なぜだかこうして明るい光の中で見ているとネケトなどよりもずっとずっと生む性にふさわしい健康さを心にも身体にも備えているように見える。砂の中で抱き合いさえしたにもかかわらず、シェプシにはどちらと言いかねた。言葉さえ通じれば聞いてみることができるのに……。

そんなことをずっと考えていたから、しばらく相手が一生懸命に何かを伝えようとしていることに気がつかなかった。痛くないほうの肩を叩《たた》かれてふっと我に返ると、その子は自分の胸を指さして〈ジェセル〉と、ゆっくり、そしてきっぱり言った。うかつにもシェプシは最初何を言っているのかわからなかった。もう一度繰り返されて、詩人を知っていると言いたいのかと思った。三度目にやっと、自分の名はジェセルだと言っているのだと気がついた。

〈へぇ、君もジェセルって言うの？　偶然だね〉

伝わらないとわかっているのに思わずそう声に出した。相手は今度はシェプシを指さして、名を聞いた。

〈シェプシ〉

ジェセルは聞いた通りに繰り返してみる。おずおずと動くくちびるが可愛《かわい》らしくて、シェプシは笑いながらうんうんと頷《うなず》いた。

◆幻の村

すっかりくつろいでしまうと、シェプシはお腹《なか》がとてもすいていることに気がつき、腰の袋から山の上で手に入れた食料を取り出した。分けてあげた祈り魚の燻製《くんせい》をジェセルは馴《な》れたもののように口へ放《ほう》り込み、その仕種はやはり祈禱師の山か医師の谷の子を思わせた。

ついでに音響盤を取り出して傷がないかどうか調べた。そうとう荒っぽく砂を掻《か》いたのでとても心配だったのだ。案の定それは傷だらけで、書かれた文字が半ばかすれてしまっていた。絵が消えてないだけマシだと諦《あきら》め、音のほうはと裏返してみる。興味深そうにジェセルがのぞき込んでいる。まぁ命の恩人だから見せてあげてもいいだろう。

音が出てくるとさすがにジェセルもびっくりして、食事を忘れ、喰《く》い入るように音響盤を見つめた。シェプシは少し得意だ。音は少しもそこなわれてはいず、シェプシには耳馴れた音が次々に飛び出してくる。初めて聴いたひとが誰でもするように、ジェセルはそれが何の音であるかわかるとそのつどにっこりして何かを呟《つぶや》いた。いずれもシェプシにはわからない別の言葉だった。

〈フギャァー、フギャァー、フワッフワッ、フンギャァー〉

ジェセルはやっぱりにっこり笑って〈××××〉と言った。それは星見の家の巫祝にもイアフ爺《じい》さんにも詩人にもシェサにもわからない音だった。〈××××……〉シェプシは繰り返してみる。ジェセルが頷《うなず》く。そういう名の悪魔なのだろうか。

そうやってにっこり笑ったり眉間《みけん》に皺《しわ》を寄せて考えたりしていたジェセルが突然、身体をこわばらせてシェプシの膝《ひざ》に覆いかぶさってきた。最後の音にあたるところだった。身を乗り出したジェセルが光をさえぎってしまったせいで、音は途中でやんでしまう。

〈光が当たらないとだめなんだよ〉

そう言いながらシェプシは軽くジェセルの肩を押し返そうとして銀色の輝く髪に触れ、その瞬間に思いがけないものを見た。耳だ。どうしてあんなに風が吹きすさんで髪を巻き上げていたときに気づかなかったのだろう。どうして砂の中でぴたりと身を寄せ合ったときに気がつかなかったのだろう。でも……そんな……あまりに突然のことでどう反応してよいのかわからない。不思議な思いが胸に溢《あふ》れた。自分でもよくわからない、心の底からじわじわと染みてくるような懐かしさと切なさ。安堵《あんど》と驚き。深い信頼とそれに比例して大きくなる不審と不安と不可解と。

戸惑いが嵩《こう》じてシェプシの頬《ほお》にはらはらと涙がこぼれた。ジェセルも同じように目の縁をにじませてこちらを見ていた。互いにいったい何を泣いているのかわからない。それを尋ねることもできず、尋ねようともせず、ふたりはただ感情の赴くまま存分に泣いた。

どちらからともなく泣きやんで手を取り合ったとき、互いの体温の中に底深い友情の流れているのが感じられた。何も言わずにジェセルは立ち上がり、何も聞かずにシェプシは従った。再び橇《そり》のようにして丘陵の陰を中腹まで滑り降りるとそこには大きな岩がころがっており、ジェセルはそれを軽々と動かした……ようにシェプシには見えた。驚いてよく見ると洞穴の入口に設けられた扉がするすると横へ開いたのだ。

なぜそんなものがあるのか、なぜそれを知っているのか、聞いてみたいことは山ほどあった。けれどしいて何も尋ねず促されるまま穴にもぐり込めば、それは斜めに掘り下げられて地下の横穴へとつながっていた。蓋《ふた》のない大きな箱があり、その下にレールが走っている。どうやらそれはトロッコであるらしかった。

まずシェプシを箱に乗せ、ジェセルはそれを押して走った。やがて箱に勢いがついたとき、身を翻して飛び乗ってくると自分のお腹をシェプシの頭の下に当てがって横たわる。照らすものは何もないのに、あたりはほの明るかった。光は地上から穴の天井を通ってくるように思われた。

どういう仕組みなのか、水平な横穴をふたりを乗せた箱はただひたすらに突き進む。地下なので時間はさっぱりわからない。時間が流れているのかどうかもわからない。流れる時間を同じ速度で追いかけているような、高速感が奇妙な停滞感にとってかわり、その中でふたりはずいぶん深く眠った。

箱がガタンと止まったときには腰がかなり痛んでいた。ジェセルは自分のお腹からそっとシェプシの頭をのけるとひょいと箱を飛び出していき、やがて見たことのない形のランプとおとなのひとを伴って戻ってくる。そのひとの耳も丸かった。それからまた別のひとにも会った。彼らもまた丸い耳を持っていた気がする。なんだか夢の世界に来てしまったようだ。誰かがシェプシの傷口に触れると、あんなに深く眠ったあとなのに、再びシェプシは夢の中へ舞い戻らされた……ような気がする。


〈お目覚めかな〉

穏やかな顔をした老人がシェプシを見下ろしていた。頭には髪が一本もないのに口のまわりからは長い長い髭《ひげ》が垂れていて、頭の上からのぞき込まれたシェプシは、一瞬どちらがこのひとの頭でどちらが顎《あご》なのかわからなかった。

〈ここはどこ?〉

おや? とシェプシは思った。喋《しゃべ》っているつもりの言葉と口から外へ出た言葉が違う。妙な感じだ。頭の中を雑音がかけめぐるような、舌が奇妙な方向へねじれるような。

〈失礼ながら、怪我《けが》の治療をした際にあなたの頭にほんの少し細工をさせていただきました。ご承諾を得てからとも思いましたが、なにしろ言葉が通じないことにはうかがいようもありませんでしたので。わたしどもすべてがあなたとお話しするために手術をするというのも合理的とは申せませんし、わたしたちにはそんな時間もありません。ご不満でしょうか？〉

〈意味がよくわかりません〉

また頭の中と外で別々の声がした。

〈わたしどもの言葉をおわかりいただき話していただけるように、小さなプレートを頭の中に埋め込みました。こんな小さなものです〉

老人は安心させるように目を細めて二本の指で大きさを示した。まるで小さいことに意味があるとでもいう仕種だった。もちろん、大きかろうが小さかろうがそれは驚くべきことで、シェプシはおそるおそる頭に手をやらずにはいられない。

〈ご心配にはおよびません。なんら害を与えるものではありませんし、違和感もやがてはなくなります。もちろん、あなたがお仲間と話される場合には機能することはありません〉

シェプシは困惑したままだった。その不快そうな顔を見て立ち去ろうとする老人に、あわててシェプシは問いかけた。

〈どれくらい寝ていたんだろう〉

〈麻酔でよく休んでおられました。丸一日、もっともわたしどもの時間でですが〉

よくわからなかったけれども、ひとまず安心してシェプシは言った。

〈手当てをありがとう〉

老人は振り返りしなにっこり微笑《ほほえ》んで、ジェセルを呼びましょうと答えた。彼の耳も丸かった。

ひとりになると首をそっと持ち上げて頭を振ってみた。おかしなことはないようだった。何かが入っているという感じもしなかった。頭の中に何かを入れられるなんて気持ちが悪いには違いなかったけれど、あのままだったら死んでしまったかもしれない怪我を手当てしてもらったのだから文句は言えそうもない。それになにより、ジェセルと話ができるというのは嬉《うれ》しかった。

ジェセルはこの間とまったく同じ恰好《かっこう》で現れると、まったく同じようににっこり笑って〈やぁ〉と言いながらシェプシが身を起こすのを助けてくれた。シェプシのほうもまたこの間と同じようにしばしうっとりとジェセルに見とれた。そしてやおら問いかけた。

〈ジェセルは生む性なの、守る性なの？〉

〈あなたは男？　それとも女？〉

ふたりは同時に同じ質問を発したことに気がついて、またけらけらと笑った。部屋の壁に開いた穴から明るい陽差《ひざ》しが射《さ》し込んでいる。シェプシはそちらに目をやって、何か気になるものを見つけたというように寝台からいざり出ようとした。ジェセルが杖《つえ》を差し出す。

〈脚の怪我はたいしたことがないそうだ。立派なブーツのおかげだね。これがあれば歩けるよ〉

〈ありがとう〉

そう言ったシェプシは、思い出したようにジェセルにすがりついて、その肩を何度もゆすり、ありがとう、ありがとうと繰り返した。それこそが一番はじめに言いたかったことだ。ジェセルは少しはにかみながら穏やかに微笑み続けていた。

壁の窓はただの穴ではないようだった。穴からは外が見えるのに、手を差し伸べてみるとそれはさえぎられてしまう。

〈不思議の板だ〉

シェプシは呟いて、しげしげと硝子《ガラス》を眺めたりさすったりする。隊商に見せられたときは何の役に立つのかわからなかった。なるほど、こうすれば雨や風は吹き込まないようにして光だけを家の中に取り込める。

〈これはすごい！〉

〈見たこと、ないの？〉

〈見たことはあるよ。でもこうやって使うって知らなかった〉

〈ふうん、よかったら外に出てみる？　君には面白いものがまだあるかもしれない〉

シェプシは喜んで頷《うなず》いた。胸から肩にかけて頑丈な副木《そえぎ》が当てられ動かないようになっていた。痛みはなさそうだ。しかしそうして自分の身体を眺めてみると素裸だった。ジェセルが笑いながら窓の外を指さし、そこには洗われたらしいシェプシの衣がはたはたと風になびいている。

〈君の衣は美しいね〉

とりこんだ衣をシェプシに着せながらジェセルが言う。

〈母さんが揃《そろ》えてくれた。運命の旅のために〉

〈運命の？〉

〈そう、運命の旅〉

その部屋は塩の村の家一軒ほどもあり、隣にもまたその隣にも似たように広い部屋がつながっていた。いくつもの部屋を通りすぎてようやく外へ出ると、そこにも見馴《みな》れぬ光景が広がっていた。

硝子だけで作ったような家があり、ひとではなく植物が住んでいた。中に何段も重ねられた棚があり、棚ごとに種類の違う植物がびっしりと葉を繁《しげ》らせている。一番下には芋の葉が並んでいる。その上には豆の木と、医師の谷でちらりと見かけただけで名前は知らない草。その上にはシェサがふるまってくれた長寿草や菫《すみれ》。天井には網が張られ隙間《すきま》から赤くて大きな実をたわわに実らせた枝が垂れている。

植物はおのおの板の隙間から伸びていて、ジェセルが小さな蓋を持ち上げるとそこには土ではなく水が静かに流れており、白い根っこがわさわさと水の中になびいている。一番下の棚では根と一緒にころころした芋が洗われていた。

水の流れをたどってその家を出るととても大きな水溜《みずたま》りがあり、中に祈り魚ではないが似たようなものが泳いでいる。池だとジェセルは言った。逆に植物の家から水を遡《さかのぼ》っていくと、今度は泉があった。シェプシの腕輪を大きくしたような石の穴から絶えず水が湧《わ》き出てごぼごぼと音を立てている。

〈砂漠のまわりから流れ込む川が地下にもぐっていて、この岩山の層でせき止められているみたいなんだ〉

高い岩山をジェセルは指さした。祈禱師の山を小ぶりにしたような先の尖《とが》った山だ。

〈登ってみる?〉

もちろんだ。シェプシの目は岩山を見たときから我知らず輝いている。ジェセルはシェプシの怪我を気遣い岩をところどころ削って作った階段のあるほうへと導いた。素手で登ることができないのはシェプシには死ぬほど悔しい。

〈ここに住んでるんだね〉

見たこともないほど壮麗な紫色に輝く岩山を登りながら、確かめるようにシェプシは言った。

〈そうさ〉

どこか淋《さび》しそうにジェセルは答えた。

階段は中腹で途切れており、ふたりはそこに腰を下ろして村を見渡した。不思議な眺めだった。砂漠の石で建てられているせいか、傍に立てば白く見えた家々の壁はここから見ると砂漠とまったく同じ色に見えた。同じすぎて、まるで砂漠に埋もれてしまっているようだ。はっきりとわかるのは草樹《くさき》の緑と、村のはずれにあって銀色の鈍い光を放っている丸い屋根だけだ。その手前には数十頭の砂羊が囲われており、隣の柵《さく》の中では小さくて騒々しい動物が飛び跳ねている。

〈あれは何?〉

〈鳥だ〉

〈トリ？〉

ではこれがいつかムササビの言っていた伝説上の動物か。

〈空を飛ぶ？〉

〈空？　空を飛んだら逃げられるから飼えない。ああやってちょっと飛び跳ねるだけ〉

〈……そうだよね〉

〈獣は空なんて飛ばない。飛べるのは人間だけ〉

奇妙な言葉にシェプシは振り返る。

〈ジェセルは空を飛べるの？〉

ジェセルは答えなかった。ふいとなげやりに笑ってごろんと寝ころんだだけだ。この子がそんなふうに笑うのは初めてだった。

〈それよりさ、さっきの話。シェプシは男？　女？〉

〈まだどっちでもないよ。ほら〉

そう言って額を指さしたけれど、そこに飾り紐《ひも》はなかった。

〈ああ、これ？〉

頭の手術をするのにはずしてあったのだと呟きながらジェセルは自分の腕に巻いていた紐をほどいて差し出す。月石の祈り玉は割れてしまっていた。不吉だなとシェプシは頭の隅で思った。

〈それで？〉

だから見てのとおり真実の恋にはまだ出合っていないとシェプシは繰り返す。ジェセルはじっとシェプシの目を見つめてから、聞いた。

〈真実の恋って？〉

シェプシは混乱した。真実の恋を知らない人間がいるとは思ってもみなかったのだ。しかも、いざ説明しようとすると自分もきちんと知っているわけではないのだと思い当たりいよいよ戸惑う。混乱を解消したのはジェセルのほうだ。

〈もしかして、その真実の恋とかいうものに出合うまでは男でも女でもないと、そう言いたいわけ？〉

シェプシは黙って大きく頷く。

〈それが当り前だと言うんだね？　誰でもそうだと？〉

シェプシはもう一度大きく頷く。

〈ふうん〉

シェプシはおずおずと聞いた。

〈ジェセルはどっち？〉

〈どっちでもない〉

シェプシは飾り紐の縒《よ》り合わせをほどくと青と白の二本だけで縒り直し、それをジェセルの頭に結わえてやる。ジェセルは身を起こし黙ってされるままになっていた。何かを考えているようだった。シェプシは頼りなく残った細い赤紐だけを自分の額に結んだ。

〈鬼がいるって聞かされてた〉

ジェセルが呟く。

〈村の外には鬼がいる。砂漠の外には鬼がいる。鬼の耳は尖っていて、見つかったら殺される。ほんとうかなと思ってこっそり見に行った。そしたらシェプシに会った。耳は尖ってなんかいなかった。なにもかも自分と同じだと思った。だとするとわたしも鬼なのかな……わからないことがいっぱいある。もう時間がないのにわからないことだらけで、どうしたらいいのかわからない〉

いったいどうしたというのだろう、膝を抱え込んで語るジェセルは急にしょんぼりとして、シェプシにはわけがわからない。言うことも見つからなくて、仕方なく再び村に目をやった。動物の柵の向こうには高い樹木がわさわさと葉を繁らせ、硬そうな大きな実がボトリと落ちた。

〈ああ!〉

唐突にシェプシは叫び、杖をついて立ち上がった。自分が今いる岩山の頂上を振り仰ぎ、また確認するように村全体を見渡した。

〈この村は見たことがある! 火の月に浮かぶ幻の村だ。砂の精の住む村だ〉

ジェセルはさして驚いたふうでもなくシェプシを見上げた。

〈蜃気楼《しんきろう》だよ、それ〉

〈しんきろう?〉

〈ここからだっていろんな町や村が見える。全部、鬼の住むところだっておとなは言った。そんなこと信じられなかったけど〉

ここだってそうだ。砂漠の中は恐ろしいところだと聞かされていた。そこに住めるのは砂の精だけで、それを見た者は気が狂うと。けれどここはこんなにも綺麗《きれい》で豊かな村で、ここにいるのはシェプシと同じ丸い耳を持つ優しい人間たちだ。すると、シェプシが憧《あこが》れていたのは砂の精というよりも自分を奇形呼ばわりしない仲間だったのだろうか。シェプシに幻の村が見えたのはそれが仲間の住むところだったからなのだろうか。

〈ここに住めたらどんなにいいだろうってね、見るたびに思ってたんだ。ずっとだよ。詩人をあんなに困らせてまでどうして砂漠に来たかったのかよくわかった。ここはほんとうに素敵な村だ〉

するとジェセルはまた皮肉な微笑を浮かべた。

〈そんなに気に入ったのなら住むといい。おとなたちは喜んで村ごと君にやるって言うよ。あの光る音響盤と引き換えならね〉

〈村ごと？　どうして？〉

〈みんなこの村を捨てるつもりなんだ〉

◈丸耳村の歴史

雨が過ぎる　目を開ける　海はない
風が過ぎる　目を開ける　町はない
夢が過ぎる　目を開ける　母はいない

時が過ぎる　目を開ける　神はいない
叫びは風に紛れ　涙は砂に落ちる
菫色《すみれ》の砂に落ちて消える
魂は故郷を想《おも》い　山は帰路を指さす
菫青山《きんせいざん》は指さしている
銀の船は出るだろうか
船出の時はいつだろうか

ジェセルが小声で歌っていた。シェプシの聴いたことのない歌だ。何を歌っているのか、わかるのはその何ともいえない哀調だけだ。

〈悲しい歌だね〉

ジェセルは頷《うなず》き、古い歌なんだと言った。

〈ものすごく古い歌だ〉

〈意味がわからないけど〉

〈村のひとにもわからなかったんだ。意味がわからなくなるほど古い歌なんだよ。意味もわからないのに何百年も歌いつがれてきたんだって。なんだかむやみに悲しくなったり淋《さび》しくなったりすると歌うんだ。でも、意味はわからない。意味がわからないのは知恵が失われたからだってずっと昔のひとは思ってたらしい。わからないのは何も歌の意味だけじゃなかった。あの銀色の丸い建物が何なのかもわからなかったし、変な時間の計り方をする時計もわからなかった。すごくせわしなく時を刻んでいる割には、一周するまでにずいぶん長くかかって中途半端な時間に日付が変わるんだ。その日付もめちゃくちゃだ。何の役にも立たない。もちろん伝説はいっぱいあった。この時計に従って生活していれば長生きできるんだとか、人間じゃなくて神さまの時間の単位なんだとか、そもそもこれは時計なんかじゃないんだとか、いろいろ……要するに《失われた知恵》を取り戻さないかぎりほんとうのことはわからない。だけどさ、そんなことわからなくたってちっとも困りはしなかったから、取り戻したりしなくてもよかったんだ。取り戻さなければよかったのに……〉

シェプシは小首を傾《かし》げる。

〈取り戻したの?〉

ジェセルは頷く。

〈わかったの?〉

もう一度ジェセルは頷いた。そして立ち上がるとシェプシを促して階段を降り始め、途中から口を開いた。

〈もう二百年くらい昔に洪水があったんだって。地下にせき止められた水が信じられないほど溢《あふ》れ出して、村中が水に浸《つ》かったって。そのときにこの山の下にあった大きな岩がほんの少し動いたんだね。水が引いたあと、その岩の後ろに洞穴があるのが見つかった。《失われた知恵》はそこにあったんだ。ほら、ここだ〉

岩山を降りきったふたりは、その洞穴の前に立っていた。入り口を塞《ふさ》いでいたらしい岩はシェプシの何十倍もの大きさだ。これが動くというならそれはシェプシの知る豪雨の比ではない。おずおずと中をのぞいてみたが、暗くて何も見えなかった。中へ入ってみる。

〈何も見えないよ〉

〈そのうち目が馴《な》れるさ〉

ふたりの声がわんわんとこだまする。

ジェセルの言うとおりだった。しばらくすると闇《やみ》に目が馴れてぼんやりとあたりの様子が見えてくる。思ったよりも広いようだ。シェサの洞穴の何倍もある。けれどもいくら目を凝らしても洞穴はからっぽに見えた。ぐるりぐるりと五回くらい周囲を見渡してからやっとシェプシは壁に文字が刻まれているのに気がついた。そう思ってみると壁という壁がびっしりと文字で埋まっている。どうやって手を伸ばしたのかと思うほど高い天井から、足の下の面にまで（それはかなりすり減っている）。おびただしい文字に囲まれていると気づいた途端、急に大勢の人間に見つめられているような落ち着かない気分になった。ぶるんと身体が震える。震えてみると、ここがとても寒いことにも気がついた。

ジェセルはと見やると首を垂れて目を閉じている。何かを説明してくれる気配はなかった。シェプシは入口の近くの壁に寄ってそれを軽く撫《な》でてみた。なんだか頭がうずくような気がする。細かい文字だ。見たこともない文字なのに明りさえ充分ならば読めるような気がする。シェプシは片方しか動かない肩をすくめてジェセルに向き直り声をかける。

〈ねぇ……〉

ジェセルはゆっくりと顔を上げた。不思議な表情だった。喜んでいるような悲しんでいるような怒っているような、それでいてとても静かな表情だった。

〈ここに来ると変な気分になる〉

〈そうだね、なんだか誰かに見られてるような恐ろしい気分だ〉

〈そうじゃないんだ。なんて言うか、知らないことを知っているような気になる〉

〈知らないこと？〉

〈そう、知ってるはずもないくらい昔のこと。ひとに聞いた話じゃなくて自分で知ってるんだ。それが何なのかわからないのに身体の中で勝手に血が喜ぶんだよ。頭は、それが何なのか知りたくて苛立《いらだ》ってるっていうのに。まるで昨日見た夢を思い出すときみたいなんだ。夢の中ではとてもいい気持ちだったから、もう一ぺん思い出そうとするのに、いい気持ちしか思い出せなくてどうしていい気持ちなのかまではたどり着けない。だから……きっとほんとうなんだろうな〉

〈あの……〉

〈何？〉

〈いったい何の話？〉

ジェセルは溜息《ためいき》をついた。

〈この場所が見つかったのは二百年も前らしい。何が書いてあるのか誰にもわからなかったんだ。文字なんて必要ないからほんの少ししか伝わってなかった。大きな岩が動くほどの洪水だったら、村のあらかたのものが流されて建て直しも大変だったろうからそんなこと考える暇もなかったんだと思う。だからこれが《失われた知恵》に違いないということはわかったけど、それを読み解けるひとはいなかった。でもここに来るとなんとなく不思議な気持ちになる。だからきっといろんなひとがしょっちゅうここに来たんだろうと思うよ。意味もわからず壁を眺めていたひとはたくさんいたはずだ。そしてね、百年くらいたってやっとこれを読むひとが現れた。天才だね。モースというひとだ〉

〈じゃあ、なんて書いてあるのかわかったんだね?〉

〈そう、わかった〉

〈なんて書いてあるの?〉

シェプシはいつのまにかジェセルの脇で固唾《かたず》を呑《の》んでいた。

〈この面には村の由来が書いてある。祖先がこの地に来たわけと祖先の毎日の暮しぶりなんか〉

ジェセルは入り口の脇の壁を指さして、それをずうっと奥のほうまで移動させる。

〈……そして、ほら、ここにさっき歌った古い歌が書かれている。モースはこの歌から文字を読み解いていったんだって〉

シェプシは指さされた壁に寄って、鼻を壁にくっつくくらいに近づけた。

〈雨が……過ぎる。目を、開ける……海はない……風……〉

たどたどしくシェプシが読み始めると、ジェセルは一瞬驚いてから、ああそうかと納得した。

〈シェプシは言葉の素を頭に入れてるんだったね〉

ではこれも老人がプレートと呼んだものの威力なのだろうか。ジェセルと話ができるばかりでなく、習い覚えた記憶のない文字までも読むことができる、そんなことがあり得るだろうか。あるとすればそれは神の力ではないのか。告げる神が巫祝に与えた不思議な力のように……ずきずきと頭が痛んだ。聞くこと喋《しゃべ》ることには馴れても読むことにはまだ馴れない。それとも読むことはずっとずっと大きな力を必要とするのかもしれない。シェプシは頭の中の異物に向かって罵《ののし》りと賛辞を同時に浴びせ、壁から目をそらした。

〈ものすごく頭が痛いよ〉

〈馴れないからだ。はじめはしかたないんだ〉

〈入れたことあるの？〉

〈ないよ〉

〈じゃあ、どうしてわかる？　もしかしたら一生痛いかもしれないじゃないか〉

頭痛のせいで多少いらいらしてシェプシの語調はきつくなった。ジェセルは黙って肩をすくめただけだ。

〈これを入れてると良くないことが起こるんじゃないの？　どうして村のひとはこのプレートとかを入れないの？　いや、違う。そうじゃない。どうしてこんなすごいものがあるのに、百年間、誰もこの文字を読めなかったの？　だってこれがあれば一発じゃない〉

壁に寄りかかって立っていたジェセルは、少し首を傾げてからそれは違うよと微笑《ほほえ》んだ。むきになっているシェプシを笑うように。

〈言葉の素は《失われた知恵》の一部だったんだ。壁の文字が読めて《失われた知恵》を取り戻せたからこそ、それが何なのかどうやって使うのかがわかったんだ。そうでしょ〉

シェプシの疑心は解けた。気がつくと頭痛が去っている。ジェセルは気にしたふうもなく歌を口ずさんでいた。小さな声なのに壁に反響して祭の合唱のように聞こえる。いっそう悲しげに聞こえる。シェプシはややためらってからもう一度壁に目をやって、歌詞をたどりたどり遠慮がちに唱和した。さっきほどには頭も痛まなかった。

〈ねぇ、ウミって何?〉

〈なんでも水がたくさんあるところらしい〉

〈泉のこと? それとも川?〉

〈いや、水が砂漠の砂と同じくらいたくさんあるところらしい〉

砂と同じくらいの水! シェプシは頭の中で一生懸命砂漠に水を注いでみた。何度やり直してもこの想像は頼りなく途切れてしまう。まず羊山から村まで流れている細い川の水をすべて砂漠に注ぐ。それに医師の谷で見た豊かな川も足してみたけれど、砂漠の広さには全然及ばないうちに水は尽きてしまう。水の月に降る雨を一年中降らせてみる。それもまた降る先から砂に染み込んでいってしまう。仕方なくシェプシは他のことを考えた。

〈菫青山って、この岩山のことだよね?〉

〈そう〉

〈船って水に浮かべるものでしょう?〉

〈そう……みたい〉

〈つまり、故郷はここでない別の場所にあって船で帰りたいっていう歌だよね?〉

〈そう〉

〈砂のまん中の村から船で帰る……山が指さしてる方向へ？〉

〈そう〉

〈ねぇ、山って上を向いてるんだよ〉

〈そう……だね〉

〈ジェセルたちの祖先って頭がおかしかったの？〉

ジェセルはじっとシェプシの顔を見返した。それからおもむろに腰を下ろして、そこが問題なんだと呟《つぶや》いた。

これは不思議な歌だった。しかし、どうやら祖先の頭が正常だったらしいことは歌以外に書かれているおびただしい量の文字を読み解くことによって明かされた。それによれば、彼らの祖先は天の星から銀の船に乗ってやってきたのだった。

〈銀の船？〉

〈あれさ、あの丸い銀の建物が船なんだ〉

〈あれが動くの？〉

〈そうらしい〉

シェプシはわかったようなわからないような顔でジェセルを見やった。しかしまぁ、月が神さまだった時代もあるくらいだから星からひとがやってくる時代があってもおかしくはない……だろうか？

〈じゃあ、どうしてさっさと帰らなかったの？〉

〈船は神の力で動くんだ。ここには神がいなかった〉

〈神って告げる神?〉

ジェセルは何のことかわからないというようにかぶりを振って、今度は反対側の壁を指さした。その面には文字の間に奇妙な図形がたくさん混じっている。シェプシは試みに読んでみようとして挫折《ざせつ》した。どういうわけかこちらのほうは何が書いてあるのかさっぱりわからない。

〈どうしてだろう。全然意味がわからない〉

〈これは神の教義だからだよ。読めるだけでは意味がない。神さまの性格を知らないとね〉

〈性格……〉

〈……モースが文字を読み解いたおかげで村びとには帰るところがあるのがわかった。それでその頃から強烈な帰星信仰が生まれたんだ。けど、船は神の力がなくては動かない。モースは神の教義を理解するところまではいかなかった。それをしたのはモースの息子だ。モースが一生かけて読み解いた神の教義を、彼は一生かけて理解したんだ。そして船を動かすのにとりあえず必要なのはある石だってことがわかった。その息子、つまりモースの孫が一生かけて石を捜した。さらにその息子とそのまた息子が二代にわたって石を磨きあげて組み立てたよ。そして六代目のモースがついに銀の船を動かせるようになったんだ。だから……みんなこの村を捨てて帰るのさ〉

説明するジェセルはちっとも楽しそうではなかった。最後の台詞《せりふ》にいたっては投げ捨てるような調子だ。ジェセルは帰りたくないのだろうか。自分ならどうだろう。星々は神の領域だ。星見の家の巫祝によれば古い神の領域。そんなところへ行くことができるなんて素晴らしいことではないだろうか。でも、とシェプシは思う。その星にこの広大で美しい紫の砂漠はあるだろうか。自分が愛してやまない砂漠があるだろうか。もしもないのなら……それでも自分はそこへ行きたいだろうか。ジェセルもまたこの砂漠を愛しているのではないだろうか。

〈ジェセルは帰りたくないの?〉

そう聞かれてジェセルは少し困った顔をする。

〈わからないんだ。帰る帰ると言ったって、今いる村びともその父さんも母さんもお祖父《じい》さんもお祖母《ばあ》さんもみんなここで生まれたんだよ。たとえそこが遠い祖先のふるさとだとしたって、じゃぁ、ここは、この村はふるさとじゃないのか、ってそんなふうにも思う。どうしてみんな、あんなふうに絶対に帰らなくちゃなんて素直に思えるんだろう。ここはそんなに悪いところかしら。海はないかもしれない。でも誰も困らないよ。町はないかもしれない。でも、一歩砂漠の外へ出て君たちと付き合う気になりさえすれば、町くらいあるだろう。行ったことはないけど蜃気楼《しんきろう》で何度も見たよ。あれはどこの町だろうな。高い塔のある厳かな町だ〉

〈書記の町だ〉

〈行ったことがある?〉

〈まだ。でも、すぐに行くよ〉

〈そう、いいなぁ。町があってひとがたくさんいるのは〉

〈母さんもいるし、神さまもいる!〉

ジェセルはちょっと悲しそうに顔を伏せてから、それを紛らすように立ち上がり洞穴の外に出た。太陽の光がまぶしい。でもジェセルの目ににじんだ涙はそのせいばかりではないようだ。

〈ジェセルのお母さんは……〉

〈死んだ〉

ぶっきらぼうにジェセルがそう言うのをシェプシはなかば予感していたのに、実際に聞けばやはりショックだ。勝気なジェセルは悲しいことほど皮肉げに話し、ぶっきらぼうなもの言いをする。誰かに似ているとシェプシは思った。そうだ、詩人に似ているのだ。名前も同じ詩人のジェセルに。そう思いながら、シェプシはジェセルの背中を眺めていた。

詩人は歳上だからシェプシにはとりつく島もなかった。詩人が泣いているのを見たときは、見てはいけないものを見たようで木陰にじっと隠れていることしかできなかった。けれど、このジェセルは詩人ほどには強くない。どんなに強がってみても身体のどこかが正直に気持ちを語ってしまうのだ。母さんに死なれて悲しくない子供なんかいはしない。シェプシはまどろこしくしか動かない脚を引きずってジェセルの後ろに立つと、そっとその肩に手をかけた。ジェセルは素直におとなしく歩き出した。

〈帰りたくないんだね、砂漠には母さんが眠ってるから〉

ふたりは動物たちの柵《さく》の後ろへと歩いていった。大きくてしなるように柔らかな樹が何本も生えている。ジェセルはその一本にもたれて砂漠を眺めた。

〈わからないんだ。母さんは淋しくないだろうか。みんながここを出ていったら……でも父さんは行くんだ。母さんの髪を持っていくから大丈夫だって言って。それに、どうしたって村中のひとが行くのに自分だけ行かないなんてことができるはずがない。行きたくたって行きたくなくたって……考える余地なんか、子供にはない。父さんや祖父さんを悲しませることなんかできないものね。それに、あの洞穴の中に立っていると、たしかに遠い祖先が話しかけてくるような気がするよ。血が勝手に騒ぎだす。でもね、はっきりわかったのは君に会ってからだ。それまでは迷ってた。あの光る音響盤を聴くまではね。丘の上であれを聴いたとき、懐かしくて思わず涙が出たんだ。ほら、一番最後のところだよ。見たこともないところから見たこともないひとが話しかけてくるんだからびっくりした。船が空を飛ぶとか、祖先が星から来たとか……たしかにモースの一族は賢いけれど、どこか嘘《うそ》みたいな気がしていたよ。でも嘘じゃない。あれは仲間の声だよ。仲間の言葉だ。身体の一番奥のところでそうわかる。生まれる前の懐かしさだ。知ってるはずもないくらい昔のこと。洞穴で感じる奇妙な懐かしさの正体はこれだって、いやになるくらいはっきりわかった。モースはたしかにすごいよ。ほんとうだった、何もかも。銀の船の船出はあさってだ〉

〈あさって……〉

シェプシは呟いてジェセルを見やった。ジェセルは砂漠を眺めながら物思いにふけっている。最後の砂漠を眺め、名残りを惜しんでいるのなら、邪魔するべきではないのかもしれない。シェプシはひとりで村を振り返った。羊がのんきにゆったりと歩いている。鳥も今ではおとなしく日陰にうずくまっている。小さいけれどいい村だ……でも、どうしてこんなに静かなのだろう。

〈ねぇ〉

シェプシは我慢できずに問いかける。

〈村のひとはみんなどこにいるの？　誰も外を歩いてはいないみたいだけど〉

ジェセルは砂漠に目をやったまま口だけを動かした。

〈この村にはもう六人しかいないんだ。父さんと祖父さんとモースと奥さん、それにメティとわたし。メティはまだ若いけど相手がいないから結婚できないし子供もつくれない。このままだとどのみち村はもう滅びるしかないんだ。多いときには百人くらいになったこともあるらしいけど、ずっと昔の話だ。三年前に変な病気が流行《はや》ってみんながばたばた死んでしまった。やっと生まれる赤ん坊はわたしに似たできそこないだし〉

〈できそこない？〉

〈そうさ、男でもないし女でもない。そんなのが何人生まれたって子孫を残すことなんかできやしない。モースのところにこの間せっかく生まれた赤ん坊はモース自身が殺してしまった。こんな子は幸せになれないと言って。可愛《かわい》かったのに……わたしみたいなのが生まれるようになって、それで余計におとなたちは故郷へ帰ろうと一生懸命になった。今だってみんなは銀の船の中で最後の準備をしてるのさ〉

ジェセルは樹のそばを離れ歩き出す。シェプシはしばらく考え込んでから言った。

〈ジェセルはできそこないなんかではないよ。子供のときは誰だって生む性でも守る性で

もない。メティとかいうひとは生まれたときから性が決まってたの?〉

〈当り前じゃないか。メティは生まれたときから女性だった〉

〈そのほうができそこないだ。聞く神もそう認めてる〉

シェプシはかつて家の仮子にそうしたように、聞く神の話をジェセルに語ってあげた。

ジェセルは信じ難いという表情で聞いている。

〈なら、わたしも砂漠の外へ行けばできそこない扱いされなくて、恋をすることがあるんだろうか。子を生《な》すことがあるんだろうか〉

〈あるさ……まぁ、耳がちょっと問題だけど〉

〈耳? だってシェプシとわたしの耳のどこに違いがある?〉

シェプシの耳のほうが珍しくて、他のひとはみな尖《とが》った耳を持っているのだとシェプシは言った。そして逆に問い返した。

〈どうして、ここの村のひとたちはみんな耳が丸いの?〉

〈どうしてって、当り前じゃないか。君こそどうしてさ?〉

ふたりはわけがわからなくなって、黙ったまま羊の柵にもたれた。一匹の羊が寄ってきてジェセルの鼻をなめる。ぼんやりしていたジェセルは途端にくすぐったい叫びをあげて柵をまたいだ。羊を追いかけてつかまえてじゃれあっている。ジェセルには置いていきたくないものがここにたくさんあるのだ。

泣いたりふてくされたりするよりも笑いころげているほうがジェセルにはずっと似合う。

シェプシはそう思いながら、陽差《ひざ》しの中でころげ回っているジェセルと羊とを眺めていた。

銀の船のほうから、ジェセルを呼ぶ穏やかな老人の声がした。

◆銀の船

近寄ってみると銀の船はとても大きかった。船というよりも巨大な家のようだ。こんもりと丸くお椀《わん》を伏せたような形。砂の中にだいぶめりこんでいるところを見ると全体は球形なのかもしれない。壁は石でもなく木でもなく布でもない。シェプシの音響盤に似たようなもので、今はもう沈みかけた太陽の陽差《ひざ》しを受けて赤く輝いている。扉は上部へすうっと持ち上がる形で開いた。そこを入るとさらにもう一枚の扉があり、外の扉が閉じてから今度は横へヒューンという音を立てて開く。細い通路があり、何枚も分厚い扉を通り抜けるとやっと丸い広場のような場所に出た。

男のひとと女のひとがふたりずつ床に車座になっている。ひとりはトロッコからシェプシを担ぎ出してくれたひとだ。多分それがジェセルの父さんで、もうひとりの男のひとが六代目のモースだろう。女のひとは歳上《としうえ》のほうがおそらくモースの妻で、若いほうがメティだ。メティは塩の村のイマトくらいの歳だ。女のひとたちはシェプシを珍しそうに、ほんとうに珍しそうに（何か珍奇な動物でも見るように）見ていた。けれど、丸い耳を珍しがられているのでないことだけはたしかだった。

男のひとたちはシェプシにはさして注意をはらわなかったくせに、シェプシにも坐《すわ》るようにと勧めた老人の言葉には異議を唱えた。それは老人の柔らかな微笑と柔らかな言葉でさえぎられた。

〈よいではないか。われわれはもうここを去るのだし、ひとりくらいわれわれのことを知っている者がこの星にいるというのも〉

〈しかし……〉

男のひとが言いかけると、ジェセルがすかさず彼に向かって言った。

〈モース、シェプシの耳は尖《とが》ってないよ。だからここまで連れてきたんだ。それにシェプシは光る音響盤を持っている。見せてもらいたかったら、シェプシの知りたがることを教えてやるのは当然だと思うけど〉

モースはそれを聞くとちょっとうろたえた。かわりにジェセルの父さんが聞く。

〈それはほんとうか？　おまえはそれを見たのか？〉

ジェセルは父さんの目をまっすぐに見ながら深く頷《うなず》いた。

〈何が知りたいのだ、シェプシとやらは〉

急に問われてもまごつく。いったい何を知りたいんだっけ？　こんなところまで何をしにきたんだっけ？

〈ひとまずお坐りなさい〉

老人に言われて、シェプシはジェセルに身体を支えられながらゆっくりと腰を下ろした。床はひんやりして冷たかった。六人の村びとすべてがシェプシの言葉を待っていた。シェプシは緊張気味に口を開く。

〈どうしてみなさんの耳が丸いのかを知りたい。それにこの……〉

〈あなたの耳がどうして丸いのかと……?〉

老人が言葉を添え、シェプシは慌てて頷いた。するとわきからジェセルがそんなことわかるわけないじゃないかと言いかけて老人にさえぎられた。

〈まぁ、待ちなさい、ジェセル。シェプシ、他には? 他には何をお知りになりたい?〉

〈光る音響盤が何なのか知りたい。もし、あなたが知っているのなら〉

〈ふうむ……それがわかれば音響盤を見せていただけるのかな?〉

〈ええ、もちろん〉

〈よろしい〉と老人は言った。

〈さきほども申し上げたようにわたしたちにはもう時間がない。ですから手短かにお話ししましょう〉

〈こっちだって時間がない。すぐにも帰らなくちゃいけない。そういう約束なんだ〉

なるほど、なるほど、と老人は頷いて、名もない幻の村の伝説を語り出した。

《失われた知恵》が発見されてからわかったことは多い。つまり、それが見つかるまでに失われたものは想像もつかぬほど多い。この多くの知恵は、モースの一族によって長い年月をかけて取り戻された。すでにわれわれは、自らの存在の源を心得ている。それを少しばかりお話ししましょう。

われわれの祖先は青い星から船でやってきました。遠い遠い昔のことです。青い星のひとびとはかつてはてんでんばらばらの神を崇《あが》めいがみあっていましたが、あるとき星の寿命が尽きかけていることに気づき、それを救える唯一の神、科学《テクノ》と技術《ラテイオ》の双面神をみなで崇めるようになっていました。いさかいはなくなったのです。神はひとびとに船を作らせて空の彼方《かなた》に飛ばしました。まず、からの船だけをやり光る板をさまざまな星に落としたといいます。もしそれらの星にも同じ神がいるのなら何か答えがあるはずでした。だがどこにも神はいなかった。

次に神は、何人かのひとを船に乗せ、みなが暮らせそうな場所を捜しにやりました。われわれの祖先がこの紫の星に来たのはそのときです。彼らは七人でやってきて、この星がいかなる星かを調べようと砂漠のまん中に降りることにしました。降りる途中、船のどこかが壊れたらしく、船は空から落ち砂地にめり込んで止まりました。壊れた場所はすぐにわかりました。簡単に直ることもわかりました。ですが、直る前に食料が尽きることもわかりました。落ちたときの衝撃で食糧庫に影響が出たらしいのです。

ここには青い星と同じ神はいませんでしたが、どうやらわたしたちとほとんど姿形の等しい人間が住んでいるようでした。ただしこの人間たちはかなり野蛮で、とても友好を温め援助を乞《こ》えるような状態ではなかった。祖先たちは、ひとまず船の修理を中断し、粗暴な種族から身を隠して生き延びるすべを捜さなければなりませんでした。砂の層は厚かったけれどもずっと奥に水の層がありました。神の力で塩を作ることができました。携えてきた植物の種子を水の上に蒔《ま》いてみるといくつかの種は芽を出しました。

そうこうしているとき、彼らの隠れ家にひとりの羊飼いが砂羊とともに迷い込んできました。リスのような耳をした男だったそうです。祖先たちは自分たちの存在がここの人間たちに知れるのをひどく恐れていましたから、船を直して飛び立つまではその男を帰すわけにいきませんでした。

仲間のひとりが彼と親しくなり、彼はずいぶん長くここに留《とど》まったようです。それをプレートに記憶させ、さまざまなことを聞き出すことができたのです。この星の暮しは、青い星のひとびとが彼の言葉と自分たちの言葉に架け橋を渡しました。この星の暮しは、青い星のひとびとが千年も前にしていたのと似た暮しでした。つまり科学と技術の神が生まれていないのも当り前だった。少なくとも簡単な言葉は持っていましたが、ひどく野蛮で飢えていたのです。迷い込んできたのがおとなしい羊飼いだったのは幸いだったといえます。

羊飼いからあれこれと話を聞いていた女が砂漠の外へ行くと言い出しました。行って帰らぬと。女でありたがらぬ女でした。意味はよくわかりませんが、そう記されています。彼女は姿を消し、このとき彼女の《生命《いのち》の箱》と《光の剣》と《船の心臓》がともに消えたといわれています。三人の男と三人の女が残りました。彼らは困りました。なぜなら船を直すのは主に去っていった女の仕事でしたし、彼女が持ち去った心臓がなくてはとうてい船は動かぬはずだったからです。

彼らは生き延びるために三組の男女となり、三人の子を生《な》しました。さらに各自が《生命の箱》を用いてひとりずつ赤子をもうけました。《生命の箱》とは、神が危険な任務の代償にひとりにひとつずつ持たせてくださったもので、これによって生まれるのはわが子であると同時にもうひとりの自分でもあったといいます。われわれの神は真に偉大だったのです。

六人のおとなと九人の子供は力を合わせて生きながら船を直そうと試みましたが、神を遠く離れたこの地では船は直りませんでした。

おそらくそのようにして代を経るにしたがって船のことも神のことも神から授かった知恵のことも次第に忘れられてしまったのだろうと思います。


老人の話はそこまでだった。

〈この耳が丸いのは、その話に関係があるの?〉

〈ですから申したでしょう。われわれの祖先の中からあなたがたの世界へ出ていった者がいるのです〉

〈そいつのおかげで俺たちはこんなところに居坐ることになっちまったのさ〉

そう言ったのはモースだった。こんなところという言い方にシェプシはムッとして、ジェセルのほうはもっと傷ついたのか、例によってなげやりな調子で言った。

〈わたしの名は、その裏切り者にあやかってるんだ〉

するとジェセルの父さんが慌てて打ち消す。

〈そうではない。この村から出ていった者だから縁起がいいのだ。現におまえの代で長い間のわたしたちの望みがかなうではないか〉

〈わたしみたいなできそこないができて、モースも慌てて仕事がはかどったんだ。自分の子供でも殺せるくらい嫌ってるみたいだから〉

どうやらジェセルとモースの間は険悪そうだ。

〈好きとか嫌いとかではない。おまえのような者が何人いたところで子孫が残せないからだ。幸せになれないからだ。無論、おまえがそのように生まれたのはおまえのせいではないが〉

〈そんなことはないよ〉

モースの怒りと憐《あわ》れみの混じった台詞《せりふ》にシェプシは言葉を挟んだ。モースは、そしてここにいるひとびとはみな、勘違いをしている。

〈生まれたときに性がないのは当り前だ。真実の恋に出合って初めて性が決まるんだもの。ジェセルはできそこないなんかじゃないよ。普通だよ。当り前だ〉

〈ほう、それは女でありたがらぬジェセルがさぞ喜びそうな話だな〉

モースが伝説の裏切り者を引合いに出してあてこする。シェプシはハッとした。

〈なんだって? ジェセルだって?〉

その声のあまりの大きさにジェセルは驚いてシェプシを見た。シェプシはさらに大きな声で聞いた。

〈君たちの祖先で砂漠の外に出ていったひとの名がジェセルって言うんだね。そう言ったよね〉

〈そうさ〉

〈女のひとだったんだね〉

〈そうらしい〉

〈そ、それはいつ頃?〉

ジェセルは老人のほうを見やる。老人が代わって答える。

〈はっきりしたことはわかりませんがずうっと昔のことですな〉

〈ずうっとってどれくらい？〉

するとモースがぽつりと呟《つぶや》く。

〈われわれの神の時間で四百年ほど前だよ。多分〉

〈あなたがたの時間？　何、それ。それじゃぁ、わからない……〉

〈多分、われわれの四百年の間にゃ、あの四つの月は五百回同じ周期を繰り返したろう〉

〈もしかしたら、その祖先がやってきた頃、砂漠では人間たちが争っていたのではない？〉

〈わかりませんな。でも、とうてい付き合う気にならないくらい野蛮に思えたのなら、もしかするとそういうこともあり得ない話ではないでしょう〉

〈それでもって、そのジェセルがいなくなったあとで砂漠から人間たちが消えたのではない？〉

〈どうでしょうな。とりたてて彼らに村が荒されたという言伝えはないようだが〉

〈ああ〉

シェプシはうめいた。

〈ああ、なんてことだろう。そのジェセルは《聞く神》を連れてきた最初の書記だ。そうに違いない。ああ、そうだ、自分が女でありたがらなかったのだから、生む性として生まれてきた子をできそこないだと認めたのは当り前だ。きっと、ジェセルは真実の恋がしたかったんだよ。羊飼いに真実の恋のことを聞いたんだ。真実の恋に憧《あこが》れたんだ。そうでしょう？　あなたがたの神はここにもいるよ。秩序を司《つかさど》る《聞く神》だ〉

意気込んで喋《しゃべ》るシェプシをみなはあっけにとられて見つめていた。もちろん話していることが理解できているはずはない。シェプシが言葉を途切らせてぐるりとひとびとを見回すと、モースだけがぽつりと呟いた。

〈まさしく、われわれの神の教義の要点は秩序にあるが……〉

〈それでも、それでも帰らなくちゃいけないの？　ねぇ、ジェセルというひとは仲間を裏切ったかもしれない。でもね、彼女は彼らを守るためにこの砂漠をあなたがただけの場所にしたんだよ。あなたがたの祖先が、祈禱師だの巫祝だのに殺されずに済んだのはジェセルのおかげなんだ。そうでなければ、今、ジェセルもジェセルの父さんもお祖父さんもモースもその奥さんもメティも生まれてはいなかったはずだよ。それでも帰らなくちゃいけないの？　ここでみんなと暮らしていくわけにはいかないの？　今はもう誰も争ったりなんかしていない。《聞く神》がきちんと秩序を守っているからね。どうしてそんなに仲間にこだわって、村に閉じ籠《こも》って、外へ出てみようとは思わないの？　どこかの星へ行くより砂漠の外に出るほうがずっと近くて簡単なのに。耳の形がちょっと違うだけでしょ。そんなことで誰も殺されたりはしない。だって、ほら見て、塩の村のシェプシはきちんと生きてる。真実の恋も悪くはないよ。きっと素敵だよ。その羊飼いはきちんと帰してあげたの？　もしもそうでなかったら、彼の恋人はどんなに悲しかったろう、苦しかったろう。真実の恋の相手がいなくなってしまうことほど惨めで悲しいことはないのに〉

責めるようにシェプシは老人を見つめた。老人は困ったような顔をした。

〈羊飼いがどうなったかという記録はないのです。でも、このジェセルが奇形なのではなくあなたがたと同じ身体なのだとすると、もしかしたら羊飼いはこの村の誰かと結婚して子を生し、その血がずっと今まで眠っていたということも大いにあり得ることではあります。しかし、またもしかしたら、それは遺伝ではなくてこの環境によって育《はぐく》まれる形質かもしれません。それはわからないのです。あなたの耳については、遠い祖先のジェセルの血かもしれませんし、また長い長い歴史の間には彼女以外にもあなたのおっしゃるように砂漠の外へ出て暮らそうと思い実際にそうした者がいなかったともかぎりません。《失われた知恵》が取り戻されてからでさえ、帰るべきではないと考えていたひとはたくさんいます。あなたがたを征服してここにわたしたちの王国を造ろうと言い出した者もいました。それでもわたしたちは概《おおむ》ねにおいて血を守ってきましたし、いつか必ず帰ろうと思ってきました。その夢があったからこそ、恐ろしい流行病《はやりやまい》で村びとの大半を失ってさえ耐えることができたのです〉

老人は口を固く結んでじっとシェプシを見すえた。瞳《ひとみ》が深く深く見えた。優しい穏やかな顔なのに、決意を翻すことはあり得ないとその目は語っていた。何も言うな、これはもう決まったことだ、やっとここまでたどり着いたのだ、おまえごとき子供が、ましてよそ者が口をさしはさむ問題ではない……モースの激しい言葉よりもこの穏やかで深い瞳のほうがよほど怖い。それでもシェプシは言わずにはいられなかった。

〈で……でも、ずっと昔に寿命が尽きかけていた星が……今でもきちんと残ってる

の？　あなたがたを迎えてくれるの？〉

その問いはどうやら彼らの不安の核心を突いたようだ。老人は諦《あきら》めて目を閉じると黙り込んだ。残ったおとなたちは助けを求めるようにモースを見やり、モースは気が進まぬといった表情でそれに答えた。

〈星というものは、われわれには想像も及ばないほど長い時間をかけて生まれたり死んだりする。寿命が尽きかけているといっても、それは数百年という短い時間の中のことではないはずだ〉

〈人間は？　星よりもずっと寿命の短い人間は、そこでたしかにあなたたちを待っているの？〉

モースは苦い薬を飲まされたような顔で咳《せき》ばらいをすると、何か急に思い出したとでもいうかのようにあっさりと話を変えた。

〈ところで、音響盤の話だが〉

彼らは故郷の星が今でも残っているのかどうか確信のないままに、残っていたとしてもそこに仲間がいるかどうかまったく確信のないままに、それでも残っていることに賭《か》けて出発する気でいるのをシェプシは悟った。もしも、すでに星が死んだあとだったとしたら、よしんばまだ生きながらえていたとしてももはや人間の住めないほどに荒れ果てた姿だったとしたら、ジェセルはどうなってしまうのだろう。そんなことは考えたくなかった。息が苦しくなる。身体の向きを変えれば少しは楽になるとでもいうように、シェプシは無理やり想像を中断するとモースの導くまま音響盤のほうへ気持ちをめぐらせた。

〈ああ……光る音響盤ね。聞く神も音響盤を捜してるらしいけど……どうしてだろう〉

　からの船が飛んできたときに落としていった光る板というのがこの音響盤なのだ。モースはそう言った。音響盤が青い星のものならば書いてある意味がわかるだろうか。シェプシは腰の袋から音響盤を取り出して見せた。みなが身を乗り出してそれを見る。今ではそこにあるふたりの人間の意味がわかる。彼らは真実の恋を経なくても生まれたときから性が決まっている。そして彼らは誰も彼もが丸い耳を持っている。当然のことのように。わからないのは大きな丸と小さな丸とそこに書かれたさまざまな文字らしきものだ。

〈これは、神の教義に描かれている図と一致する〉

　モースがそう言うと、他の者は彼に音響盤を譲った。

〈つまり、われわれが帰る青い星の近所の図ですな。大きな丸が太陽。そこから数えて三番目、塗りつぶしてあるのがわれわれの青い星だ〉

　するとひとびとはいっそう興味深げにモースの前の音響盤をのぞき込む。

〈じゃあ、夜になればこんなふうな星が見えるわけ？〉

〈いや、そうではない。この太陽の回りを小さな星たちはぐるぐる回っているから、いつもまっすぐに並んでいるわけではない。それにこの太陽はここで見える太陽とは別のものだ。だが見えることは見える。点のように星々の中に紛れている。この船の羅針盤はいつでもその位置を指し示している〉

　モースの言うことはよくわからなかった。わかるのは、天にかかる星のひとつを目指して空を飛ぶという妄想じみた話が決して冗談ではないのだということだけだ。それが実際にどういうことなのかシェプシには考えようもない。

〈……これは秩序の絵だって言ったひとがいたけど……〉

〈そうとも言える。数を数えるときに九までくると次の十で繰り上がる……おまえたちのところでもそうだと思うが？〉

シェプシは黙って頷いた。だからこそ九は秩序の数なのだ。

〈小さな九つの丸が一から九までの数を表し、大きな丸が特別の〇を表す。そもそもわれわれの星とは美しい秩序の中にある聖なる場所なのだ〉

モースは誇らしくそんなふうに言った。シェプシはモースの前から音響盤を取り上げてもう一度間近で手に取った。みなの視線がそれについてシェプシのほうへ這《は》い上がってくる。丸のおのおのに添えて書かれた文字は、それまでは奇妙な記号にしか見えなかったのに今はシェプシにも読むことができた。不思議なことに小さな九つの丸に添えられた文字はたいてい九つの暦月の名に等しかった。《水の星》から始まって《死の星》で終わっている。違うのは《砂の星》の代わりに《海の星》があることだけだ。

〈じゃあ、こっちの文字は何？　星の名は読めるのに、こっちは今でも意味がわからない〉

モースはもう一度音響盤を受け取って眺める。

〈これはちょっとばかし言葉がわかったって、おまえさんごときには理解できない神の奥義だ。この世のものがいったい何からできてるかという秘密だ〉

〈何からって?〉

〈おまえさんは砂漠は砂粒からできてると思ってるだろうな〉

〈もちろん〉

〈だが、その砂粒にしたところでやっぱり何かからできている。その一番先にある小さな小さな粒のことだ〉

シェプシにはあの小さくて凛《りん》とした砂粒がさらに何かからできているなどということが理解できるはずもない。音響盤に描かれたそれは、そんなたいそうなものではなくごく単純な丸がひとつと単純な記号だけだった。だから、シェプシはよくはわからなかったけれど、とりあえずふぅんと相づちを打つにとどめた。村びとでさえ、なんだかモースの講釈には疲れたという雰囲気でぼんやりし始めている。とうとうじれたようにジェセルが言った。

〈そんなことより音を聴こうよ。凄《すご》いんだよ〉

おおそうだ、そうだとみなが頷く。

〈無理だよ。太陽の光が当たらなくちゃ鳴らないんだ。もう陽が沈んじゃったでしょう。明日にならなきゃ〉

〈いいや、わしらは太陽の光を貯《た》めておく技を心得ている。こうすればどうだ〉

モースが言いながら立ち上がり、壁際の何かに触れるとあたりは真昼のように明るくなった。まぶしいくらいだ。シェプシは驚いて思わず掌《てのひら》を額にかざした。

〈これもあなたがたの神さまの力なの?〉

何ということだろう。もしも彼らの神にこれだけの力があり、聞く神も同じ神なのだとしたら、書記の町にはいったいどれだけの教義と秘密が隠されていることか。

〈そうだ〉

〈さあ、やってみておくれ〉

ジェセルの父さんがうずうずして催促する。シェプシは試しに音響盤を裏返してみんなのまん中に置いてみた。すると、音響盤は太陽のもとでと変わりなくいつものように鳴り始めた。水の音がするとおとなたちは固唾《かたず》を呑《の》んで円盤を見つめる。

〈サァーー、サァーー、ウァップウァップ、コポコポ……〉

〈水だ水だ〉

〈泉かしら〉

〈これが海というものかもしれん〉

〈まぁ……〉

〈サワサワサワサワ……、ザワザワザワ……〉

〈樹が鳴ってるわ〉

〈風でね〉

〈風が吹くのね、青い星でも〉

〈ウゥゥ、バゥワゥッ、バゥバゥッ……〉

〈恐ろしい〉

〈……〉

〈犬だよ、ここにも山なんかにはいるって星見の家の巫祝が言ってた〉
〈イヌ……、言葉があるからにはそういうものもいるのだろうな〉
〈ニャァー、ニャァー〉
〈何、何？〉
〈わからん〉
〈……〉
〈これがわかったひとはまだいないんだ〉
〈フギャァー、フギャァー、フワッフワッ、フンギャァー〉
〈まぁ、赤ん坊じゃないの〉
〈産声ですわ〉

そう、ジェセルも丘の上でそう言ったのだった。そのときはわからなかったが今ならばそれがわかる。頭に埋め込まれたプレートはほんとうに凄い力を発揮する。第一、村びとが忘れてしまった言葉までシェプシにはわかるのだ。そんなふうに思っていると、モースの奥さんがわっと泣き出した。モースが困ったように妻の背中を撫《な》でている。ジェセルがこの声を知ったのは、きっとモース夫妻に赤ん坊が生まれたときなのだろう。モースの奥さんにはこれが生まれてすぐに殺された赤ん坊の声と聞こえるに違いない。

シェプシの家の赤ん坊はこんなふうに泣きはしなかった。もっと静かに笑いながら生まれてきたように覚えている。ジェセルの故郷では、誰もがこんなふうに泣きながら生まれてくるのだろうか。それとも殺されるとわかっている赤ん坊だけが特別なのだろうか。

モースの妻の泣き声はしかし、最後の音が聴こえてくるとピタリとやんだ。悲しみよりも驚きのほうが大きかったのだ。それは声だった。優しい女性の声だ。

〈これは　わたくしたちの　星の　音　わたくしたちの　星は　美しく青い　水の　星……………〉

その青い星がシェプシの頭の中にまざまざと広がった。どうしてかはわからない。見たこともないのに、ただ青い水の星だと聞いただけなのに、その美しい光景がとどめようもなく脳裏を占領してしまうのだ。プレートのせいかもしれない。あるいは、丸い耳が表しているようにほんの少しシェプシにも流れている青い星の血のせいかもしれない。身体の中で血が勝手に喜ぶんだ、とジェセルが言ったのはこういうことなのか。

シェプシでさえそうなのだから、村びとたちといったらそれこそ感に堪えないといった表情で、もう言葉さえ発せず恍惚《こうこつ》とただただその声に聞き入っている。身体をおいて心だけがすでに故郷へ帰ってしまったかのようだ。そして誰も彼もがはらはらと涙を流している。ジェセルも泣いている。おとなたちも泣いている。いつか岩の上で砂漠が呼んでいるとシェプシが感じたように、ジェセルたちもまた今、行ったことのない場所から強く呼ばれている。帰りたくて矢も楯《たて》もたまらない……………それが手に取るようにシェプシにはわかる。止めても無駄なのだ。最初のジェセルはこの砂漠をこそ愛したが、このひとたちはそうではない。

初めに歌い出したのはモースだった。それに老人の声が加わり女たちの声が加わり、やがて六人の合唱になった。

われらを待つ者がいる
紫の山の示す彼方に
われらの源がある
決して渇かぬ場所がある

銀の船で来たのだから
銀の船で帰ろう
そしてわれらの見たものを語ろう
われらを待つ者のもとへ

思い出せ神の名を
思い出せ失われた知恵
思い出せわれらの使命を
青く美しきかの星を

銀の船で来たのだから
銀の船で……

◆別離の日

歌はいつまでもやまず際限がないように思われた。何度も何度も同じ歌が繰り返し歌われてひとびとは苔酒《こけ》でも飲んだかのように酔いしれていた。初めのモースが《失われた知恵》を読み解いてから今日までずっと歌われ続けてきた歌だという。吟遊詩人たちの歌、シェプシたちの歌とは趣がだいぶ異なっている。どこがどう違うのかはうまく言えない。そもそもひとつひとつの音が違うようで歌うのが難しい。けれど何度も何度も聴いているうちにシェプシはどうやらその歌を覚え込んだ。ここへ来ることを許してくれた詩人に教えてあげることができるように。

また、ひとびとは何度も音響盤を聴き直した。そうするたびに馴《な》れていくどころかどんどん郷愁は深まるばかりのようだ。壁に背をあずけジェセルと寄り添いながら眠り込みそうになった頃、老人が言いにくそうにシェプシに尋ねた。

〈あの音響盤がわたくしどもにとってどのように価値あるものかおわかりいただけたと存じますが、その、何ですな、ひとつあの音響盤を譲っていただくわけにはいきますまいか?〉

シェプシは眠い目をこすりながらそれはできないと思った。自分が持っているよりも彼らが持っているほうがよいということはわかる。でもできることなら、むしろ同じ異邦人でありながらこの砂漠を認めこの砂漠を愛し、そして故郷へ帰ろうとしなかった初めのジェセルに、《聞く神》とその書記のもとに光る音響盤を渡したいと今のシェプシははっきり思うのだ。

たったひとりで見知らぬ地に暮らした最初のジェセルだって、故郷を懐かしく思わなかったはずはない。塩の村を遠く離れたシェプシにはそれがわかる。どんなに希望に満ちた旅だろうと、どんなにわくわくどきどきするような旅だろうと、生まれ育った土地や長くともに暮らしたひとびとと離れるのはやはり淋《さび》しいし恐ろしい。ましてひとりならなおさらだ。最初のジェセルすなわち最初の書記はもう生きていないことはわかりきっている。それでもシェプシは彼女ゆかりの地へそれを持っていきたかった。書記の町の聖地へ持っていきたかった。

答えを渋っていると、向こうからモースが大きな声で言った。

〈そんなことより、おまえさんも一緒に青い星へ行ったらどうだ。おまえにだってわしらの祖先の血が流れていないわけではなさそうだし《失われた知恵》と一緒に見つかった虚《うつ》ろな服はたしか七着あったと思うが〉

〈虚ろな服？〉

シェプシはかたわらの老人を見た。

〈よくはわかりませんが帰りの旅で着る服らしい。奇妙な服ですが。参りますか？　そうして下さったならジェセルが喜ぶでしょう。同じ年頃の友達がひとりもいなくてこの子も淋しい思いをしています。わたくしどもは歓迎いたしますよ〉

もちろんシェプシは断った。そんなことができるわけがない。たとえどんなにジェセルが勇敢で美しく離れがたい友だとしても、詩人との約束を違《たが》え運命を放《ほう》り出すわけにはいかない。この砂漠を離れるなど考えることもできない。

ジェセルは少し残念そうに、ならば一番可愛《かわい》がっている羊をもらってくれないかと言った。羊も鳥もすべて旅の間の食糧用に明日殺してしまう。いつもジェセルが世話をしていた羊だけは何とか殺さずに済めば嬉《うれ》しいと。

〈たくさん乳を出すから役に立つよ。可愛いし〉

そちらは喜んで引き受けた。きっとさっきジェセルとじゃれ合っていた羊だろう。

ふたりはそろそろ家に帰って寝ようと立ち上がる。おとなたちの意向を無視するように音響盤を袋にしまい込む。少し後ろめたかった。名残惜しそうな彼らのまなざしを払うように振り返ると、扉の脇にきらめく数字が見えた。

〈これは何？〉

いくつもの光る数字が並び、一番右側の数字はぱたぱたとせわしなく移り変わる。

〈役立たずの時計さ。モースに言わせると青い星の時間を刻んでいるらしいけど。おとなたちはもうずっと前からこの時計に従って暮らしてる。気が早いよね〉

シェプシは気がかりなことを思い出した。

〈ふうん……ところでね、最初にジェセルと会ったときのことなんだけど……〉

〈うん〉

〈実は山から墜《お》ちて気を失ってたみたいなんだ〉

〈うん〉

〈どれくらいあそこにころがっていたか、ジェセルは知らない？〉

〈どうして?〉

〈六日で帰るって約束して出てきたんだ。ほんとうは砂漠へ来てはいけなかったんだけど、絶対に六日したら帰るからって言って。山の隣に広い岩場がある。そこに七日目の朝には戻っていなくちゃならない。それでね、山を降りてから何日たったんだろうなって思って。山を降りるのに半日かかったんだ。ジェセルに会ってからここへ来るまでも多分一日だ。ここで目が覚めてからももう一日たった。目が覚める前に傷の手当をしてもらって丸一日寝ていたって、あのお爺《じい》さんは言っていた。ただし、君たちの時間でって……君たちの一日ってどれくらいなんだろう〉

〈つまりこういうことだね〉

ジェセルは扉をくぐり廊下を歩きながら言う。

〈ここからトロッコを使って帰るとすると一日かかるから、出てきてから四日後、ということは五日目の夕方にはここを出たいと……〉

〈そうなんだ〉

けれどジェセルは考え込むふりをして、しばらく何も言わなかった。外へ出るとあたりはもう暗く、風に樹々《きぎ》がさわさわと揺れる音がしていた。葉っぱが一枚シェプシの顔をかすめて飛んでいった。動物たちはみな静かだ。ジェセルはすぐに家には戻らず、羊の柵《さく》のほうへ近づいていった。近くまで来ると、眠っていた羊の中から一匹だけがのそのそと歩いてくる。

〈こいつだ。ケイって言う。母さんの名前なんだ。こいつを頼むよ〉

〈わかった〉

ジェセルはケイの頭を優しく撫《な》でてなかなかそこを離れようとしなかった。空を仰ぐと、隠れんぼはどこまで進展したのか三つの月が金の印を解きかけている。この印が完全に崩れる頃にはシェプシは書記の町の運命の親の元にいるはずだ。しばらく羊に話しかけていたジェセルはようやくそこを離れて家へ向かった。そして家の扉を開けたところでシェプシを振り返った。

〈大丈夫だと思う。シェプシが山から墜ちて気を失っていたとしてもそれはそんなに長い間じゃなかったはずだ。どうしてって、わたしはあそこに行く前に丘の上から山の麓《ふもと》を眺めたけれどシェプシはそのときはあそこに転がってはいなかったからね。それにわたしたちの時計が刻む一日はたしかにここの太陽の動きとはちぐはぐだけど、君は二日も三日もあの寝台で寝ていたわけじゃないよ。君たちの一日とほんのちょっとというくらいだ。だから、君が山を降りてから今日は四日目で明日は五日目だ。明日の夕方にここを出れば充分だよ。それで、ひとつお願いがあるんだけど〉

〈何?〉

シェプシはほっとして指を折るのをやめた。

〈わたしたちの出発はあさってだ。船が出るとき傍にいてもらうことはできない。シェプシの都合もあるし、船は飛び立つときにあたりのものを吹き飛ばしてしまうかもしれないとモースが言ってた。だから船が出るとき君は傍にいないほうがいいし、できればあの地下道も通り抜けていたほうがいい。崩れたりしたら大変だから。明日の晩ケイをつれてトロッコに乗って、そして向こうの丘に出たらそこからわたしたちの船を見送ってくれないか？　あさって、陽《ひ》が沈んだら出発することになってるんだ〉

〈もちろんさ。それなら時間もぴったりじゃないか〉

シェプシが笑ってそう言うとジェセルは少しきまり悪そうに微笑《ほほえ》んで、今日は一緒に寝ようと誘った。青い星の時間で暮らしているおとなたちは当分帰ってきそうにない。

ジェセルの銀色の髪に顔を埋めると砂漠の匂《にお》いがした。それは風の匂いでもあり砂の匂いでもあった。ジェセルは生まれてから今までずっと砂漠のまん中で生きてきた。羨《うらや》んでも羨みきれないことだ。いつでもあの美しい紫色の山に登り心ゆくまで砂漠を眺めていられたなんて。ジェセルこそが、夢にまで見た砂の精だった。砂漠からおいでよおいでよとシェプシをせかしていたのはこのジェセルだったと今は疑いもなくそう思えた。

翌朝は風が強かった。シェプシとジェセルは羊のケイを連れてまた菫青山《きんせいざん》に登っていた。肩と胸はまだ痛んだけれど、脚はすっかりよくなってもうなんともなかった。昨日と同じ階段が昨日よりはずっと楽に昇れた。村ではモース以外のみんなが総出で働いていた。女のひとたちは植物の家に生えている草を根こそぎ刈り、男のひとたちは羊や鳥を集めている。

〈殺すんだ。見ないほうがいい〉

ジェセルはそう言って山の反対側へ回ろうとする。そう言う肩が小刻みに揺れているのをシェプシは見逃しはしなかった。山の反対側へ出るには階段のない斜面を渡らなければならず、それはまだ腕を思うように使えないシェプシには楽なことではなかったけれども、ジェセルの震える肩を見れば不平を言うことはできなかった。

身体に鞭《むち》打って回り込んだだけあって、山の裏側から見える景色は壮観だ。見渡すかぎりの砂、砂、砂……しかもひとつとして同じ顔はない。シェプシの心はたちまち紫色の風景に捉《とら》えられた。

山の正面に広がっているのはいくらか青みがかった平地だ。地表にはぼこぼこと白い石が転がっている。ところどころまばらに草が生えてもいる。それが右のほうへいくにしたがってゆるやかに隆起し、大きくうねっていくつもの丘陵に変わっている。風が作りだした稜線《りようせん》は滑らかに丸く、しかも鋭利だ。折り重なる稜線が朝陽に型どられ、丘の斜面には陰影が描かれ、それはゆっくりと移動する。影の移りゆくさまは呆《あき》れるほどゆっくりなのに、それを見ていることは少しも退屈ではなかった。いくらじっと眺めていても、ふと気づくと折りから強く吹いている風のせいで丘陵の形はいつの間にかまったく変わってしまっていた。

左手はどこまでも起伏のないまっさらな平面。呆れるほど何もない。表面に細かな縞《しま》模様《よう》を刻みながら広大な板のように平らに広がり、一本のまっすぐな地平線で唐突に途切れている。その地平線に向かって空を引《ひ》っ掻《か》いたような白い筋雲が驚く速さでどんどん流れ込んでいく。雲は、もとはと言えば右手に見えている丘陵の陰で作られるらしかった。丘陵の向こう側では薄い雲が空を覆っている。光に透けてうっすらと青く光るこの雲が、背後から追い立てられるかのような素速さでシェプシの頭上を横切り、細く糸のように裂かれながら左側の地平線へ飛び込んでいく。

ただ正面の空だけが、雲ひとつなく晴れ上がり、銀色の地平線から青、青から紫と色を濃くして立ち上がっている。シェプシは空と砂漠との雄大さに圧倒された。自分が砂粒よりも小さなものに思える。砂漠を歩いて渡るなどなんと不遜《ふそん》なことを望んだのだろう。けれどもそう思うことが悲しみではなく歓《よろこ》びとして——語る言葉の見つからないことが戸惑いではなく確信として——シェプシの胸を押し広げその中にひと粒の宝石を生んだのだ。

〈シェプシ、泣いてるの？〉

ジェセルの言葉でシェプシは自分の目が涙で曇ってもう何も見ていないことに気がついた。恥ずかしいとは思わなかった。手で目を拭《ぬぐ》ったのは、もっとよくできるだけ長くそれを眺めるためだけだ。

風が、吹いていた。ざわざわと地を這《は》うような風がひと吹きするたびに砂の細かな文様を変え、ときおり一気に砂を巻き上げたかと思うと山ごと吹きさらいそうな荒々しさで襲いかかる。これに巻き込まれるともう隣にいるジェセルさえ見えなくなった。ケイは恐ろしさのあまり地にうずくまって低く唸っている。

強くなったり弱くなったり、このムラのある風にもしかしリズムがあることをシェプシは容易に感じ取った。そしてそれにさえ馴れれば、風の中で浮遊感を楽しむのは難しくない。風が地を這っているときは、目を見開いて地平線をなぞりそよいでいるジェセルの髪を眺める。突風が来るときには目を閉じ、ひたすら重心を低くして上半身だけをゆらゆらと風の言うなりに漂わせる。風はシェプシの身体の回りで渦巻き、短い髪を逆立ててもてあそぶと、ふいとどこかへ去っていく。

何度繰り返しても、シェプシには飽きるということがなかった。考えてみればこんなふうに思うさま砂漠を眺め、風と戯れるのは久しぶりなのだ。そうこうするうちに風のリズムが緩やかになりパターンの変化を予感させた頃、シェプシは渦巻く風に乗って自分の心が身体を離れてしまったのを感じた。突風に巻き上げられて高みから見下ろすと、そこには坐《すわ》ったまま微動だにしないシェプシの身体があった。見馴れない副木《そえぎ》を肩と胸に当てて固く目を閉ざしている。

一方、舞い上がったほうのシェプシにはもうどこにも怪我《けが》の痛みなどなかった。軽く自由な、目に見えない身体を持っている。その身体は風に逆らうにはあまりに軽かったから、どこまでも風の吹くまま流されるよりほかないようだった。恐ろしくはない。むしろ面白くてたまらない。風は渦巻くのをやめると、ふうっと横に流れて何もないどこまでも何もない大地の表面をなめた。身体は目に見えないのに、さらさらと砂の擦れる感触がくすぐったい。

塩の村にいた頃と同じだ。風の手を離れると、そのまま砂漠に身を沈めて横たわる。かつて知っていたどんな砂よりもそれは柔らかく暖かかった。まるで水のようにぴたりと吸いつくのに、シェプシを拘束するということがない。シェプシは見えない手足を伸ばして砂の中にたゆたわせた。すると身体が砂にしゅわしゅわと溶けていく。心も溶けていく。

シェプシは砂になり、紫の砂漠になった。

見上げる太陽はまぶしい。白い球の回りに九重の色の輪をめぐらせて矢のように熱を発している。シェプシは己の隅々にまで熱を取り込み、取り込む先から砂に受け渡し、受け渡される熱と一緒に自分も移動し拡散した。砂の粒はあらゆる色と形をしていた。あるところには青い砂が吹き溜《ふだま》り、あるところには赤味を帯びた砂が沈んでいた。黒かったり白かったりする粒がそこに混じっていることもあった。それぞれが熱を受けてさまざまに踊った。シェプシも踊った。あらゆるものがそこに含まれていた。万物が砂漠から生まれたというのはほんとうだった。

しかし次の瞬間、ふと足りないものを感じた。そこにはジェセルがいない。そのことがとても奇妙に不可解に感じられた。ジェセルはそこにいるべきだった。なぜか？　それは知らない。けれどもジェセルはそこにいなければならなかった。太陽の光がジェセルの銀色の髪になって砂漠を覆っていなければならなかった。そう思った途端にシェプシは砂漠からはじき出された。拡散していたシェプシは突然砂粒より小さく縮み上がり、菫青山の裏側に坐っているもとの身体に投げ戻された。

ジェセルはそこにいた。不安な面もちでじっとこちらを見ていた。口が、何か言いたいのにそれが何かわからないというように少しだけ開いている。シェプシは身体が何かに縛りつけられたように感じた。ジェセルに向けたまなざしが動かそうとしても動かない。ジェセルは不思議なことに光に包まれていた。ジェセル自身が陽光石ででもあるかのように金色の光を受けて輝いている。

銀色の髪は、燦然《さんぜん》と輝くというよりは光に溶け込んでしまい、その上に菫青石を砕いたかけらのように、青、紫、緑といった小さな光が無数にきらめいている。夜空ではなく真昼に輝く星。色あせた衣は風のヴェールのように透けて見えた。衣から突き出ている手足も髪で半分隠れた顔も、磨きぬかれた琥珀《こはく》のようにつややかだ。銀の草のような睫《まつげ》毛の中に、つぶらな瑠璃《るり》色の瞳《ひとみ》があった。それは口が告げられずにいることを告げようとするかのように大きく見開かれて、シェプシを映していた。

瞳に映る自分を見ていると、シェプシは深い泉の前に立っているような気がした。大きな大きな泉、いや違う、もっと果てもないほどに深く広く横たわっている瑠璃色の水……ではこれが昨日聞いた海というものだろうか。ならばそこに身体を浸してみたかった。たった今、砂漠に身を埋めていたようにジェセルの瞳の深い海に自分を沈めてみたい。いや、それよりも先にその水を掌《てのひら》にすくってみたかった。つぶらな瞳を掌に包んで、そこに宿る不安をぬぐい去ってしまいたい。誰にも渡さず、誰にも見せず、大切にくるんで。所詮《しょせん》、何に喩《たと》えようとも喩えきれないこの世ならぬ美しさがそこにあった。砂の精に憧《あこが》れていた頃ですら、それがこうまで美しいと想像してみたことはない。誰にも触れさせたくないとシェプシは思った。髪のひと筋だって、誰にも触れさせはしない。

味わったことのない奇妙に混乱した気持ちだった。神を目の前にしてその所有を宣言するような不遜《ふそん》な気持ち。しかしそんなことが今だけは許される、これは特別な瞬間なのだ。混乱しつつもシェプシはそのことだけははっきり知っていた。そのときになればわかるとおとなたちは口々に言った。今がそのときに違いないと。

ジェセル……この賢く強く美しいジェセルを守る者となりたい、自分だけのものにしたいという想《おも》いが、何本もの細長い触手となって自分の身体から伸びていくのがシェプシには見える気がした。意識して操れる次元のものではない。わさわさとジェセルのほうへ伸びて、ジェセルから差しのべられるであろう心の糸を捜している。

大きな期待感とそれを遥《はる》かに上回る不安がシェプシにのしかかる。まぶしさに目を凝らして心を覗《のぞ》き合い、きりきりと胸が痛むのはどうしてだろう。歓喜の瞬間の前触れがおびえた苦痛なのはどうしてだろう。それは、切り立った岩に最後の力をふりしぼってしがみつき、てっぺんに登りきる一歩手前でひくひくと脚がひきつるのに似ていた。その一瞬後に、一気に視界は開けて眼下に砂漠が広がるのだとわかっていても、すべてが許される期待とすべてが無に帰す不安とに挟まれて、それでもその瞬間に自分で立ち会おうと思ったら痛みを忘れてしまうことはできない。

高まる鼓動の中で糸のように繰り出していく心の先端が伸びるたびに、身体もほどかれていくようにせつなかった。どうしようもなくせつない。多分それがもう耐えられないほどになったときに、ふいに情景が変わるのだ。少なくともこのせつなさや痛みは決して不快ではなく、その見えない襞《ひだ》に喜びの原石を隠しているような気配がある。

ふと、ジェプシはジェセルに触れたのを感じた。細い糸と細い糸の先が触れ合ったような微《かす》かな感触があった。糸は一本つながった。そしてまた一本……静かにおずおずと……一本つながるたびにジェセルの心もほどかれてくるのだろう。瑠璃色の空間が徐々にシェプシの前に明け放たれる。それは砂漠のようにシェプシを受け入れるだろう。ふたりの意志を離れたところで、すでにそのように決まっているのだから……誰にも風を止めることはできないように、真実の恋を止めることもできないのだから。

なぜそんな当り前のことをわざわざ自分に言い聞かせなければならなかったのだろう。もちろん不安のためだった。何かが違うような気がした。ジェセルと接触した瞬間にそれは起こるのではなかったのか、それが至福の瞬間ではなかったのか、真実の恋の絶頂ではなかったのか。そうではなかった。めくるめく歓喜の予感だけがあって、実際にはジェセルの心はまどろこしいほどにひそやかにしか開かれない。まるで髪の毛を一本一本つないでいるように徒労じみた展開がシェプシを不安にする。

大きな流れに逆らう力がどこかにある。風が岩に当たって乱れ、そこだけ逆向きに吹くように。無論かすかな抵抗だ。けれどもその小さな乱流ゆえに一輪の花が生き長らえたり、根こそぎ枯れてしまったりすることをシェプシはよく知っていた。ジェセルの中で何かが抵抗している。起こりつつあることを遠ざけようと虚《むな》しく手足を動かしているようだ。シェプシは苛立《いらだ》たしげにジェセルを見た。

ジェセルは目を見開いたまま微動だにしてはいない。そこからは驚き以外のどんな表情も読み取ることができない。自分でもよくわかっていないのか、ジェセルの抵抗は戸惑いがちでこころもとなく、シェプシがぐいと引き寄せれば止《や》んでしまうのは間違いなかった。光り輝く瞬間はすぐそこだ。ふたりでそこへたどり着くのは素晴らしいことに違いない。ならどうして、そうはならないのだろう。

シェプシは自分もまたためらっていることを認めないわけにはいかなかった。ジェセルは真実の恋について無知なのだから自分が導かねばとわかっていて、それなのにためらっていた。なぜならば、別離はあまりに確実なことだったから。

それとも、真実の恋は運命をも変えるだろうか。どんなふうに？　シェプシは生む性となって見知らぬ星へ行くことはできない。怖いのではない。そうではない……シェプシの世界はここだからだ。見知らぬ世界があるなら自分だって行ってみたい、見てみたい。でも、それ以上にシェプシは紫の砂漠の子供だった。砂漠に水が溢《あふ》れているような大きな海だって？　青い海だって？　緑なす草原とたったひとつの月だって？　それは美しいだろう……とてつもなく美しいだろう……だけど、そこには紫の砂漠がない。水の月には雨を受け入れて青みを増し、火の月には熱砂に幻を漂わせ、砂の月には村中を紫の風で覆い隠し、死の月にはひと恋しげに村の端へと寄ってきた……その愛すべき砂漠がない。

もしかしたらシェプシの遠い祖先はその星に住んでいたのかもしれない。けれどもそれは気も遠くなるほど昔のことだ。音響盤を聴いても、ジェセルのようにわけもわからず懐かしさに胸打たれるというようなこともない。今、生みの親と暮らした村さえ離れようとしているシェプシにとって、そのまた両親の両親の……暮らした場所に焦がれるなど意味のないことだ。シェプシが焦がれてやまないのはこの紫の砂漠以外のなにものでもない。砂漠のない場所に行くなど、生きるのをやめるのと同じことだ。

では、ジェセルにここに残ってもらえばいい。そんなことができるだろうか。それは自分のかわりにジェセルを苦しめることだ。みなは天の星へ旅立とうとしているのに、彼らと別れて尖《とが》った耳を持つひとびとの中で暮らせなどと、そんなひどいことが言えるだろうか。自分が守ろうとする者をそんな悲しみにさらしてよいのだろうか。

銀の船でみなと一緒に帰ったとて、すでに砂漠の種族に同化しかけたジェセルはひとりぽっちに違いない。ここに残ったって、禁忌の場所で生まれ育った子供などどんなふうに扱われるかわかったものではない。なのにジェセルの心はその両方に同じくらい強く惹《ひ》かれている。身を裂かれるほどに強い力で。ほんのちょっと間違えば割れて砕けてしまいそうに脆《もろ》く見えた。

シェプシは混乱した。ジェセルが好きだ、ずっと一緒に生きていきたい、そう思う気持ちに嘘《うそ》はない。けれども……相手を思いやればやるほど、自分の役割を果たそうとすればするほど、ふたりが共に生きるすべはないように思えてならないのだった。シェプシの混乱は、もちろんジェセルにも波動のように伝わっている。不安げだったジェセルの瞳は次第に暗さを増し、悲しみをたたえ始めていた。

気がつくと、ジェセルの瞳に海はなかった。ジェセルを覆っていた不思議な光もなかった。時は虚しく流れ、シェプシもジェセルも何ひとつ変わってはいない。ただ心が闇《やみ》に塗りつぶされたように暗く重たかった。

長いことふたりは言葉もなく枯れたまなざしで見つめ合っていた。不思議と痛みはなかった。暗い淵《ふち》に落ちはしたけれど、たまたま石ひとつない平地に落ちでもしたように、痛みというものは感じない。ただ、周囲は突き立った針だらけなのがわかる。無数の鋭い針が回りにはびっしり生えている。ちょっとでも身じろぎすればたちまち悲痛な叫びをあげることになるだろう。身動きできず、黙って、じっと見つめ合って、そうしてシェプシは気が狂いそうだった。移ろう太陽も、相変わらずさわさわと歌い続ける砂漠も目に入らない。ジェセルさえ見えていなかった。見えるのは、ジェセルの瞳の中に浮かび上がる絶望だけだ。それは真黒で、シェプシの形をしている。

このまま凍りついてしまうのだろうか、そのほうがいい。このまま世界中が凍《い》てついてしまえばいい。何も感じたくない。何も考えたくない。何も見たくない。

ふたりは老人の声で我に返った。太陽が沈みかけている。少しも美しくは見えない。シェプシの出発の時刻だった。鉛のように重い心を抱えて、シェプシはジェセルを振り返る勇気を持たなかった。ジェセルも何も言おうとはしない。顔を背け合って山を降りてきたふたりを老人は怪訝《けげん》な顔で眺め、しかし急いでいたので何も聞かず地下のトロッコ乗り場へと誘《いざな》った。それはモースの家の地下から石を捜すために掘られた穴の跡だった。

結局、シェプシとジェセルはそれきり言葉をかわすことがなかった。幼いふたりは生まれて初めて味わう底知れぬ絶望に打ちのめされて、とてもほかの何かを考えることなどできなかった。ただひたすらに心をかたくなにして、今しがたの出来事を忘れようとし、今別れつつあるこの別離を忘れるのが精一杯だった。だから別れの言葉もなく暗い表情のままシェプシはトロッコに乗り、気がつくと暗い穴の中を羊だけを道連れにひた走っていた。

ガタゴトとトロッコは激しく揺れた。羊のケイはおびえてすくんでいる。自分がまったく顧みられていないことがわかるのか、ときおり気弱に鳴くけれども、シェプシはケイを見ることができなかった。ケイを見れば凍らせた心が溶けてしまう。きつく縛りつけた心の紐《ひも》がほどけてしまう。

神経質になっているシェプシをトロッコは容赦なく攻めたてる。どんなに身体を動かさずにいようと、どんなに眠る努力をしようと、ガタンとひと揺れするたびに心を縛る紐はどうしようもなく緩んだ。荷崩れを支えようとしても重すぎる荷は支えられない。シェプシはそれが崩れて針の上に落ちるのを為《な》すすべもなく見守り、次の瞬間、鋭い悲鳴が地下道を貫いた。

トロッコはかまわず走り続け、シェプシは火がついたように泣き続けた。泣けば泣くほど針は深くしっかりと突き刺さり、きりきりと心を穿《うが》っていく。この痛みに比べれば身体の痛みなどないも同然だ。むしろ身体の骨すべてが折れて砕けたほうがどれほどましだろう。シェプシの悲嘆はとめどがなくなり、トロッコの走り続ける間中やむことがなかった。トロッコは決してシェプシの泣き声を聞き分けてなぐさめはせず、ケイはおびえて箱の隅で震えるだけだ。

ガッタン。最後の揺れを残してトロッコが止まったとき、シェプシの胸にはぽっかりと大きな穴が開いていた。喉《のど》はひーひーと擦《かす》れるだけで声が出ない。ずっと泣き続けていたのか、泣きながら眠っていたのか自分にもよくわからない。どちらにしても真暗な闇の中にいたことに違いはない。

ちらりとケイに目をやって一緒に箱から出るとシェプシは穴を這い上った。ケイはよろよろと付いてくる。上りきったところで岩の蓋《ふた》を開けた。どこにも感覚がなく、肩の痛みも胸の痛みも感じない。

外はトロッコに乗る前と寸分違わぬ夕暮れだ。一昼夜揺られていたことが嘘のようだ。

記憶もなかった。シェプシはゴロンと丘陵に寝ころび空を眺めた。何も感じない。やはり夕陽は少しも綺麗《きれい》ではなかった。

どれくらいたったろうか、太陽が祈禱師の山の背後にすっぽり隠れ、空がぱさりと黒い幕を引いて星が瞬き出した瞬間に、身体に鈍い震動が伝わってきた。やがて丘全体が揺らぎ、銀色の大きな球が目の前に浮かび上がる。それはゆらりと舞い上がったように見えた。何も感じなかった。銀色の球はぐんぐんと速度を増して高みへ昇り小さくなる。やがて見えなくなるだろう、そう思ったとき、シェプシのまなざしの先でそれは聞くに堪えないすさまじい音を立てて飛び散った。

何が起こったのかシェプシにはわからなかった。突然船が消えた空間を見つめていた。銀の星がたくさん降った。ああ綺麗だ……シェプシは目を閉じ、そのまま昏睡《こんすい》した。

◈岩掘村

黒光りするたいそう立派な岩場の上にはずいぶんたくさんのひとが立っている。彼らはまるで祈禱師のように崖《がけ》っぷちに勢揃《せいぞろ》いして砂漠を見つめている。しかも、がやがやと騒々しく話し合いながらだ。シェプシの姿を見つけるとそれはなおいっそうやかましくなった。それぞれにシェプシを指さして、遠くからでも彼らが何を言い合っているのか聞こえるようだ。

〈見ろ、見ろ、誰か来る〉

〈誰だ、砂漠から来るんて〉

〈昨夜《ゆうべ》星が降ったろ〉

〈星と一緒に降ってきたんかも……〉

〈あれは羊でんか？〉

〈不思議なこともあるもんだ〉

〈子供でんか……〉

〈子供だ、子供だ〉

しまいには待ちきれなくなったのか、二、三人の男が岩場を駆け降りて砂漠の縁まで迎えに出た。彼らは丸い耳のおそろしく無表情な子供と砂羊に出会った。

どうやってそこまでたどり着いたのかシェプシはよく覚えていない。ケイにぺろぺろと顔を嘗《な》められて深い眠りから覚めたとき、すでに陽《ひ》はかなり高かった。明るいさなかにそこから歩き出せば必ずや祈禱師に発見されてしまうはずだ。でもそのとき、シェプシは何もかもがどうでもいいような気がして、とりあえず何かを考えたり不安に思ったり悲しんだりするよりは、歩いているほうがましな気がして、とにかく脚のおもむくまま歩き始めたのだった。

〈おまえ、どこん子？〉

〈……〉

〈喋《しゃべ》らん〉

〈まずは長《おさ》んとこ連れてかんか〉

〈だな〉

シェプシはうつろに男たちを見上げた。男たちはみなまだごく若く、恋をしたてのように優しい顔をしている。腕だけがたくましくごりごりと堅そうに締まっていた。とにかくもう自分の意志で歩かずにすむことがありがたかった。ケイはまともな人間を見て安心したのか、シェプシを離れて若者のひとりにすり寄っていく。男たちはシェプシを取り囲み、あれこれ喋りながら岩場へ引き返す。

〈肩につけてるんは何だ〉

そう言ってひとりがシェプシの肩に触った。シェプシは無意識に肩をかばう。

〈怪我《けが》でんか〉

〈おまえ、怪我してるんか……〉

多分いたわるつもりだったのだろう、別のひとりがシェプシを担ぎ上げようとした。シェプシは脚をばたばたと動かして彼の腕を逃れ、そのときに高々とそびえる岩の壁を間近に見た。もちろん高いといっても祈禱師の山には比ぶべくもない。塩の村の岩場よりもいくらか高いかといった程度だ。壁は黒々と輝いて目の前にあった。不思議な威圧感を持って立ちはだかっている。

風に磨かれて黒光りする壁をシェプシは見上げた。そしてそこにそっと頬《ほお》を当てた。

〈おまえには登れん〉

〈俺におぶされ〉

〈なら、羊は俺が連れてく〉

かわされる言葉を無視して、シェプシは黒い岩に手を触れ足をかけた。男たちは驚いてもう一度おまえには無理だと繰り返す。だがシェプシの身体はすでに陶然と岩に取りついている。何も考えずに歩いてきて、歩く道のりがなくなってしまったシェプシは、今度は何も考えずに岩場を登った。

肩は片方しか使えず、胸に力を入れれば骨が悲鳴をあげる。いつものようにすいすいと軽やかに登れたわけではない。それでもしばらく下から不安そうに様子を見守っていた男たちは、やがて大丈夫そうだと判断し、自らもわれ先にと岩に取りついた。歩いても歩いても前に進んでいる実感のない砂地を踏み飽きたシェプシの足は、まるで身体の中でそこだけは少なくとも生きているといいたげによく動いた。

てっぺんまで登り着いたのは最後だった。それでも村びとたちは、よそ者の子供がこの切り立った崖を登りきったことにずいぶん感心した。岩場登りはこの村の者には欠かせない技だ。崖を登ったときから村びとにとってシェプシは親しい存在になった。大勢に取り巻かれ、興味深く見つめられ、大げさに誉《ほ》められ、讃《たた》えられても、しかしこの子供はにこりともせず、物足りなさそうに登ったばかりの岩壁を眺めている。

〈どこから来たん?〉

〈昨夜、星が降ったん見たか?〉

〈ちょっと、そこどいてくれんか。長んとこ連れてくから〉

〈淋《さび》しそうな顔してんな〉

〈そりゃそうだ。ひとりぽっちで心細かったろう〉

〈道を開けてくれって！〉

岩掘村は村全体が硬い岩の層の上にあった。高低が激しく一様にでこぼこした岩盤の上に、まれに平らな部分があると必ずそこには家が建っている。たまに岩をくりぬいた洞穴に住まっている者もある。無駄に残っている平地はほとんどないので、道も斜地だったり隘路《あいろ》だったりがかろうじてひとの歩くうちに道らしくなったというものだ。

村の三方には岩山があった。ひとつはシェプシが登ってきた黒い山。もうひとつは祈禱師の山の裾《すそ》にあたる赤茶けた山。そしてやや離れて街道の向こう側に緑の山。これだけがまばらな灌木《かんぼく》に覆われており、裏側には巫祝の森近くまで草原が広がっている。

村長《むらおさ》の家は赤い山の麓《ふもと》にあった。壮大な門構えは家というよりも祈禱師の山で目にした神殿のよう、いや、それ以上だったかもしれない。門はいくつもの岩を微妙な均衡のもとに弓形に組み上げたもので、表面には微細な草花が浮き彫りされている。菫《すみれ》、芥子《けし》、きんぽうげ、とげあざみ、矢車草、豆の花……それらに包まれる恰好《かっこう》で、頭上には大きな目が、右の柱にあたるところには大きな耳が、左には大きな口がそれぞれひとつずつ象《かたど》られ、おのおの巨大な聖石を塡《は》め込まれている。言うまでもなく、目は《見守る神》を、耳は《聞く神》を、口は《告げる神》を表している。シェプシはその異様に拡大された身体の一部をじっと見上げた。

門をくぐるとそこは広場だ。シェプシがこの村で初めて見る平地だ。足元の岩床は磨きぬかれて、歩く者の影をみな吸い取ってきたかのように赤黒く光っている。長が住んでいるのはさらにその奥、言ってみれば岩山の中だった。岩山を穿《うが》ってできた大きな空洞をいくつかに仕切り、長の家族が暮らしている。広場から一段高くなったところに吹きさらしの広間があり、広間の奥の扉から先が家族の住居だろう。

シェプシは広間の分厚い敷物の上に坐《すわ》らせられた。とても上等な獣の皮のようだ。どうやら長はそこにはいず、誰かがどこかへ呼びにいかされる。一緒に崖を登った若者たちは当然というように広間に上がり込んでシェプシを囲み、岩場からぞろぞろとついて来た者たちは広場に集まってあれこれ憶測に忙しい。ケイは門につながれていた。見ると気を利かさせた誰かが餌《えさ》をやっている。広間の壁は九つに区切られて、見事な浮き彫りが九つの月の印を象っていた。シェプシは黙ってそちらばかりを見つめている。いずれも祈禱師の山や岩掘村の黒い崖が背景にあり、砂漠の中からでなくては描けない絵柄だった。

どかどかと大きな物音がした。ひとだかりをかき分けて広場を突っ切ってくるのが村長《むらおさ》らしい。広場に入るなり大声で怒鳴って、集まった村びとを叱《しか》りつけている。恐ろしい声だ。険しい顔にたくましい身体。一日の労働の汗が隆起した筋肉の山から吹き出し、山と山の間にできた谷へと滴り落ちている。彼は村びとたちが、とりわけ若者たちが昨夜の怪異に気を取られて仕事をさぼり、砂漠を眺めて一日を過ごしてしまったことに憤っていた。憤怒の相をめぐらせてたちまち広場から村びとたちを追い出してしまう。もちろん、それでも相変わらず門の陰から様子をうかがう子供や若い男たちはいる。広間に上がった三人の若者もその場を離れようとはしなかった。

〈岩掘りが岩の上にぼんやり坐ってどうするんか！〉

大股《おおまた》で広間に上がりながら長は彼らにもそう言った。が、どうやら彼らまで追い出す気はなさそうだ。

〈けど、昨日は星が降った。何があったか気んなります〉

〈俺は月が砕けたかと思った〉

〈そんなことはおまえらが心配せんでもいい。わしらはちゃんと神々を敬っとる。悪いことは起こらん。今度、詩人でも来たら聞いてみればいい。あんひとは何でも知ってなさる〉

シェプシの身体がぴくんと動いた。それに気がついたのは一番神経が粗そうに見える長だけだった。長は初めてシェプシのほうを見た。

〈こん子か。砂漠から来たんは?〉

〈そうです。不思議だ。砂漠からひとが来るんて〉

〈何も喋らん〉

〈だが、器用に岩を登る〉

家の奥から女のひとが現れて酒を注《つ》いだ。なめてみると苔《こけ》酒よりもだいぶ辛かった。長はシェプシが顔を歪《ゆが》めるのを見てふっと口の端に笑みを浮かべ、かたわらの若者に言った。険しい顔が少しだけ柔らかく見えた。

〈不思議なことはない。おまえは知らんだろうが昔から村にはときどき砂漠の者が来る〉

長は大きく見開かれた八つの目から、シェプシの目だけを選んで見返し、続けた。

〈いつもそれは決って耳が丸い〉

そしてにやりと笑った。表情のなかったシェプシの頬がようやく少し赤らんだ。

〈ほんとか？〉

〈初めて聞いた〉

〈悪者でんか？〉

〈心配はいらん。吉兆だ〉

〈吉兆？〉

〈砂漠からひとが来るとき、そいつはいつも良い石か良い技を運んでくる。前に来たんは百年以上昔だと聞いとる〉

〈そんひとはどうなったん？〉

〈どうもならん。ここに住み着いた。良い磨き師だった〉

シェプシはそれを聞きながら、砂漠からやってきたというひとが何を考え何をしたのかに思いをめぐらせる。動かずにいた頭がちょっとずつ動き出す。

〈こん子もここに住むんか？〉

〈怪我をしてる〉

〈医師の谷へ連れてくか？〉

そのとき、シェプシはすっくと立ち上がった。

〈書記の町だ。医師の谷じゃない〉

男たちはびっくりしてシェプシを見た。だんまりを決め込んでいた子が初めて喋った。

〈おまえ、書記の町ん子か？〉

長の問いにシェプシはかぶりを振る。

〈ならどこの子だ〉

〈塩の村……〉

〈ほお！ 塩の村ん子がどうして砂漠にいた？ 塩の村では砂漠の禁忌を教えんか？〉

シェプシはもう一度首を振った。

〈詩人が知ってる。詩人に話す……全部、詩人が来たら〉

三人の若者と長が互いに顔を見つめ合う。

〈詩人さんならとっくに村ん子を連れて書記の町へ向かったが〉

〈嘘《うそ》だ！〉

〈嘘なもんか〉

〈……今朝？〉

たしかにもう昼すぎだ。朝には着いていると約束したのだからひと足違いということはある。なぜケイはもっと早く自分を起こさなかったのかとシェプシは小さな拳《こぶし》を握って腰を叩《たた》いた。

〈いやぁ、おとといだったかな。ペレト、おまえんとこの下ん子が旅に出たんは？〉

ペレトと呼ばれたのは背の高い若者だ。

〈そう、おとといの昼だった〉

シェプシの顔からすぅっと血の気が引いた。

〈まさか、おまえ運命の旅ん子じゃ……〉

こっくりとシェプシは頷《うなず》いた。

〈そりゃ変な話でんか〉

たしかに変な話だ。今日ここで合流するはずだったのだ。

〈塩の村ん子なら、あん子供らと一緒に来たはずだ〉

〈何か聞いてんか?〉

〈いや〉

〈知らん〉

〈そういや、一緒にいた巫祝さんが何か子供んことで詩人さんに喰《く》ってかかっとった
……俺、見た〉

〈詩人さんは何て?〉

〈詩人さんは何も言いなさらん。無口な詩人さんだった〉

〈ああ、静かな詩人さんだった〉

〈けど、こん子が旅ん子なら、えらいこった〉

〈だな〉

〈どうする……〉

男たちの声が頭を素通りしていった。詩人はたしかに六日待ってくれると言った。七日目の朝ここで会える約束だった。なのに詩人は二日も前にここを出た。詩人の予定が早まったのだろうか。それなら何か伝言を残していってくれてもよさそうなものだ。それとも……それとも、詩人は約束通り待ってくれたのに、シェプシが帰ってこなかったのだろ

うか。今日は七日目ではないのだろうか。九日目なのだろうか。

そんなはずはない。今日が七日目のはずだ。きちんと計算したのだ。祈禱師の山から落ちたとき、そんなに長くあそこにのびていたはずはないとジェセルは言った。怪我を手当してもらってからも寝ていたのは一日だけだとジェセルは……ジェセルが……言った。それは、嘘だったのだろうか。そんなことがあるだろうか。どうして？

聞いてみようにもジェセルはいなかった。ここにも、天のどこかにも、ジェセルはもういない……ジェセルが無数の星屑《ほしくず》になって果てたとき、気絶したシェプシはそのまま何日も何日も丘で眠っていたのだろうか……それこそあり得ない話だった。星が降ったのは昨夜だと誰も彼もが騒いでいる。ではやはりジェセルが……わからない。ジェセルがどうしてシェプシを騙《だま》す？　嘘をつく？　誰が嘘をついた？　詩人か、ジェセルか、それともシェプシ自身か……シェプシの頭の中は混乱して再びぱたりと動きを止める。

脚を踏み出して広間を下りた。わかっているのは、行かなくてはいけないということだ。約束を守るために、運命を受け入れるために。

〈待たんか〉

走り出すシェプシを長の太い声が引き留めた。

〈書記の町へ行くんだ〉

〈道も知らんくせに、気の短い〉

長は呆《あき》れ顔になり、太い眉《まゆ》が八の字になった。立ち止まったシェプシはきょとんとその相手を見つめた。

〈遠い?〉

〈いいや、もうすぐそこだ。子供の足でなら四日か……〉

〈難しい道?〉

〈いいや、一本道だ。迷うことはない。けど、おまえは怪我をしてるし、大事な運命の旅ん子なら万一のことがあっては大変でんか〉

するとと若者のひとりが言った。

〈そうだ。あんなに岩登りがうまいんじゃ、ひょっとするとこの村に来る子かもしれん〉

〈俺の家に来る子かもしれん〉

ペレトもそう言って深く頷いた。そんなはずはない、自分は書記の町の子になるのだと、シェプシは知っていたけれども黙っていた。それは知っているはずのないことだ。長はちょっと考え込んでから呟《つぶや》いた。

〈誰かに送らせたほうがよかろうな。さて、誰をやるか……〉

〈俺が行く〉

ペレトが声を弾ませて立ち上がり、他の男たちがニタニタと笑う。

〈ペレトは恋人に会いたいんだな〉

〈お、俺は、こん子が俺んちに来る子かもと思うから……〉

ペレトが真赤になって言いわけすると、他の者たちは〈ほーぉ〉と疑い深げに彼を眺めて、その顔がまるで血粒石のようにさらにさらに赤くなるのを面白そうにはやし立てた。

ペレトの恋人は書記の町にいるのだった。長は、まぁそれも悪くはないかというように笑った。

〈ペレトに行かせれば早く着くことだけは間違いなかろうが、帰って来んと困るわな〉

そんなことはないとペレトはむきになる。長と男たちは、わっはっはと笑い、シェプシはそんな彼らののんきさがじれったかった。

〈まぁ、よい。ペレトはよく働いた。褒美に恋人の顔を見てきてもよかろう。今夜のうちに用意して明日の朝早く発《た》て〉

〈今すぐでもかまわん〉

〈どうせ夜は寝なけりゃならん。どうせなら寝てから行け。こん子もおまえんちで寝かしたれ〉

ペレトは今すぐ発てないのが残念そうだったが、シェプシの面倒をみるのはいやがらなかった。そこですべてが決まり、シェプシは若者たちにつれられて長の家を辞した。

〈うまくやったなぁ、恋人に会えるなんて〉

ひとりが言うとペレトは怒ったようにすねたように言った。

〈何言ってやがる。毎日恋人に会える者に俺ん気持ちはわからん〉

そう言うところをみると、ペレト以外のふたりはこの村の中に恋人がいるのだろう。家路をたどる三人が恋人たちの話に花を咲かせるのを、シェプシはどこか遠い気持ちで聞きながらケイの首輪を引いていく。歩きながらすでに陽が沈んでいることに気づいて奇妙な気持ちがした。陽が出て陽が沈んで月が出て星が出て同じことが何度も何度も繰り返されるのに、その意味はいつも違う。旅に出るまではいつも早く時間が過ぎればいいと思っていたのに、今は時間の過ぎるのがとても口惜しく恐ろしい。もっと時間があったら、ジェセルとのこともっとなんとかできたかもしれない。そうすればジェセルは死なずにすんだかもしれない。もっと時間があったら……シェプシが底無しの淵《ふち》に落ちかけたときペレトが振り向いた。

〈ここだ、入れ〉

彼の家は街道沿いにあった。大きさは塩の村の家々とさして変わらないが、四角に切った岩を組み上げているところが砂を固めたシェプシの家とは違っている。扉も木ではなく一枚岩を丁寧に磨いたものですするすると横に開いた。

〈ここに寝ろ。飯はもうすぐ母さんが帰ってくるから〉

指さされた寝台は、この家から運命の旅に出た子供が二日前まで使っていたものだ。そう言うと彼は窓の下でがさごそと道具箱を探り何かを取り出して磨き始めた。

〈何してるの？〉

〈気にすんな〉

ペレトは顔さえ上げない。仕方なくシェプシはしばらく黙ってそれを見ていた。ケイはシェプシの足元でうずくまる。

〈長の家は山を掘って作ったの？〉

〈坑道の跡よ。昔はあん赤い山から銀と月潦石《げっしょうせき》がたくさん出たらしいが、掘り尽くされて穴だけ残ってん〉

〈ゲッショウセキって……〉

〈月石のことよ〉

〈白い?〉

〈それは三の月石だな。あん山から出たんは一の月石と四の月石だ。一の月石は白くて半分透き通ってる。中に柔らかい空色が浮いてそん上を白い筋がたくさん走る。四の月石はこれだ〉

ペレトはせっせと磨いていた石を掲げてみせた。白っぽいピンクの斑模様《まだらもよう》がうっすらと現れていた。

〈これは祈禱師ん山に行ったとき掘った〉

そう言ってまた丹念に磨き始める。村の仕事というよりも暇を見つけて自分のために磨いているといった様子だ。

〈磨き上がれば花より綺麗《きれい》んなる。見たことないんか?〉

手は止めないが、珍しそうにのぞき込むシェプシをちらりと見やった。

〈初めて見た。いつ磨き上がるの?〉

〈書記ん町に着くまでに仕上げる〉

〈ペレトは磨き師?〉

〈いいや、坑夫だ。だから磨きや細工はあまりうまくない〉

岩掘村では仕事がいくつにも分かれていてそれぞれに分担があった。坑夫、磨き師、溶き師、細工師、石切り、彫り師……一番重んじられているのは目利きだとペレトは言う。岩を見てどこを掘るのがいいかを判断し、石を見てどう磨くのがいいか判断する。よほど経験を積んだ年寄りでなければ務まらなくて、長でさえまだ目利きではない。塩の村での仕事をシェプシはよくは知らないが、みんなが何でもやっていたと思った。長の役割さえ誰かひとりが負うということもなかった。ずいぶんと様子が違う。

そんなことを考えていると、やがてペレトの父さんと母さんが帰ってくる。やはり坑夫の父さんは、長に似てたくましい身体つきをしている。

〈またそんなちまちましたことしてるんか。坑夫のくせに〉

〈明日、出かけることんなった〉

〈どこへ?〉

〈そん子を連れて書記の町へ行く。長がそうしろと言った〉

父さんは、なんだそれでかという顔をしてシェプシを見た。ペレトは恋人に贈るために石を自分の手で磨いているのだ。

〈これが噂《うわさ》ん子か〉

〈そういや、まだ名前を聞いとらん〉

シェプシが名乗ると、いい名だと父さんは誉めたが愛想のない口調だった。

〈こん羊はあんたん?〉

ペレトの母さんが聞く。

〈乳を搾《しぼ》ってやらんから苦しがってるよ〉

彼女はバケツを持つとケイを外へ連れ出して乳を搾ってくれた。

〈忘れたらいけん。毎日こうやって搾ってやらんと〉

シェプシは素直に頷いた。

〈今日はこれでおいしいスープが作れるな。待っといで、すぐだから〉

ずいぶん荒っぽい雰囲気だが優しそうな母さんだ。父さんと母さんがいる食卓は、なにかとても懐かしく暖かく、羊の乳が入ったスープは甘くておいしい。ふたり目の生みの子を手放したばかりの夫婦は、言葉少なにさりげなくシェプシの世話をして、当り前のように四日の旅の食料も用意してくれた。ペレトは夜更けまで石磨きをやめなかった。

ぐるぐるとペレトの頭に巻かれた赤いターバンの隙間《すきま》から、黒曜石のような瞳《ひとみ》だけがのぞいている。じゃらじゃらとありたけの飾りを身につけた彼の旅装は、なんともいえず派手だった。岩掘村だけあって、上等とはいかないまでも半端な屑石ならいくらでも手に入るということなのだろう。

光がぼんやりとあたりに射《さ》しそめたばかりだった。ペレトは、夜明け前になってようやく寝ついたばかりのシェプシを起こすと、寝台にかけてあった青い布を取り、まだうつらうつらしているシェプシの頭に巻きつけた。祈禱師の山の頂上で詩人が巻いてくれたのとはずいぶん違う巻き方だった。たちまち目以外のすべてを覆われて息苦しかったけれど、シェプシは何も言わずにペレトを追って外へ出た。

よほど恋人に早く会いたいのか、ペレトの脚は速くシェプシはほとんど駆け足になる。村を出たあたりでペレトはやっとそのことに気づいて突然歩みをのろくし、ひとりで勝手に照れた。

〈おまえ、上等なターバン巻いてんな〉

それはもともとはターバンではなかった。砂漠に出るとき、詩人が飾りに使っていた細長い布をくれたのだ。こうして鼻の上までを覆っていれば、今でもほのかに詩人の匂《にお》いがして、まだ見失っていないものがたしかにそこにあると教えてくれるようだった。

〈そりゃ俺が生まれた村の産だ〉

〈どこ?〉

〈機織の村だ。商人の町ん向こうにある〉

そんなところにも村があるのはイアフ爺《じい》さんからも聞かなかった。爺さんも知らなかったのだろう。小さな村だがいい布を織り、いい染めをするとペレトは言った。

〈なかでも青の染めと縞《しま》織りじゃ、かならもんはほかにねえ〉

ペレトは自分のターバンの端を広げて、赤地の中に茶色い細い線が走っているのをこれみよがしに見せた。

〈青だの縞だのはあそこにいるときゃ子供で手も出んかったが、坑夫の仕事を覚えて恩返しになって、今じゃこんなもんも自分で買える。悪かねぇな〉

おとなびた調子で言って満足そうに笑った。黒い瞳が幸せそうに底のほうから輝いて見える。それを眺めて悲しくなる自分は変だとシェプシは思った。見知らぬひとびとが優しくしてくれても、面白い話をしてくれても、シェプシの微笑《ほほえ》みはどこか自分でさえそらぞらしい。今は詩人のことしか考えられなかった。

〈ねぇ、詩人は医師の谷から巫祝の森を回って来たって言ってた?〉

〈たしかにそう言ってなさったな。この頃じゃあ、そうしないと巫祝さんがお許しにならねえ。なるべくたくさんの子供が聞く神より先に告げる神に詣《もう》でるようにとな〉

〈何日かかったか知ってる？〉

〈何が〉

〈医師の谷から岩掘村まで〉

〈さあな。あれだけたくさん子供を連れてんだから六日か七日はかかったろ……〉

ペレトはまだ何かを言いたそうに身体を折ってシェプシの顔をのぞき込んだ。闇《やみ》が光るような不思議な瞳が、どうして砂漠なんかに行ったのだと聞いている。そこで何を見たのかと聞いている。けれどもそれを言葉にさせない何かがシェプシの瞳には宿っていた。おまえの瞳は琥珀《こはく》色だな、とペレトはそれだけ言って身体を起こしすぐにまた歩き始めた。どのみちペレトの頭の中は恋人との再会でいっぱいだ。途中で休むたびに四の月石を取り出してはせっせと磨き続けている。それは確実に輝きを増していった。

三日目の昼、木陰で休んでいると、ペレトは石を光にかざしてどうだと聞いた。磨き上げられた石は柔らかいピンク色で何とも言えず可憐《かれん》に仕上がっていた。

〈綺麗だ〉

シェプシは呟いた。ペレトはまんざらでもないといった調子で深く樹《き》の根本にもたれて語り出す。

〈こん石は彼女にぴったりだ。花みたいに愛らしい子だから。あんときはほんとにゆらゆら頼りない花みたいで、俺が守ってやらなきゃ、誰かに摘まれたり踏まれたりしたら大変

だと思って、みんなが言うように幸せん気分と言うよりは怖かった……〉

うっとりと宙を見つめて恋人に思いをはせるペレトは、そのときだけいつもの行き急ぐ癖をやめてずいぶん長いこと腰を下ろしたままだった。

〈なんて言うか、ずいぶん綺麗な織物も見た、ずいぶん綺麗な石も見たけど、あんな美しいもんをそれまで見たことはなかったよ。想像したこともなかった。風がざわざわ吹く岩場の隅っこにたった一輪咲いてる小さな岩菫みたいで。小っちゃくって頼りないのに、そりゃいい匂いがあたりにたちこめて俺を呼んどった……〉

シェプシは、なんだかちくちくと胸の痛みが増したような気がして顔を曇らせながら気の入らない相づちを打った。怪訝《けげん》な面もちでペレトがのぞき込む。

〈おまえ、真実の恋に興味ないんか？〉

〈あんまり〉

シェプシの答えは刺々《とげとげ》しい。

〈ふうん、珍しいな。おまえん歳《とし》ん子は、誰でも恋の話ならいくらでも聞きたがるもんと思っとった〉

シェプシは黙っていた。自分を書記の町まで連れていってくれるペレトにそんな態度を取ってはいけないと心の中では思うのに、顔も言葉も知らず知らず歪んでしまう。ペレトは少し淋しそうに言った。

〈俺は、真実の恋にめぐり合うんがひとよりずっと遅かった。恩返しん時期になって三年も経《た》ってからだった。もう一生恋にめぐり合わんのかとずいぶん悩んだあとだったから、

ちっと舞い上がってたんかもしれん……悪かったな〉
そして、ようやくぱんぱんと膝を叩いて立ち上がる。歳下の子がみんな一生の伴侶《はんりょ》を定めているのに自分だけがいつまでも恋に出合えないでいたペレトの不安はシェプシにもわかる気がした。彼の喜びを一緒に喜べない自分はとても情けない。けれどどうしてそれを笑って聞いたりできるだろう。柔らかかった自分の心と身体が時を追うごとに潤いを失いひび割れていくのをシェプシはどうすることもできなかった。ジェセルが死んだのだ。
シェプシはゆっくりと心の中で呟いた。ジェセルは死んだ、ジェセルは死んだ、と呪文《じゅもん》のように。何度も繰り返すうちに息が苦しくなって鼻まで覆っていたターバンをむしるように引き下げた。そう、ジェセルは死んだのだ。もうどこにもいない。なぜだ？　わからない。神の言葉を何か読み取りそこねたのかもしれない。船が古すぎたのかもしれない。けれども今シェプシが悔いているのはそのことではなかった。あのとき、シェプシがぐいと引き寄せれば、ジェセルにここに残るようにと懇願すれば、少なくともジェセルだけは死ぬことはなかった。そんな簡単なことがなぜできなかったのか。
ジェセルはなぜ嘘をついたのだろう。ジェセルは知っていたに違いない。シェプシは祈禱師の山の下で少なくとも丸一日気を失っていた。それが丘の上から見えたから、夜になってジェセルは山の麓まで近寄ってみたのではないか。老人が言った彼らの一日というのは、シェプシたちの一日よりずっと長い時間を指すのではないか。ジェセルはなぜ嘘をついたのか。約束通りに帰らなければシェプシは大変なことになると知っていて、なぜ
……

決まってるじゃないか、ともうひとりのシェプシが乾いた声でささやく。そんなことは決まってるじゃないか。ジェセルはシェプシに見送ってほしかった。あるいは、少しでも長い間一緒にいたかった。そうに決まってるじゃないか。ジェセルは迷っていた、星を懐かしむのと同じくらい紫の砂漠に惹《ひ》かれていた。音響盤の声と同じくらいシェプシに惹かれていた。なのに、ジェセルの父さんたちは一緒に行こうと言い、シェプシは残ってくれとは言わなかった。

どうしてもっと素直に恋の力に呑《の》まれてしまわなかったのだろう。なぜ、あの瞬間いろいろなことをくだくだと考えてしまったりしたのだろう。迷いさえしなければ、今ごろジェセルはかたわらでこの旅を共にしているだろう。銀色の髪をなびかせて微笑んでいるだろう。仲間が死んでしまったのだから悲しんではいるかもしれない。でもジェセルさえ生きていてくれたなら、シェプシはいくらでも心を尽くしてなぐさめることができたのに。実際にはジェセルはいず、シェプシをなぐさめるひともいない。なぐさめられるひとがもしもいるとしたら、それは詩人だけだ。ほかの誰でもない。

無性に詩人に会いたかった。約束がどうの運命の旅がどうのという話ではない。今のシェプシの思いをわかってくれるひとがもしいるとしたら、それは多分この世でただひとり、詩人だけなのだ。会ってすべてを打ち明けたかった。もし許されることならその胸で泣かせてほしかった。それが今のたったひとつの望みだった。詩人ならばそれでも生きていくにはどうすればいいかを知っているだろう。少なくとも詩人は、シェプシの三倍は生きているのだから。

ペレトが恋人に会いたいと願うように、シェプシは詩人に会いたいと切に願った。そしてふたりはしばしばこの自らの切実な願いに自ら疲れはてて、道の端にへたり込んだ。

◈書記の町／旅の終り

岩掘村の長が言ったように、書記の町への道は単純な一本道で障害物の何もない開けた街道だった。開けて何もないゆえにときたま砂漠からの突風をもろに受けることをのぞけば、行き交うひとも多く宿場も充実したにぎやかな街道筋で、安楽な旅を楽しむのにはうってつけだ。宿場に貸し馬を見つけたとき、ペレトはそれにシェプシを乗せることを考えないわけではなかった。けれどペレトもシェプシも馬を乗りこなす技を知らなかった。また、馬で書記の町へ向かおうとしている商人をひとり見かけたときは、おそらく頼めば大切な運命の旅の子を届けてくれるだろうと思いはしたが、それでは自分が書記の町へ行く理由がなくなってしまうのではと迷っているうちに、商人はさっさとふたりを追い越していってしまった。もしもペレトがそうしていたら、シェプシは詩人たちの一行になんとか途中で追いつくことができただろうか。

結局ふたりは四日間歩き続けた。左手にはずっと遠くにうっすらと紫色の霞《かすみ》が見え、右手には豊かな草原が地平線まで広がっていた。岩掘村を出て四日目だった。ペレトの石は磨き上がってしまい、あたりの景色にはさしたる変化もなく、退屈しのぎにする話も恋と恋人の話を除外するとなればもう互いに出尽くしてしまっていた。

指輪に仕立てあがった四の月石をターバンの切れ端でこしらえた巾着《きんちゃく》にくるみ、放《ほう》り投げては掌《てのひら》に受け止めながらペレトは歩いていた。それはどんなに高く放り投げても落ちてくるときはその間に二、三歩歩いているペレトの掌の中に帰ってきてすっぽりと納まった。そのたびに彼は幸福感を新たにするらしく、万一風に流されて見失ったらという不安にもかかわらず、いつまでも同じ動作を繰り返してやめなかった。夜明けに歩き出してからずっとだ。もう陽《ひ》は高みへ達しすでに下りにかかっている。放り上げられた巾着を見飽きたように一瞥《いちべつ》してから、ふと前方に目をやったシェプシが立ち止まった。

もうもうと砂煙が上がったかと思うと、それは見る見るこちらに向かってくる。ペレトは危ういところで落としかけた巾着をしっかりと握り直してシェプシを道端へ寄せた。その前を数十頭の馬が駆け抜けていく。そんなにたくさんの馬を一度に見るのは初めてだったから砂が目に入るのもかまわずに茫然《ぼうぜん》と見上げたシェプシの視野を砂埃《すなぼこり》に混じってひときわ大きな目がふたつ横切ったかと思うと、飛び上がってくるりと回転しながら地に降り立った。ムササビだった。そのさらに向こうで、ムササビを乗せていた馬が棒立ちになり鋭くいないないて止まる。

〈おまえ、生きてたのか!?〉

〈ムササビ……〉

〈いったい何してたんだ、今まで〉

〈ムササビこそ、どこ行くの〉

〈ここだけの話だけど医師の谷らしい。後戻りってわけだ〉

こっそりシェプシに耳打ちするムササビの後ろから、慌てて馬を引いて来る若者が真青な顔で震えていた。よく見れば生む性だった。

〈いったい何だってあんな……〉

ムササビは彼女を振り返って言う。

〈悪ぃ、いなくなったって大騒ぎしてた仲間がいたもんで〉

〈何ですって⁉〉

彼女があまり大袈裟《おおげさ》に驚いたので、シェプシはケイ同様に萎縮《いしゅく》して身体を縮めた。彼女の視線はシェプシをまじまじと見つめてからケイに移り、わけがわからないという表情のままペレトを捉《とら》えた。ペレトはいったんはしどろもどろになったものの、やがて自分はこっそり逢引《あいびき》にいくのではなくて大切な子供を送っていくところなのだと思い出しそう説明した。それでも彼女の答えは変わらなかった。

〈何ですって⁉〉

四人と一匹が沈黙のうちにたたずみ、馬とその上に取り残された気の弱そうな子供がそれを眺めていた。ムササビとともに医師の谷へ行く子だろう。馬に振り落とされそうになったショックからまだ覚めていないようだ。

砂埃が納まった頃、ペレトが言った。

〈そういうわけだから、もしあんたにできるならその馬でこん子を書記の町まで連れてってくれんか？〉

彼女は戸惑った。運命の子を送り届ける途中の彼女にそれができるわけはなかったし、それを見越してペレトも尋ねたのだ。けれども彼女の逡巡《しゅんじゅん》は思ったより長かった。ずいぶんためらったあとに、彼女はペレトが気の毒に思うくらい申しわけなさそうな顔で大きく首を振り、それはできないと言った。書記の町はもうすぐだから早く連れていくようにと。そしてムササビとふたたび馬上のひととなり、気がかりそうに振り返る。

〈急ぎなさい。間に合うかもしれないから〉

せっかく再会できたムササビは、あっという間に見えなくなった。書記の町にたどり着いてもクルトやネケトには会えそうもない。みんな、もう運命の親のもとへ向かって出発してしまったのだ。考えてみれば子供たちが何日も書記の町を見物しているわけもなかった。一瞬の興奮が冷め、やおら歩き出したペレトを追いかけながらシェプシは聞いた。

〈あのひとも詩人さんなの?〉

〈だな〉

〈あのひとも半端者なの?〉

〈さあな。ただ恩返しに働いているだけかもしれん。運命ん子を送り届けるにはひとがたくさん要るからな〉

〈何に間に合うかもしれないって言ったんだろう?〉

〈さあな。おまえを送り届けるひとの出発かな〉

そんなはずはない。シェプシの親は書記の町にいるのだから馬になど乗る必要はないのだ。急がないと詩人も書記の町を発《た》ってしまうというのではないだろうか。

〈ねぇ、詩人はまだ書記の町にいるよね?〉

〈どの詩人だ?〉

〈髪の長い名無しの詩人だよ〉

〈だって、長い旅から戻ったばかりなんだよ。すぐにまた旅に出てしまうことはないよね?〉

〈さぁな〉

〈さぁな。運命ん子を送り届けるにはひとがたくさん要るんだ。それしか俺にはわからん〉

シェプシは不安になって行く手に目をこらした。ペレトはもう巾着を放り投げたりはせずすたすたと歩いていく。追いかけるシェプシとケイは少し駆け足だ。けれどもほんの少し歩いたところで、またシェプシはふいに立ち止まった。

〈あれは何?〉

また砂煙かと身構えてペレトはシェプシの指さすほうを見た。けれど何も見えなかった。

〈なんか尖《とが》ったものがあるよ〉

〈それならきっと書記の町の物見の塔だな〉

〈聖地の?〉

〈だな〉

〈ああ……〉

シェプシは大きな溜息《ためいき》をついた。つまらない不安は消え去った。やっと着いたのだ。何度それをめざして砂漠へ歩き出そうとしたことだろう。何度悲しい思いでそれを諦《あきら》めたことだろう。けれど、ついにシェプシはたどり着こうとしている。

この塔を見たということが、旅してきた道のりのどんなに遠かったかを改めてシェプシに思い出させた。それはシェプシの知っている世界の端から端までの旅だった。砂漠を突っ切ることなく迂回《うかい》したために遥《はる》かに長い道のりを歩くことになった。もしかしたらそれは塩の村にいた七年間に歩いた距離よりも長かったかもしれない。考えてみればとてもとても小さな村の中だけで子供だったシェプシは暮らしていた。そこにいた頃は砂漠の広さ世界の広さに憧《あこが》れてはいても、自分の属する世界がこうまで小さくは思えなかったものだ。隣の森の村へすら入ったことがなく、川の上流の羊山さえもが遥かに遠い場所に思われていた。けれども今はそれがとても狭い場所に思われる。シェプシには狭すぎる。こうして砂漠の向こう端まで歩いてきてしまった今では。

〈書記の町へ行ったことあるの?〉

〈そりゃあ、俺だって運命ん旅はしたからな〉

〈そのときに真実の恋に出合ったの?〉

シェプシが恋のことを聞くのは初めてだったからペレトはちょっと驚いた。シェプシのまなざしは塔の頭にじっと据えられたままだった。今それがようやくペレトの目にも見えてきた。

〈いや、俺が真実の恋に合ったたんはつい去年のことだ。新しい一の書記が立たれるんで、礼装につける袈裟を届けに行ったとき。そん書記さんの子供が彼女だった〉

〈一の書記の娘!?〉

そんな偉いひとの娘だったとは。しかしペレトは何の気負いもなくいつものように〈だな〉と答えた。そんなことよりも一の書記があつらえた袈裟の立派さのほうがペレトにはよほど自慢らしい。

〈両方の肩にな、こういうふうに革ん……もちろん革も特上よ……革ん肩掛けがついとる。そこに最後ん仕上げに九つの聖なる石を塡《は》めるんが村で請け負った仕事だった。月《げっ》漿石《しょうせき》、これは一の月石、陽光石、瑠璃《るり》、血粒石、琥珀《こはく》、神の目石、翡翠《ひすい》、菫青石《きんせいせき》、黒曜石……どれも見事だった。それから薄緑ん二の月石が胸のまん中に、白い三の月石が右肩に四の月石が左肩についた。おまけに銀の簾《すだれ》までついてる。あれを持つときゃ思わず手が震えて、もちろん盗賊なんぞに襲われたら大変だから五人で届けた。書記さんも満足しとったが、それを後ろからのぞき込んだ彼女……もちろん、そんときはまだ生む性じゃなかったが……彼女ん目がきらきら輝いとって、俺は思わずそっちに見とれたんだ。なんて言うか、素直な目だった。彼女は、あなたが作ったの？って俺に聞いた。俺がひとりで作ったわけじゃもちろんなかったけど、少なくとも血粒石を掘り出したんは俺だったからそう言った。すると石のことをあれこれ聞かれて、俺も楽しくて夢中で喋《しゃべ》った。肩掛けの黒曜石をさして俺ん目はそれみたいだって彼女が言った。俺は知らず知らずに、おまえには月漿石が似合うだろうと言っとった。彼女は、自分は水ん月の生まれだからそれは正しいと言った。月漿石は水ん月生まれの守り石だからな。でも月漿石には四つあるけどそのうちのどれだろうって彼女は聞いた。もちろん四の月石だって俺は答えた。そんとき、真実の恋が来た〉

またしてもペレトはうっとりと宙を見つめる目つきになった。

〈石は全部岩掘村から出るの？〉

ペレトは舞い上がった心を地上に下ろすのが無念そうだ。

〈いいや、少なくとも菫青石、琥珀、翡翠は村からは出ん〉

〈じゃあ、それはどこから見つかるの？〉

ペレトはまじまじとシェプシを見つめて正気を取り戻した。

〈それは言えん。わかるだろ？〉

村の生業には、よそ者にはもちろん、いつか運命の旅に出てしまう村生まれの子にも教えられない部分があるのを、もちろんシェプシは知っていた。シェプシなど塩の村の生まれながら塩採りについてはほとんど何も知らない。書記の町へ行けることが決まってから、ペレトは充分に岩掘りの仕事について喋りすぎている。そして無口な詩人でさえそうだったように、今このときになってようやく自分が喋りすぎたことに気づきうっすらと後悔の表情を浮かべていた。

しかしシェプシは漠然と察していた。岩掘村から出ない石を岩掘村へ持ち込む者たちがいるのだ。それは砂漠で石を拾った詩人や商人かもしれない。ジェセルたちのかつての仲間かもしれない。祈禱師や医師の谷の者かもしれない。盗賊かもしれないし、魔の山に住む異族、あるいはシェプシの知らない世界の蛮族かもしれない。

そうしたすべてを聞く神は知っているだろうか。知っているに違いない。見る見る高さを増して偉容をあらわしてくる聖地の塔がそう思わせる。わたしの知らないことなど何もないとそれは言っている。塔のほうから厳かな鐘《かね》の音が聞こえてくる。世界を見守っているのも、ひとに運命を告げるのも、すべて聞く神の仕事なのだ。疑いもなくそう信じ頭《こうべ》を垂れたくなるほどの厳粛な響き。

塔が見えてくると、俄然《がぜん》ふたりの足取りは速くなった。ペレトもシェプシもケイも、ただひたすらに歩いた。そして日没にはまだいくらか早い頃、彼らは高い塀に取り囲まれた町の正門にたどり着いた。やっと詩人に会えるのだ。

門の回りには大勢のひとがひしめいていた。

〈検問があるから、入るに時間がかかるんだ〉

〈検問？〉

〈盗賊だの蛮族だのが入り込めねぇようにな。特にこの時期は厳しい。子供さらいなんかが忍び込んだ日にゃあ、町に馴《な》れてない子らが騙《だま》されたりさらわれたりするからな〉

〈ふうん……〉

〈おまえはあれでも見てるがいいさ、ちょうど見頃さ。俺が呼んだら戻ってこい。ほかの奴にはついてったらなんねぇ〉

ペレトが見てこいと言ったのは、門柱に塡め込まれた有名な《聖なる九石》のことだ。その話はイアフ爺《じい》さんからも父さんからも聞いていた。彼らがそれを語るときというのは、シェプシが砂漠のことを語るときに似ていた。ここの瑠璃を見続けるためなら死んでもいいと思ったこともあると爺さんはいつだったかずいぶん昔に語ったことがあった。シェプシはひとだかりの間をかいくぐって爺さんにとっての砂漠を眺めようと門柱に寄っていった。門の脇にはいかめしい恰好《かっこう》をした男のひとが立っていた。初めて見るシェプシには奇妙としか思えない分厚い革の衣をまとって、群がるひとびとを威圧している。左の門柱を挟んでふたり。右の門柱を挟んでふたり。それでもひとびとは恐ろしさよりも物珍しさのほうが勝って、しきりに柱を眺めている。ようやくのことで、シェプシは左の柱が見えるところまで近づいた。そして絶句した。

塡め込まれた聖石はどれも想像を絶して大きかった。岩掘村の長《おさ》の家の門にあったのよりずっと大きかった。半分は柱に埋め込まれているのだから、全体はおとなの手でひとかかえといったところだろうか。九石とは言っても、月槳石には四種類があったから実際には十二種類の聖石がある。その、どれひとつとっても立派な御殿が建てられそうに高価な石が、左の柱に六個、右の柱に六個、無造作にと言えば言える仕方で岩に埋め込まれているのだった。門柱は異様に高かった。

シェプシの見ている柱には、頭より遥かに高いところから四つの月槳石と陽光石、瑠璃が順に下へと並んでいた。ちょうどシェプシの目の前にシェプシの頭より大きく丸い瑠璃が塡められている。喰《く》い入るようにシェプシはそれを見つめた。砂漠の色よりもいっそう濃い、どちらかといえば青みを帯びた深い紫色の中に金色の粒がチカチカと瞬いている。その光る粒はまるで深い水の中を泳いでいるようだ。大きな深い泉、見たことのない海の中を。間違いなくそれはジェセルの瞳《ひとみ》の色だった。シェプシは吸い込まれそうになりながらせつなく痛む胸を必死で押え込んだ。

そのとき、ひとびとがどよめいた。深い溜息、感嘆の声、驚異の叫び、声にならない祈り、喜びの涙。沈まんとする太陽の光がちょうどこれらの石を水平に照らし出し、より鮮やかにその色を映し出す。中でも光を通す質《たち》の石たちは、壁に埋め込まれた内部にまで光を取り込んで、まれにしか見ることのできない秘密の聖域をかいま見せるように、半ば荘厳な、半ば妖《あや》しい光を放ってひとびとを魅了した。二つの月石はその表面に星型の反射光をほとばしらせていさえした。

けれどもシェプシが魅入られたのは、銀色の石の中に細かな黄色いかけらを含みそれゆえに光を取り込むどころかむしろまっこうから跳ね返して、さながらそれ自身が太陽であるがごとくに燦然《さんぜん》と輝く陽光石だった。太陽が今は昼間ほどの激しさもなく、ゆらゆらと最後の光を投げて沈んでいこうとしているのに比べて、陽光石は今こそ力強く毅然《きぜん》とあたりを照らしているのだった。なんという鋭い照り返しだろう。

ひとびとが振り返ってシェプシを見ていた。自分が声を放って泣き叫んでいることにシェプシは気がつかなかった。陽光石の輝きにからめとられたまま、瑠璃色の海に沈んでいった。もがいてももがいてもその冷たい海から這《は》い上がることはできない。銀色の光を振り払うことができない。みなが驚いて自分を見ていることにようやく気づいても、もう堰《せき》を切った涙は止めようがなかった。身体が張り裂けるほどの激しさでシェプシは泣き叫び、さしも厳しい様相の門番までをもおろおろさせ、駆け戻ったペレトを途方に暮れさせた。

〈泣きたいだけ泣かせなさい。誰にもなだめることはできないでしょう〉

必死でシェプシの背をさすっていたペレトが声に振り向くと、そこに立っていたのは一の書記だった。しかも、その脇に並んでいるのは一の巫祝と一の祈禱師だ。ざわついていたひとの波がすうっと引いて、いつしかひとびとはうずくまり地に頭を垂れる。かまわず三人の前に立ち尽くしているのは、泣きわめくひとりの子供だけだった。

◆一の書記

熱い菫茶《すみれちゃ》がシェプシの前に置かれた。聖堂内にある一の書記の執務室の隅にシェプシは坐《すわ》っている。地下に宿坊があり、昨夜はそこで眠った。涙に霞《かす》んだ目をしていたからよくはわからないが、ほかにも二、三人の書記が寝ていたような気がする。家に帰る間もなく働いている書記がつかの間の休憩をとったり、まれに家を持ちたがらない詩人が泊まったりするということだった。

シェプシは、医師の谷で採れる特上の菫茶に口もつけず、ぼんやりと立ち昇る湯気を眺めている。窓には色硝子《ガラス》が塡《は》められ、その向こうから射《さ》す光で部屋の中は何もかもが虹色《にじ》に染まっている。菫茶を入れた銅の器も染まっている。その滑らかな曲線にシェプシはうっとりとした。こんな優美なカップは見たことがなかった。それからテーブルに目を移す。広い部屋の隅に置かれたそれは、赤黒い木の表面を丹念に磨き込んだもので古めかしいのにつやつやして美しかった。

何よりもシェプシの目を引きつけたのはその脚、テーブルの四本の脚だった。一本一本が弓なりに外へ大きく張り出して、下にいくにつれて今度は内側にすぼまり、もう一度少しだけ外へ戻って床に接している。じっと見つめていると、その脚は蛇になってくねくねと動き出しそうだ。蛇の道を捜すかのように床を目で這《は》っていくと、それは虹色に染まった床を移動し、部屋の反対側にあるどっしりとした机にぶつかった。かまわずにそれを這い上るとそこに誰かの姿があった。

〈詩人……〉

シェプシは呟《つぶや》いて立ち上がった。そのひとは顎《あご》の下に手を組んでさっきからずっとシェプシを観察していた。ひと違いだということはすぐにわかった。深い皺《しわ》を刻んだ眉間《みけん》とい、短い髪といい、堅そうな顎髭《あごひげ》といい、そのひとは詩人には似ても似つかない。第一、シェプシはついさっき彼と一緒にこの部屋へ入ってきたのだ。それから誰かがお茶を持ってきて、彼は向こうにシェプシはこちらに坐った。そしてなんだかぼぉっとしてしまったのだ。どうしてしまったのだろう。

勢いよく立ち上がったもののハタと気がついて戸惑うシェプシをもう一度じっと見つめてからそのひとは立ち上がった。黒いローブの裾《すそ》が脚のつけ根のあたりで割れて、そこから鮮やかな紫の、たっぷりとひだをたくわえた裳《も》が見えている。

〈まぁ、かけなさい〉

彼は大きな掌《てのひら》を広げて言うと、重々しい足取りでシェプシの前に歩いてきた。よく見れば紫の裳には微細な金糸銀糸が織り込まれて、揺れるたびにちらちらと瞬く。風格はどちらかと言えば重い衣装が作り出すもので、彼自身は他の村の長《おさ》たちに比べればまだずいぶん若い。一の巫祝や一の祈禱師と並んでいたときには親子ほどにもかけ離れて見えた。ただ眉間に刻まれた二本の皺、小鼻の脇から角張った顎にかけて走る長い皺だけが、即位して間もない地位の決して安楽でないことを物語っている。若さを威厳で押え込んだ奇妙な印象をひとに残す姿だ。

彼はテーブルをはさんでシェプシの向いに腰を下ろすや、さっと掌に呼鈴を取り出して鳴らした。すぐにシェプシよりいくらか歳上らしい小姓がやってくる。小姓は、黒いローブの下にまだ裳はつけていない。

〈茶が冷めた。替えておくれ〉

一の書記がそう言うと、小姓はいぶかしそうにちらりとシェプシに目をやった。小姓がいぶかしむのも無理はなかった。聖堂内は書記たちしか出入りできない決まりだし、書記といえば詩人でないかぎりはみな黒いローブを身にまとっているものだ。シェプシの恰好《かっこう》はどう見ても書記の町の人間には見えない。

一の書記は言った。

〈塩の村のシェプシよ、おまえも今日からは書記の子だ。運命の親がローブを用意して待ちこがれていることだろう。ほかの子は二日前にそれぞれ引き渡されたのに、おまえの親だけがまだ子供を与えられていない。おまえは遅れてきた〉

優しい声音で始まった口上は最後だけ重々しく太い声で閉じられた。出だしが優しかっただけに、おまえは遅れてきたというその言葉がずしりと響く。シェプシは顔色を変えてうつむいてから、上目使いに書記の顔をうかがった。怒っているのかどうかさえその表情からはわからない。

〈あ、あの、ごめんなさい。その……事情《わけ》は詩人に何もかもお話しするから、だから

〈だから?〉

低く太い声で無表情に書記は問い返した。だから何なのだろう、シェプシは自分でも何が言いたいのかよくわからなくなった。書記はたたみ掛けるように言う。

〈おまえは砂漠の禁忌を破った〉

やはりそれは許されない罪なのだろうか。悪者の牢《ろう》へやられるのだろうか。でも今となっては牢もさほど怖くはないように思われて、するとわずかに居直る余裕ができた。

〈どうしても、ちょっとだけ砂漠を歩いてみたかったんだ〉

〈ちょっとだけ歩いてみたかった……〉

書記は呟くようにシェプシの言葉を繰り返した。その表情に少し悲しい気配が漂った。つかの間の沈黙のあとで、彼は低い声のままに聞いた。

〈行ってよかったと思うか?〉

難しい質問だった。なぜそんなことを聞くのだろう。行ってよかったと思うか? シェプシはしばし考え込んだ。後悔していないか? 行かなければ味わわずにすんだ悲しみにとらわれてはいないか? 知らなくてよいことを知ったのではないか? 希望を失ったのではないか?

〈わからない。詩人に聞いてみる〉

〈わからない……?〉

また悲しそうに書記は呟いた。居心地の悪い時間がゆっくりと過ぎる。書記はいっこうに焦ってはいないようだ。何かをじっくり納得しようとして、考え深げにシェプシを見つめる。そのまなざしがひどく重たい。

〈あの……〉

〈何かね?〉

〈あの、やっぱり悪者の牢にやられるの?〉

〈おまえが?〉

〈……〉

それを機に彼の中で時間が流れ出した。彼は柔らかな口調に戻って言った。

〈おまえを牢にやれば運命の親が不平を言おう。代わりの子はいないのだ。親たちに科《とが》がないのに子をやらぬわけにはいかぬではないか。おまえは運命の親へ届けねばならん。とは言え、おまえにはひとつ用がある。そんな泣きはらした顔で運命の親には会えまいから、もう少しわたしに付き合いなさい〉

シェプシは自分の顔に手をやった。どんな顔をしているのだろう。

〈聞くところによると、おまえは光る音響盤を持っているそうだが〉

〈はい〉

〈聞く神がそれを捜しておられることは知っているか?〉

〈はい〉

〈では、捧《ささ》げる気があるのだな〉

〈はい。でも、そんなことよりも先に詩人に会いたい。まだここにいるの?〉

〈いるとも、ずっといる。詩人は逃げない〉

ふっと彼は笑った。

〈なら、今すぐ会わせて。謝らなくちゃ。話すことが山ほどあるんだ〉

〈音響盤が先だ〉

〈えっ?〉

〈音響盤を捧げたあとでならすぐに会えるだろう〉

〈……〉

シェプシは戸惑った。書記は断固とした口調で譲歩するつもりはなさそうだ。

〈それなら、代わりにお願いがある〉

〈何だ?〉

〈音響盤が先でもいい。でも自分の手で神に捧げたい〉

〈それはできない。聖具室に入れるのは三の書記以上の者だけだ〉

〈なら、詩人に会うのが先だ〉

書記の口調も断固としたものだったが、シェプシの口調もきっぱりしたものだった。こんなところでぐずぐずしているのはいやだった。昨日は思わず取り乱してしまって何がなんだかわからなくなってしまったけれども、それもこれも詩人に会えなかったからだ。一刻も早く詩人に会いたい。それがシェプシにとってどれほど切実な思いであるかをこのひとにわからせなければならない。書記にとっての三種の神器に値するほど重要なのだとわかってほしかった。

勇気と言うよりはやけくそな気持ちから、シェプシはもしかしたら世界で一番偉いかもしれないひとを相手にひるまず、重い視線を受け止めた。怖いものなど何もなかった。シェプシには失うものなど何もないのだ。

一の書記は思いのほか長く深く考え込んだ。そんなに長く考え込むのなら、その間にちょっと詩人を連れてきてシェプシに会わせたほうが書記にとって得だったのではないかと思うほどに長いことじっと黙ってシェプシをにらんでいた。やがて先ほどの小姓がまた部屋にやってきた。

〈明りをお持ちしました〉

銀の燭台《しょくだい》を掲げている。鍛冶《かじ》の村でいつか目にして、いったい誰がこんなものを使うのだろうと遠く貴人たちに思いをはせたあの燭台だ。書記が考え込んでいる間に陽は暮れていた。それほどに長いこと書記は考え込んでいた。

〈お食事はどうなさいますか?〉

小姓が尋ねると、書記はふと我に返った様子で少しばかり慌てたそぶりさえ見せた。

〈そんなことよりも、書記のローブと銀の裳を調達してきておくれ〉

〈銀の……ですか?〉

〈そうだ。銀色だ〉

〈でも……〉

小姓はまたちらりと不審そうにシェプシを見た。

〈どこかにあるだろう。ローブはおまえのでもいい〉

〈それではわたしが裸になってしまいます〉

〈うむ、それならばアーネフのところへ行ってこの子に用意したローブをもらってきておくれ。裳は、裳は、そうだな……わたしの家に行って妻に出してもらうといい。古いのがあるはずだから。何でもいいから一番早い方法で調達するんだ。賢いおまえのことだから知恵も回るだろう。それから、このことは誰にも言ってはいけない。黙っているんだ、いいな。わかったか？〉

小姓はちっとも納得したようではなかったが、一礼して部屋を出ていった。それを確かめて書記はおもむろにシェプシを見やる。

〈そのまなざしでジェセルを負かしたのだな。おまえは？〉

シェプシはどきりとした。けれど、もちろん書記の言うジェセルとは詩人のことだった。

〈わたしまでが負けてしまった。ついさっきまで赤子のように泣きじゃくっていた子供に〉

無表情に見えるけれども、ひょっとしたら笑ったのかもしれない。このひとは笑うと悲しそうに見えるのかもしれない。

〈アーネフというのはおまえの運命の親だ〉

〈アーネフ……〉

〈一人前の書記には九つの官位があるが、アーネフは五の書記だ。心配性なところはあるが、神の言葉の達人だ。わが子に神の言葉を教える日が来るのを今か今かと待ちかねていた。生みの子は身体が弱かったから、元気なおまえを見れば喜ぶだろう〉

〈母さんは?〉

〈おまえの母は七の書記だ。長いこと子供の看病をしていたので、ここしばらくは聖堂で働くことがなかった。心根の優しい母だ〉

ふうん、とシェプシは思った。旅に出る前はそのひとたちについてあれこれと思いをめぐらせたものだったのに、今はあまり興味がわかない。運命の親よりも誰よりも、ただ詩人に会いたかった。

小姓は思ったよりずいぶん早く戻ってきた。

〈古いローブと銀の裳をお宅からお借りしてきました。ローブは大きすぎるとは思いましたが、アーネフ様の家に行けばあれこれ尋ねられて手間取ると思いましたので〉

歳はシェプシといくらも変わらないように見えるのに態度はしっかりしておとなびている。

〈食事をお持ちしますか?〉

再び小姓は尋ねた。

〈ふむ、そうだな。簡単なものでいいから頼もう。ところでまだ誰かが聖堂に残っているかな?〉

〈図書の間にまだ五人くらいおります。塔のほうにはあいかわらずたくさんの方々が〉

〈おまえは今夜はどうする?〉

小姓はちょっと考えてから、食事を用意したら家に帰ると答えた。

〈三日帰っていないので、母が心配いたしまして〉

〈うむ、それがよかろう。勉強好きは感心だが、ほどほどにせんとな〉

顎鬚を撫《な》でながら書記が言い、うっすらと笑って小姓は出ていった。

〈あれはなかなかに勉強熱心な賢い子だ。おまえも見習うのだぞ〉

〈勉強って、神の言葉を習うこと？〉

〈神の言葉は無論だが、あの子は神の光に興味があるようだな〉

〈神の光？　月の光のこと？〉

〈ほう、ずいぶん古いことを知っておるのだな。だがそれは古い神の光だ〉

〈じゃぁ、太陽の光のこと？〉

〈いや、あれはどちらかというと見守る神に属する光だ〉

〈聞く神の光があるの……ですか？〉

小姓の言葉使いをまねてみると少し書記らしくなった気がした。

〈ふむ、やがてはこの世を聞く神の光で満たす。わたしたちには神から命じられた仕事がまだ山のようにあるのだ。光の仕事はおまえたちの代の仕事になるかもしれない〉

シェプシは書記の顔を見上げた。その顔は神威を帯びて奥底から輝いていた。見ているうちにシェプシの中にも押えがたい誇らしさが満ちてくる。それは恋を失った者にも生きがいとなる仕事だろうか。

〈光の仕事のほかにはなにがあるの……ですか？〉

固いパンと見馴《みな》れない草のスープで食事をしながらシェプシは尋ねた。正直なところシェプシはたいそうお腹《なか》がすいていた。塔を見かけてまっしぐらに歩き出したときから何も口に入れていなかった。昨夜はなだめる者の手も、食事を勧める者の手も払いのけてただただ夢中で泣いていたのだ。からっぽになったお腹に熱いスープを流し込むと、枯れた水路に水が通るように、ぱさぱさした身体が潤って感じられる。

〈まず、神がかつて約束された子供を生む方法だな。約束は果たされねばならん〉

書記はシェプシの問いに答えて言った。

〈聖地の奥でもう見つかっているんでしょう?〉

無邪気に言ったシェプシの言葉に驚いて、書記は思わず声を硬くし、誰に聞いたと尋ねた。

〈え? ええと……その……〉

〈なるほど、シェサに会ったのだったな、おまえは〉

書記はすぐ平静に戻ってゆっくり言うと、ナプキンで口を拭《ぬぐ》い背を伸ばしておもむろに言った。よほど注意しなければ彼の表情や口調から感情を読み取ることはできないようだった。

〈おまえはシェサをどう思った?〉

〈どうって……おしゃべりなひとだ。それにあんまり好きじゃない……けど、少なくともあのひとの言うことは全部ほんとうのことだと思う……思います。誰よりも真実に近いところにいる〉

〈ふむ、わたしはあまり秘密主義ではない。聞く神の教えをやたらと子供に話してはならぬという書記もたくさんおるが、わたしは必ずしもそうは思わない。見込みのある賢い子供になら、知りたがることを教えてやったほうがいいこともある。知識にふさわしい資質を身につけるのが先だと長老たちは言うが、ひとは知ることによってより深い真理に備える資質を持つものだ。知らされなければ知りたいという気持ちも萎《な》えていく。また、性を決していない子供には神の言葉を教えるべきでないという者もいる。なぜなら、もしその子がよその村の者と恋に落ちて、自らは生む性になったとしたらいつかは町を出ていく可能性が高いからだ。そうすると聞く神の言葉が巫祝や祈禱師に伝わって悪用されるかもしれない、というわけだ。しかし、真実の恋を待っていてはもちろん仕事を覚えることも遅れ、運命の親への恩返しも大幅に遅れてしまう。どこの村でも抱えている問題だ。わたしはと言えば、神の教えを知る者が他の村へ行くのは悪いことではないと思う。むしろその村に定住して布教に努めてくれる宣教師が必要なのではないか、とな。その点、巫祝に比べて書記は塀の中に籠《こも》りすぎている。たしか、塩の村にも巫祝はおったが書記はおらなかったな?〉

〈はい〉

〈辺境へ行けば行くほど書記は馴染《なじ》みが薄い。辺境のひとびとは聖地へ詣《もう》でようともしない。詩人たちの報告を聞くたびにわたしはそう思っていた。だから、わたしはおまえにもなるべく真実を告げたいと思う。だが、これだけは覚えておくことだ。たとえどのような真実も秩序のもとに並んでいてこそ美しいのだと。わかるかな?〉

黙ってシェプシは首を横に振った。意味がわからなかったからだ。

〈真実にもおのおの置き場所があるということだ。たとえば、ひとびととの生活の中、伝説の中、書庫の中、あるいはおまえの胸の中。あるべきところでない場所にあらわにされた真実は、いかに真実であろうとも世に混乱をもたらしひとびとを不幸にする。それがシェサとわたしの見解の相違だ。これならわかるか?〉

まっすぐにシェプシの目をのぞき込んだ一の書記のまなざしは炯々《けいけい》と光っていた。シェプシは自分が一人前のおとなのように扱われているのを感じた。なんとなくわかると思った。とても難しいことだけれどわかるような気がする。だから、目をそらさずに黙って頷《うなず》いた。

〈ならば言うが、第二の仕事は砂漠の開放だ〉

シェプシは跳び上がらんばかりに驚いた。驚いて声も出なかった。

〈驚いたか?〉

うんうんとシェプシは二度頷いてから聞いた。

〈告げる神が……巫祝が怒るでしょう? 祈禱師も〉

〈それが問題だ。とても難しい。だが、子供をもっと簡単に生み出すすべは、おまえも言ったように先代まですでに目処《めど》はついている。わたしの代でなすべき仕事は砂漠の開放だ〉

〈でも、どうして? 砂漠からはもう何も採れないし……〉

〈おや、少なくともおまえだけは諸手を挙げて賛成してくれると思ったがな。誰よりも砂漠に行きたくてうずうずしていたのはおまえではなかったか?〉

意地悪そうに、くくっと笑って書記は言った。

〈それはそうだけど、でも……〉

〈砂漠からは何も得られない、か？　いや、砂漠からは道が得られるのだ〉

〈道？〉

〈そうだ、道だ。書記の町と塩の村がずっと近くなる。岩掘村と商人の町も近くなる。砂漠からはまた良い石も採れる。少なくとも岩掘村の長たちは代が替わるたびに砂漠へ行く許可を求めていた。岩掘村の山はあらかた掘り尽くされているからな、おまえも見たかもしれないが。それに何より紫の砂漠はわたしたちの心のふるさとなのだ、わかるだろう？　すべてがそこから生まれたのだから〉

〈それができるなら、どうして今までしなかったの？　どうして今になって急に〉

書記はまた無表情な威厳のある顔に戻った。

〈おまえは本気で尋ねているのか？　わけを知らないと？〉

ぐっと言葉に詰まった。シェプシは知っている。聞く神が何を守りたいと望んでいたかも、そしてそれが今はもう存在しないことも。

〈そうだ。今だからできるかもしれないのだ。わたしの勘ではそこにはひょっとすると聞く神ゆかりの地が見つかるかもしれないな〉

書記の目が反応をうかがうようにシェプシの顔をのぞき込んだとき、シェプシは思わず〈ああ〉とうめいて頭を抱え込んだ。

〈まぁ、よかろう。おまえの質問に答えるほうが先だ。第三の仕事はこの国に聞く神の光を満たすこと、第四の仕事はこの国を拡大することだろうな〉

〈くに………って〉

〈おまえは砂漠とその周辺が世界のすべてと考えているのか?〉

〈………〉

〈そうではない。世界は広く、そこにはわたしたちとはまったく違う神を祭る国、神を持たぬ種族などがたくさんいる。わたしたちの国はまだ小さすぎる。少なくとも周辺の部族はこの国に取り込まなくてはならないし、魔の山もわたしたちの領土とせねばならない。そうしなければ今の平和をいつまで保てるか保証できないのだ。だから、わたしたちは子供をたくさん生まねばならない。これからは詩人もたくさん必要だ。また、巫祝にも昔の力を取り戻してもらわなければならない。いつも話し合いでコトが片づくとはかぎらないし、国中のひとびとを戦に駆り出したくはないからな〉

〈………〉

〈わかるか、おまえたちが考えねばならないのだぞ。今わたしにできることはすべてその下準備にすぎないのだ〉

シェプシの頭に思い浮かぶのは、シェサの洞穴で見た戦の絵だった。槍《やり》でひとの身体を突き刺している!

〈戦になるの? ひとを殺すの?〉

〈そうではない。聞く神の秩序を異族、蛮族に分け与えてやるのだ〉

天の星へ行くという話を聞いてもさして不思議には思わなかったシェプシが、書記の話には驚いた。青い星の話は伝説に結びついているが、書記の話は近い将来の話であり、それだけに突拍子もない話だ。シェプシはぼんやりと遠くを見つめた。

一の書記はそんなシェプシの身体をテーブルから引き剝《は》がして立たせると、小姓が用意した衣を当てがってみた。どうしてみてもローブも裳も大きすぎた。書記は銀色の裳を半分に折ってからそれをむりやりシェプシの腰に巻きつけた。ただでさえひだを多くとるようあつらえてあるそれは、ごわごわとシェプシの前に立ちはだかり、垂れていると言うよりはシェプシが裳に寄りかかっているように見えた。

さらにローブもあらかじめふたつに折ってから羽織らされた。おそらく位の高い書記のローブは下位の者のそれに比べて厚手なのだろう、重たいそれはシェプシをまるで板でも背負っているような気にさせた。肩と胸には本物の副木《そえぎ》もしたままだったから、ローブはおそろしく不恰好に三角の山のようになり、銀色の裳はほとんど隠れて見えなくなった。シェプシはといえば、その山のてっぺんから頭を出すのがやっとで、手も脚も埋もれて自分でさえどこにあるのか見当がつかなくなる。こんなことにどういう意味があるのか全然理解できない。

なのに書記のほうはシェプシの身体を布で埋めてしまうとそれだけで満足したように言った。

〈よし、では決行だ〉

シェプシは頭が混乱した。

〈どうして、こんな恰好をするの?〉

〈これより一刻の間だけ、おまえを三の書記に任命する。それならば秩序を乱さず、おま

え の希望をかなえ、光る音響盤を神のもとに届けられる〉
これ以上の妙案があるかと言いたげな口調で、書記はテーブルから燭台を取り上げると扉を開けた。

◆聖具室

石造りの聖堂は町の端にあった。およそ五百年ほど前に建て始められてから、こつこつと建築を進めて四階建ての豪壮な今の形になるまでには長い年月がかかったという。まっさきにてがけられたのは本館に付属する尖塔《せんとう》だった。遠くの道端からシェプシが発見したように、それは本館とは比べものにならないくらいに高い。書記の町で最も古い建物だ。《物見の塔》と呼ばれるこの塔は町からわずかばかり砂漠にせり出したところに建っており、塀で囲まれた町の輪郭をここで少しいびつにしていた。そのいびつな部分こそが《聞く神》と最初の書記が砂漠から出てきた場所であり、すなわち聖地であるとされている。

聖堂もこの塔も書記以外の者には開放されていない。だからこの世の名残に三神殿めぐりをする参拝客たちは、この町では中心部の礼拝堂を見学し、それから《物見の塔》脇の階段を昇り聖地をぐるりと取り囲んでいる塀の上に出て俯角《ふかく》こそ違うものの物見台と同じ方向から砂漠を眺めることで満足しなければならない。

一の書記が今、手にした燭台《しょくだい》の明りで照らし出したのは聖堂の広間だった。入口から入って広間の正面奥に一の書記の間はあり、左手には二の書記の間が、反対側には三の書記の間と小姓の控えの間がある。広間は二階まで吹抜けになっていて、左右から弧を描いて上の階へ昇る階段が伸びていた。礼拝堂はきらびやかな聖石に満ちているというが、無骨なまでに光り物を廃した聖堂はひんやりと闇《やみ》に静まり返っている。蠟燭《ろうそく》の明りにつかの間浮かび上がった階段を見上げると、上の階にぼんやりと小さな明りの気配があった。二階はたしか修行の間だと聞いている。こんな夜遅くまで残って勉強している者があるのかもしれない。

書記はその緩やかな曲率を持つ階段のほうへは歩き出さず、扉を出ると右へ、つまり建物のさらに奥へと歩き出した。一の書記の間と二の書記の間に挟まれた廊下の奥に小さな扉があり、扉は柱廊へつながり、柱廊は《物見の塔》につながっている。どこにあるのか見当もつかない自分の脚を幾重にも重ねられた衣の下でばたばた動かして、何度もころびかけながらシェプシは書記のあとを追っていく。ごわついた裾《すそ》が床を摺《す》る音だけがやけに大きく響いた。

塔の一階は扉もないがらんとした丸い部屋だった。頭上に太い一本の紐《ひも》がぶら下がっている。奇妙に思ったシェプシは、その紐の切口から上へと目でたどる。首を動かすのもひどく難しいありさまだ。ようやく顎《あご》を上げると螺旋《らせん》階段が闇に溶け入るように伸びており、紐はその闇の中から下りているのが見えた。よくよく見れば遥《はる》か上方に明るい小さな点がひとつあった。

〈鐘撞《かねつ》き場だ〉

書記は振り返って言った。

〈塔の上に鐘があるのだ〉

〈いつ鳴らすの?〉

〈町に子が生まれたとき、死者が出たとき〉

書記はシェプシに背を向けて螺旋階段の下の扉に向かい合っていた。音も立てずにどこからか鍵束《かぎたば》を取り出して鍵を開ける。後ろからのぞき込むと地下へ降りる階段だった。シェプシの今の恰好《かっこう》では階段を昇り降りするのは無理だ。一歩踏み出せば間違いなくころげ落ちるだろう。とにかく手も脚もまったく自由にならないのだから。扉の前に立ちすくんだシェプシを、書記はひとまず一段だけ抱え下ろすと扉を内側から閉めた。

〈ここで待っていなさい〉

そう言ってずんずん下へ降りていく。燭台の明りもどんどん遠ざかる。やがて書記も明りも見えなくなって、シェプシは恐怖にかられて下へ声をかけた。

〈あの………〉

闇の果てから応えがあった。

〈何だ〉

その声は壁に反響してわんわんと響く。

〈真暗だ………です。なんだか怖い〉

〈心配することはない〉

その瞬間にパッとあたりが明るくなって、思わずシェプシは脚を踏み外しそうになる。いきなり真昼の明るさだった。目がくらむ。くらんだ目が馴《な》れてくると今度はどんなに高いところに自分がいるのかがわかってぞっとした。書記ははるか深い穴の底にいた。穴の底から続いている螺旋階段を再び昇ってきて、シェプシの身体を抱えてまた降りる。

〈これが聞く神の光だ。まだ実験の途中で塔の中しか照らせないが……おや、おまえはさほど驚いてはいないな？〉

たしかにシェプシはそんなに驚かなかった。この光は銀の船で音響盤を照らし出した光に似ていたのだ。太陽の光を蓄えているとモースが言ったあの光に。

光の中であたりを見回すと、その部屋は一階の鐘撞き場と同じような広さで同じように丸かった。同じ形、同じ大きさの石が隙間《すきま》もなく積み上げられて湾曲した壁を作り出している。それぞれの石の角にはうっすらと苔《こけ》が生えている。その石がところどころ抜けていて、聖具を納める棚の役を果している。シェプシはずりずりと衣を引きずり、はじめの穴の前までやってきた。

爪先《つまさき》立ってのぞき込むと、そこには銀色の箱が納められていた。どこが蓋《ふた》なのか全然見分けがつかないそっけない箱、表面はつるつるして顔が映りそうだ。どうやって開けるのだろう……シェプシが衣の下でごそごそ手を動かすと、触ってはならぬと書記が言った。

〈中には何が入っているの……ですか？〉

触るどころか手はどこでどうなっているのかいっこうに衣の下から外へ出てはこなかった。

からっぽだと書記は答えた。

〈からっぽ？〉

〈中に入っていたものはみな、上の研究室だ〉

〈これは、生命の箱でしょう?〉

〈生命の箱? まぁ、そう言えなくもないが……わたしたちは光る箱と呼んでいる。聞く神が残された神秘の箱だ〉

〈神さまはここから赤ん坊を取り出したんだね、見守る神に試されたとき〉

書記は怪訝《けげん》な顔でシェプシを見た。

〈おまえはまるで神学者のようだな。神学者の中にはそのように言うものもいる。異端だが〉

〈ううん、異端なんかじゃない。言い伝えの赤ん坊はこの箱から生まれたんだ。そしてそれは神自身だったんだ。ちょっと待って、そうじゃない。最初の書記のジェセルだったかもしれないな。女性だったんだから……あれ? でも、それならジェセルと聞く神はどういう関係なんだろう……村から出たのはジェセルひとりだったのに、砂漠を出たときには神さまを連れていたなんて……どこかで出合ったんだろうか? 神さまは目に見えないんだろうか? それともジェセル自身が神さまなんだろうか?〉

〈いったい、おまえは何を知っているのだ? 昨日この町へやってきたばかりで、まるで何十年も書庫をあさった神学者のようなことを言う〉

〈わぁ! これが光の剣なの?〉

すでに隣の穴をのぞき込んでいたシェプシは一瞬にして戸惑いを忘れた。それこそは、誰もが繰り返し聞かされる伝説の中の光の剣だった。死ぬ前に一度は見てみたいものだと思わぬひとはいない《聞く神の剣》だ。偉い書記でもないかぎり決して見ることのできない聖具。それを自分が実際に見ている。シェプシは興奮して書記の言葉など聞こえなかったかのように叫んだ。けれども落ち着いてみるとそれはあまりに想像とかけ離れた代物ではあった。ころんと転がっていたのは剣の柄《つか》だけ。光の剣どころか錆《さ》びついてどうしようもないガラクタに見える。

〈これ……ほんとうに光の剣？〉

〈うむ〉

〈光ってないけど？　それに刃がないけど？〉

〈ふむ、今は必要がないのだ。昔はそこから光る刃が飛び出したらしいが〉

《聞く神》についてすべてのことを書記が知っているわけではなかった。そのことをシェプシは思い出した。書記の間で問いつめられたとき、少なくとも一の書記は真実をすべて知っているような気がした。神のことも最初の書記のことも。だがそれは錯覚だった。シェセサは言っていた。古書に書かれたことしか書記は知らないのだと。歴史は最初の書記が記録を始めたときから始まって、それ以前のことを知る者はいないのだと。書かれた歴史が真実とはかぎらないと。そこには歪《ゆが》みがあるかもしれないと。

書記とシェプシは訝《いぶか》しげなまなざしを一瞬だけかわして、隣の穴へと移動する。そこにあったのはシェプシが想像していたものではなかった。幻の村では、最初のジェセルが持ち出した品は三つだと聞かされていた。つまり《生命の箱》と《光の剣》と《船の心臓》だ。だけどそこにあったのはどうしても船の一部には見えない薄い書物だった。

〈？〉

一瞬考え込んだ次の瞬間には手が伸びて書物を開いていた。手が簀巻《すまき》のような衣からすっと出てきたのも意外だったけれど、終始威厳に満ちていた書記が狼狽《ろうばい》して金切り声を上げたのも意外だった。

〈触ってはならん！〉

もう遅かった。シェプシは無造作に開かれた頁《ページ》の上を目で追っている。書記は凍りついた。頭がちょっと痛むけれどためらわずにシェプシはそれを読んだ。その様子を見て書記はいっそう身動きならなくなった。それは、神の品というよりは最初の書記の手記のようなものだった。

……………が聞こえる。町をあげての祝宴の騒ぎ。ここへ来て三十余年、待ち望んだ物見の塔は今ようやく完成をみた。この老婆に苔酒や乳酒を浴びせようと、ひとびとがひっきりなしに扉を叩《たた》く。わたしは弱った足腰を理由にそれを拒み、例によってひとり、読みびとのあてのない日記を綴《つづ》る。この言葉は誰にも教えなかった。弟子にも跡継ぎの娘にも。わたしが言いようのない憂鬱《ゆううつ》に襲われるとき、それはいつも誰にも知られてはならない憂鬱だ。そんなときはひとりでただただ文字を綴るしかあるまい。老いたにもかかわらず今日わたしは物見の塔の螺旋階段を自らの脚で昇ったのだから、疲れるのも無理のないこととひとびとは理解してくれる。いつもそのようにすれ違った理解だけがある。ときとしてそれはひどくつらい。ほんのときたまのことだけれど。

私は物見台に昇った。石工に作らせた望遠鏡を盲《めし》いかけた瞳《ひとみ》でのぞいた。彼らはまだあそこにいた！　多くの民の尊敬や愛情よりも、今は昔の仲間の恨みのほうがわたしを突き刺す。目が霞《かす》んで見えなくなるまでわたしは彼らの村を見続けた。今になって彼らのことが頭をよぎる。今になって母星系が思い出される。とりわけ生命の源として崇《あが》められた青き星を語りたくてたまらなくなる。死が近いせいだろう。だが語り聞かせる相手はいない。語り合える友を持つかつての仲間たちが羨《うらや》ましいことだ。無数の聞き手を持つ吟遊詩人が羨ましいことだ。神との対話を楽しめる書記が羨ましいことだ。神の従者を騙《かた》ったわたしは、いかなる神に許されるだろうか。ああ、なんと栄光に満ちた人生だったろう。なんと矛盾に満ちた生涯だったろう。そしてなんと虚飾に満ちた……わたしの役割がこのようなものだったと、いったい誰が想像し得ただろうか。

わたしは辺境好きのひねくれた技術者にすぎなかった。母星系外に居住可能地を捜すひとびとに、船の運行を保証することがわたしのささやかな役割だった。砂漠の民の不思議な生体システムに気づかなかったならその役割を放棄することはなかったろう。

わたしは思い出す。あまりの多忙に失われかけていた記憶がまざまざとよみがえる。高度な文明化とその完膚なきまでの崩壊を幾度繰り返したか知れぬケプラー星系のひとびと。わたしが生まれ育った青き星のタ・メリ地方。一五〇〇年目にして星系内展開を完了したわれわれの文明期においても、そしておそらく有史以前のいかなる文明期においてもほぼ絶望視されていた星系外知的生命体に出合ったときの驚愕《きょうがく》。

最後の知生体探査ではターゲットになっていたにもかかわらず、後続の居住環境探査隊が冗談にもその存在を思い浮かべなかったのは考えてみれば迂《う》闊《かつ》なことだった。下ろすのが面倒だという理由だけで搭載していた言語解析プログラムがなかったら、今頃わたしは紫の砂漠に屍《しかばね》として転がっているか、首尾よくいって故郷の学者たちの頭を悩ませているだけだろう。

星系外に知生体が存在したということも、それがまったくわたしたちと種を同じくするヒトであったことも充分に驚異だった。実際に出合ったときに過度なショックを受けぬようにと、想像できるかぎりの奇怪な仮想知生体スライドを見せられ幾度もおぞましい悪夢にうなされた経験を持つわたしたちにとって、ほとんど自分と外見を同じくするこの星の人間たちこそ驚異だった。それどころか大気の組成、自然環境、他種生物のほとんどが、母星系内のどの星よりも青き星に似ていた。似すぎていたといってもいい。彼らの言語とわたしたちの言語はほとんど単純な写像関係で結ぶことができたのだ。が、それだけならわたしは自分の責務の範囲において故障している船を放《ほう》り出しはしなかった。そうだ、わたしにすべてを忘れさせたのはひとりの羊飼いの青年が語った恋の話だった。

ケプラー星系の人類は、発生以来環境に即して徐々に生体的変化を遂げはしたが、その基本構造を変えるほどの変異を経験することはなかった。われわれの文明期の中でわたしたちの時代に起こっていたささやかな変化といえば生殖拒絶者の急増であり、それは身体機能になんら無関係の事象であったから、むしろ単純な社会問題として片づけられていた。かつてまだ青き星のみに過密な人口をかかえていた頃にもこうした現象は起こったらしく、それは種族保存のための遺伝子による自己抑制と解されたがわたしはそうは思わなかった。ましてや、星系内に広範な居住区と資源を見いだした時代にはまったく理屈にかなわない。しかも、この異変は同性愛者の増加、出産及び卵子供出を拒絶する女性の増加のみならず、大真面目《まじめ》で心底出産行為を望む男性の増加をもともなっていた。言うまでもなく、いかなる文明期においてもいかなる社会風潮のもとにおいても、子を生むのは女性のみだった。生殖及び出産の身体的負担を平等化するという趣旨から体外授精、体外発育も可能になり、従って子宮が不要になってさえ、原始的な男女生体は変化しなかった。われわれの遺伝子はわれわれの知的努力をなんら認めてはいなかったのだ。

わたしはこの原始的な性区分に馴染《なじ》めぬ者だった。それは科学者としてのプライドだったかもしれない。あるいは安易な平等主義だったかもしれない。いや、むしろもっと素朴な疑問から発していた。なぜヒトは二種類の性に分かたれているのか。生物学的意味合いにおいてなら答えることはできる。それは遺伝子の合理性とでもいうべきものだと。けれど心の次元ではすでにそこに何の必然性も見いだすことはできず、むしろ心はこの軛《くびき》に押さえつけられていた。わたしたちの社会にあったささやかな異変は、精神の側からの遺伝子に対する反乱のようにわたしには思えたものだ。人類はいまこそ進化を求めている。それも遺伝子の要求に見合う進化ではなく、その傘下から逸脱した人間性、精神性の要求において。

ある者は言った。それもまた遺伝子の要求でないとなぜ言えるのかと。また、ある者は言った。雌雄同体を示したり自在な性転換を行えるのは単純な構造をしたごく下等な生物のみだと。わたしは答えを持たない。ただ感じたのだ。人類の亜種を望むうねりがひそかに高まり、絶滅と引き換えに進化を要求していると。

そして出合った。もっとも美しい形で進化を遂げていた人類に、まったく唐突に。わたしは幻惑された。羊飼いの語った恋の話がどれほど美しく真実であったか……ただ一度開く扉を介して精神と精神が語り合いきつく絡み合い、形質を行き来させてひとりの人間のふたつの部分として生きることを無条件に信じ、唯一の真実として崇め続ける。そこには運命のように見えて実は本質的な自由があり、人間に対する尊厳があり、孤独を避ける優しさがある。まるでわたしの夢が作り出したようなひとびとにわたしは希望をたくさずにはいられなかった。

わたしは学者じみた関心から彼らに興味を抱いたのではなかった。青き星からフォボスの特殊教練所へ、そしてトリトンの辺境探査基地へと移り住んでさえ見いだせなかったわたしの住まうべき場所がここにあると確信したからだ。あるいはそれは、資源開発、自然保護と称してヒステリックなまでに緑地化が進められていった生地の失われた砂漠を思わせたからだろうか。砂漠は本来美しい。荒野は本来美しい。そう、日々、紫の砂漠を眺め続けてわたしは気づいた。わたしたちの文明が繁栄を極めれば極めるほど、生き残りに精力を傾けて辺境を開拓すればするほど、わたしの内部に広がっていった風景のあったことに。

根源的自由を持つひとびとは、一方で与えられた運命に従順だ。わたしはここで生きたかった。彼らとともに生きたかった。彼ら自身をそこなわずに助けたかった。そのために、拒絶してきた女性性を行使して十人もの子を生《な》したのは考えてみれば皮肉なことだ。数字と記号の世界に生きてきたわたしが幾多の物語を生み出したのは皮肉なことだ。けれども、わたしは決してそれを厭《いと》いはしなかった。わたしは人生を楽しんだ。矛盾に満ち、虚飾に満ちた人生を楽しんだ。運命を受け入れた。そう、わたしの運命とは、わたしの神とは、砂漠に向かい合って生きる彼らにほかならない。外で歌っている彼らにほかならない。感謝ゆえに涙が出て止まらない。

ここにわたしの国を作ろう、夢の国を作ろう。水が忘れられないかつての仲間たちよ。わたしはあなたがたを尖《とが》った耳の部族から守るだろう。だが、砂の美しさに目覚めたならどうか砂漠を愛してほしい。どうか彼らを愛してほしい。もしもそれができないのなら、早く帰るがいい、美しい青き星へ、水の惑星へ。わたしは悲しまない。わたしは、せいぜい先行の探査が残した金属盤でも捜して青き星のよすがとしよう。船の故障は大したものではない。磁気を含む砂が電子回路にちょっとした悪さを仕掛けているにすぎない。早く取り除けばわたしが持ち出した予備回路やバッテリーなど不要なものだ。それらはむしろこの星に必要な《神》となるだろう。

もしかするとわたしは、これらをかつての仲間たちに向けて書いているのだろうか。仮にこれを読める者がいるとすれば彼らしかいないのだから……馬鹿なことを……彼らの心はかたくなだ。わたしの心がそうであるように。

つまらないことは忘れて外へ行こう。そしてわたしの神々と語らおう。酒を呑《の》もう。老い先短い人生に語り伝えたいこと、教えておきたいことは山ほどある。そしてそれは決して追憶や後悔、異星人の話などではない。青き星の存在について、わが母星系の人類については、時期がくれば誰かが聞く神の記憶の古層から掘り出すだろう。それは千年先の話だろうが。

五番目の子供がまた扉を叩いている。血縁の束縛を解こうと設けた養子制度のために、わたしが腹を痛めた子で手元に残っているのは彼女が最後だ。幼い者たちはそれぞれほかの家で育っている。この五番目の子はまた、わたしの子の中では真実の恋を初めて経験した者だ。彼女は語りたくてたまらない。わたしは聞こう。自分は味わうことがなかったその法悦の話を微笑《ほほえ》んで。そして詩人たちに語らせよう、彼らがどのように幸福であるかを、どのように神から愛されているのかを……

爪先立っていた足を下ろし伸ばしていた首を引っ込めると、シェプシはぼんやりと目の前の壁を眺めてから脇で蠟人形のように目を見開いて硬直している書記に目をやった。それから首をこりこりと回す。何百年も前に死んだ最初のジェセルがひどく身近に感じられた。不思議な感慨だった。正直なところ、読んだ内容を理解したとは言い難かった。シェプシにわかるのは、最初の書記は他の星から来た丸耳の種族で、だから生まれたときから生む性で、それをとても理不尽なことと感じていて、この紫の砂漠の回りに住むひとびとの真実の恋をとても羨ましがったということだけだ。そして自らの星よりも自らの種族よりも紫の砂漠とそこに住むひとびとを愛したということだけだ。それだけがわかれば充分だ。最初の書記ジェセ

充分じゃないか、とシェプシは思った。

ルはシェプシ同様に砂漠を愛したのだ。それがとても嬉《うれ》しかった。書記の流儀は知らなかったから、巫祝に教わった仕種で最初のジェセルに黙禱《もくとう》した。それを隙と見た一の書記がこわばっていた身体を揺する。

〈お、おまえは、まさかこれを読んだのではあるまいな!?〉

シェプシは目を開けて彼を見上げる。

〈読んだよ〉

〈!〉

〈……………〉

〈こ、この不可解な文字がおまえには読めるのか!? いまだかつて誰も読んだ者はいない、神の言葉ですらない。神学者の目に触れたことすらない……………〉

そうだった。シェプシが軽い頭痛を覚えながらもそれを読むことができたのは頭に埋め込まれたプレートのおかげに違いなかった。そのおかげで、おそらく書いた本人以外にいまだかつて誰も読み解いたことがない最初のジェセルの手記を、翻訳してさえ意味のわからない言葉まで含めてシェプシは読むことができた。一の書記にとってそれは衝撃的な事件だった。

書記の心の中で、傷つけられた自尊心と自らの代で新たなる発見が得られるという誇りがないまぜになった。それより何より、彼はそれが何であるか、何が書かれているのかを誰よりも先に知りたがった。神学者たちを危険視してはいても、彼自身まだまだ好奇心を失うほどに歳老いてはいない。爪先立ってもう一度それを眺めているシェプシに向かって彼は聞いた。何が書かれているのかと。

〈真実だよ〉

シェプシは書物から身体をちょっと遠ざけると、まっすぐに書記の目を見て重々しく答えた。その瞬間だけ、ぐるぐる巻きに分厚い衣を巻かれたシェプシがひとりの長老のように見えた。重ねてどんな真実かと問う書記にシェプシはしばらく答えなかった。どう答えていいのかわからなかった。光る音響盤を懐から出してひとつだけからだった穴にそっと置きながら、やっぱり詩人に会って話すとシェプシは言った。

〈これは約束だからここへ置くよ。ジェセルの思い出のために〉

シェプシは自分の言葉を味わうようにじっとたたずむ。ジェセルの思い出のために。

書記は新たに好奇心の対象を見いだして興奮し戸惑った。シェプシが階段のほうへ身を引くと、入れ替わりに穴の前に立って今置かれたばかりの音響盤を手にとってみる。子細に眺め、なでさすってみたあとで今度は裏返してみる。すると例によって音が鳴り始めた。驚く書記を後目《しりめ》にシェプシは早く詩人に会わせてくれと促した。

詩人に会いたかった。詩人が許してくれた六日間のおかげで知った真実を語りたかった。これこそが詩人の捜していた答えではないだろうか。生まれたときから性が決まっていたらどんなに楽だろうかと言った詩人に、自ら性を決められることに憧《あこが》れてやまなかった最初の書記の言葉を伝えたかった。戸惑わずにジェセルを連れてくれればよかった。シェプシが心配したような危険はここには何ひとつありはしない。ジェセルを連れてきたなら、最初の書記はどんなにか喜んだことだろう。青い星の血を濃く引きながら、ジェセルは完全にこの地に同化していた。それこそが最初の書記の望んだことではなかったろうか。なぜつまらないことを考えて戸惑ったりしたのだろう。なぜ今まさに恋が成就しようというあのときにためらったりしたのだろう。シェプシはまた言いようのない後悔にさいなまれた。背後で音響盤が鳴り出すといっそうジェセルを思わずにはいられない。失ってしまった一瞬を思い出さずにはいられない。

ジェセルという名は真実の恋から遠い名なのだろうか。最初の書記は生まれたときから女性だった。詩人のジェセルは心がかたくなで真実の恋を受け入れることができなかった。丸耳のジェセルは真実の恋のために備わった身体をできそこないだと信じていた。だからこそあの瞬間にどうしてよいのか全然わからなかったのだ。しかも頼りのシェプシが迷ってしまったのだから……ジェセルたちはいつでもどこでもはみ出し者だ。

そしておそらく今となってはシェプシも同様だった。もしも真実の恋の相手が世の中にたったひとりしかいないのなら、シェプシはもう決して恋にめぐり合うことはないだろう。シェプシの愛したジェセルは銀の船もろとも砂漠の砂粒と化してしまったのだから……突き上げてくるものをぶちまける胸がほしくて、シェプシはもう一度書記に早く詩人に会わせてと迫った。

〈よかろう〉

書物の内容にも光る音響盤にもまだいくぶん名残惜しそうな書記は、それでも以前の落ち着きを取り戻して明りを消すと、右手にはシェプシを左手には燭台を抱えて螺旋階段を昇った。

〈さぁ、ここだ。存分に話しなさい〉

シェプシは戸惑って書記の顔を仰いだ。連れてこられたのは町中の礼拝堂だ。聖堂とは違って周壁に蠟燭がともっており夜目にも明るい。月明りと蠟燭の明りが、壁にほどこされた白い浮き彫りに濃い影を与えている。本堂には水晶でできた巨大な耳の彫像や神の伝説を写し取った写本が整然と陳列されている。だが彼らがいるのは本堂ではなく、裏手にあるもう少し小さな部屋だった。四方の壁の表面は黒曜石で埋め尽くされ、その上に月漿《げつしよう》石《せき》を無数に集めて月を象《かたど》った飾りがある。一の月石を集めて一の月を象り、二の月石を集めて二の月を象っている。全体としてみれば、それは四つの月が死の印を結んでいる壮大な壁画だ。岩掘村で見たものよりはるかに大きく、しかも贅沢《ぜいたく》だった。

《聞く神》の祭は死の月に行われる。だからこのような壁画があるのだろう……そう納得しようとするシェプシの心が徐々に不安に揺らぎ始める。部屋のまん中の紫水晶の台座に寝ているのは紛れもなくあの詩人なのに、詩人はいっこうに起き上がる気配を見せなかった。第一、どうして眠るのなら聖堂の宿坊で寝ないのだろう。どうしてこんなところで不自然なほどまっすぐに身を横たえているのだろう。うっとうしいお仕着せのローブはとっくに脱いでいたにもかかわらず、シェプシは扉を一歩入ったところから脚がすくんで動かなかった。書記のほうはもはやまったく感情のうかがわれない顔をまっすぐに横たわる詩人に向けている。

明り取りの窓から、どの月だろうか、まっすぐに射《さ》し込んできて詩人の顔を照らす光がある。いくら砂漠を旅してもいくら泥をかぶっても決して焼けたり汚れたりしない白い顔が月光を映してほのかに輝いている。その光は残酷にも額に塡《は》められた細い輪をよりいっそうきらめかせ、その上で弾けていた。長い黒髪は左右に広がり、台座の端からこぼれて垂れている。一本一本がまっすぐに床に向かって落ちている。

美しさは塩の村で水を浴びていたときのままだ。月の光の下でこそよりひきたつ、どことなく冷たくてはかない美しさだ。シェプシが見たことのない濃い紫色のヴェールをまとい、それが瞼《まぶた》に引かれた紫と台座の水晶の色にあいまって、むしろこれまでに見たいつの詩人よりも華麗であるかもしれない。だが、この詩人は動かなかった。

拳《こぶし》の中で爪を皮膚に喰い込ませ、息を吞んで見入っていたシェプシは、ようやくつのっていく苛立《いらだ》ちを押し殺して呟《つぶや》いた。

〈どうして……〉

〈死んでいるのだ〉

〈だから、どうして⁉〉

尖ったシェプシの叫びは黒い壁に反響してしばらく消えることがなかった。自分の叫んだ声が、自分を責めるように跳ね返ってくる。シェプシは頭を抱えてしゃがみ込んだ。そしてもう一度小さな声で繰り返す。

〈どうして……〉

書記は動じた様子のない淡々とした口調で語った。

〈罪を犯したので死で償ったのだ〉

〈罪……〉

シェプシはハッと開いた口に両手を当てた。

〈子供殺しは重罪だ。まして任務で預かった子を詩人が失えば死罪は当然なのだ〉

額から血の気の引いていく音が聞こえるようだ。

〈で、でも……詩人は悪くない。悪いのは、この〉

〈子供たちを無事に運命の親元へ届けるのは詩人のもっとも重要な責務だ。子供とは危険の所在を知らないものだ。子供はものの道理を踏み外す。詩人はそんなことくらい承知していなければならない〉

〈でも、あなたは知っていたんじゃないの？　その子供がどこにいるかを。死んでなんかいないってことも。物見台の望遠鏡からいつも見張っていたんでしょ？〉

〈どうしてそれを……〉

書記は一瞬だけうろたえて、その拍子に彼が能面のような無表情の下に隠しているのが悲しみの感情だということが知れた。

〈まぁ、よい。いかにもわたしは知っていた。おまえが死んではいないことを。待っていればここへやって来ることを。もう一日早く着いていれば詩人は殺されることはなかっただろう。詩人と組んでいた巫祝から《告げる神》に授かった力で連絡を受けた一の巫祝は、どういうわけか巫祝の森にいた一の祈禱師ともども早馬で駆けつけた。異例の早さで裁判が行われ刑が執行されたのは昨日だった。おまえは死者を弔う鐘の音を聞かなかったか。刑の執行を見届けて満足げに町を出ていく一の祈禱師と巫祝を見はしなかったか〉

その静かな口調はどことなくシェプシを責めているように聞こえた。

〈どうしてかばってくれなかったの!?　知ってたくせに。詩人は悪くないって知ってたくせに！〉

〈おまえがなぜ望遠鏡のことを知っているのかは知らないが、それで見ていたもののことは巫祝や祈禱師に知られてはならないのだ。歴代の書記が守り通してきた秘密なのだから。砂漠の番人である巫祝でさえ、《告げる神》を敬う心からおまえが行ったあの場所だけは見ることを禁じられている。祈禱師にしてみたら、誰であれ《見守る神》の約束を侵して砂漠へ出ていく者は許し難い存在なのだ。商人や詩人でさえ呪《のろ》い殺されろと思っているのだから。よいか、砂漠は巫祝や祈禱師の祭る神々のために禁忌の場所なのでなくてはならないのだ。われわれが砂漠の開放を企てているこの微妙な時期に、それが彼らのためでなく《聞く神》の都合であったなどということになってはまずいのだ。まして今は三神を司《つかさど》る町の間で勢力争いが難しくなっている時期だ。一の祈禱師がなぜ巫祝の森なんぞにいたのか考えてみなさい。彼らが書記を圧倒するために手を組んでいたとしても不思議はないではないか。今、たったひとりの詩人を救うために危険を犯すことはできない。この件は彼らの納得のいくように処理するよりほかなかった。わたしはジェセルの親しい友である前に一の書記なのだから〉

岩のように重い書記の言葉を聞きながら、シェプシは思い出していた。最後に会ったときの詩人の顔、詩人の声。祈禱師の山のてっぺんだった。詩人は言ったのだ。

〈それがどういう意味かわかっているのですか？〉

わかってなどいなかった。詩人は知っていたのだ。それが意味するのは自らの死だということを。知っていたのに、詩人にはできなかった。シェプシに向かって、いや誰にであろうと自らの命乞《いのちご》いをすることが。あまりに孤高な魂を持っていたために、あるいはあまりに絶望が深かったために。あのとき、詩人は死を覚悟した。だのにシェプシは気づかなかった。ただ自分の行きたい場所、見たいもののことしか頭になかった。シェサと同じ罠《わな》にはまったのだ。自分の目をのぞき込んでいた濃い紫の冷たいまなざしをシェプシは思った。その瞳はもう二度と開かれることがない。自分のせいだ。自分のせいで詩人は死んだのだ。自分が殺した！　シェプシは両の拳を自分の頭にごんごんと叩きつけた。書記は止めもせずに茫洋《ぼうよう》とその光景を眺めていた。

森の中で聞いた詩人の慟哭《どうこく》がよみがえる。絶望にひしがれた声。ジェセルの暗い瞳が見える。弔いの鐘が聞こえる。ムササビを連れていた詩人の悲しい戸惑いが映る。急ぎなさい。まだ間に合うかもしれない。何に？　何に？　振り返る詩人、岩掘村の黒い崖《がけ》の上で、約束の日に。誰も見えない砂漠。ジェセルが言う。見送ってほしいんだ……シェプシの中で銀の船が炸裂《さくれつ》した。ジェセルの乗った船が天にも昇りきらないうちに破裂して砕けた。砕けて散ったジェセルの身体が粉々になってシェプシに降り注ぐ。景色は真白になった。

◆吟遊詩人の歌

風が鳴っていた。さわさわと髪がなびく。鼓膜が長い眠りから覚めるようだ。頭の中がことことと動き出すようだ。鼻孔がひくひくする。ああ、砂漠の匂《にお》いだ。紫の砂漠の風の匂いだ。砂漠の色だ。これは土の月の色だ。土の月の風だ。穏やかで優しい風だ。そよぐ自分の髪をシェプシは見た。それは記憶にあるよりもずっと長く、肩でなびいている。シェプシはかたわらで息を切らせている男のひとをぼんやりと振り返った。黒いローブ、青い裳《も》。

〈あなたは……誰？〉

男のひとは追いかけてきた女のひとと一瞬顔を見合わせた。

〈わしか、わしはアーネフだ〉

〈アーネフ……〉

〈おまえの運命の親だ〉

〈運命の親？〉

〈そうだ。何も心配するな〉

アーネフは目尻を下げて暖かく笑ってみせた。シェプシは何かを思い出すように小首を傾《かし》げる。

〈何も心配するな、おまえは何も悪くない……あなたはずっとそう言っていました〉

アーネフはちょっとびっくりした表情をして言った。

〈そうだ。聞こえていたのか。聞こえているのに知らんぷりをしおって、一年以上もだぞ〉

責めるような言葉を嬉《うれ》しそうに話す。

〈一年以上……今は、土の月?〉

〈そうだ。なんだ、月日もきちんとわかっておったのだな〉

シェプシは小さく首を振った。

〈風が……なんだかそんな感じだと思って……〉

それから、またシェプシは縹渺《ひょうびょう》と広がる紫の砂漠に目をやった。相変わらず美しく、相変わらず心を惹《ひ》きつける砂漠がそこにあった。目をつむり、喉《のど》を風にさらしてシェプシは風を堪能した。

ふと頭を撫《な》でられた。目を開くと女のひとの手があった。彼女は涙ぐんでいた。シェプシは知っていた。このひとがいつもいつもかたわらにいて、物言わぬシェプシの世話を焼いてくれたことを。こうしてときどき頭を撫でながら、早く戻っておいでとささやき続けていたことを。

〈お母さんですね?〉

そうよ、そうよと頷《うなず》きながら彼女は膝《ひざ》を折っておいおいと泣き出してしまう。

〈何をしてるんだ。泣いている暇があったら、早く一の書記に知らせてこい。えらく気にしておられたから〉

〈いやですよ。わたしはこの子の傍にいます。第一わたしは寝巻きじゃありませんか。こんな恰好《かっこう》で聖堂には入れません。それとも、家で着替えてから行けとおっしゃるんですか?〉

〈まぁ、まぁ……わかった。わしが行こう。なにしろ、未来の一の書記だ。病気が癒《なお》ったらまっさきに知らせるようにと何度も念を押されているからなぁ〉

〈一の……書記……？〉

〈おまえは何でも聖遺物の書物を読み解いたそうではないか。書記の町に来てその日にそんな偉業を果たすとは、まさに神の申し子かたぐいまれなる天才だ。おまえは成人し次第、次のかまたはその次の一の書記になるだろうと町中が噂《うわさ》しておる。わしも鼻が高い〉

〈そんな……わたしはまだ何ひとつ書記の勉強をしていないし、それに……〉

口の中が苦くなる。

〈それにわたしはひと殺しだ。砂漠の禁忌を破って、死ななくてもいいひとを殺した〉

アーネフは生みの子にも運命の子にも苦労ばかりさせられてきたせいかおそらくは実際の歳《とし》よりもずっと老け込んで見えるその顔を少しだけ困ったように歪《ゆが》ませた。

〈おまえはそれを見たんだね〉

見た？　ああ、充分すぎるほどに見た。心の壁に貼《は》りついて二度と剝《は》がれはしないほど。

〈悲しんだかね〉

自分が死んだほうがましだと思うくらい悲しんだ。

〈それはよかった〉

驚いて見返すシェプシの前に慈愛に満ちた父の顔がある。

〈ひとりで死ぬのは淋《さび》しかろう。おまえの見つめるまなざしがあってよかった。死を悲しんでくれる者があってよかった。それこそが必要だったのではないかね、あの詩人には〉

シェプシの目からぽろぽろと硝子《ガラス》粒のような涙が落ちた。……どんなものにも見つめるまなざしがあってこそ初めて意味があるのです……見送ってほしいんだ……誰かがこちらを見ている、いつもいつも……いつもいつも……しかし。

〈運命だよ〉

アーネフはシェプシの思いに答えるようにそっと諭した。

〈違う、運命の旅をないがしろにしたから〉

〈それもまた、もうひとつの運命なのだ〉

シェプシは再び砂漠に目をやった。涙でかすんだ砂漠はまるでかげろうのようにゆらめいている。何もかもが優しく見えた。

〈もしもそうなら、いったい何のための運命だろう……〉

〈……聞く神とより真実の会話をかわすための運命ではないかな？　わしはおまえをジェセルと名付けた、最初の書記にちなむ由緒ある名前だ〉

アーネフの声は情愛に満ちており、シェプシは胸が詰まって息が苦しくなる。語らう相手は神ではないのだ、これが運命というものならば。

〈書記にはなれない。詩人になるのです〉

〈詩人に？　おまえほどの才あるものがどうして詩人にならねばならんのだ？〉

わからない。でも、もしふたりのジェセルに出合ったことに意味があるのなら、そしてふたりを死なせてしまったのも運命だというなら、詩人になることも運命だという気がする。

〈もしもすべてが運命だというなら、その運命は語り伝えるための運命だ。ましてあなたがつけてくれた名がジェセルだというのなら、これはもう逃れがたい運命です、そんな気がする〉

〈何を語るのだ?〉

〈さまざまなことを。真実の恋の素晴らしさや、美しい詩人の生涯を〉

〈おまえが読んだ書物のことは? おまえが砂漠で見たもののことは?〉

〈一の書記はおっしゃった。あるべきところにあってこそ真実は正しいと。ときが来るまで、わたしの胸の中に置くでしょう〉

〈おまえは知っておるのか? 詩人とは聞いたことはすべて神に告げねばならないのだぞ〉

〈神に? 神はすべてご存じです〉

シェプシはうっすらと笑って立ち上がった。


六年後、砂漠にたたずむひとりの詩人の姿があった。砂漠の数少ないオアシス。やや離れたところには無数の駱駝《らくだ》と商人たちがしゃがみ込んで休んでいる。野営のためのテントを張っている男たちもいるが、多くの者は湧《わ》き出る泉のかたわらでくつろいでいる。詩人はまだきわめて若い。恩返しの時期に入ったばかりといったところだろうか。これまで書記の町から出たこともなく、これが初めての旅だというのにその美貌《びぼう》と声の良さがひとの口から口へと伝わっている。真実の恋にはまだ出合っていないらしく、長旅のせいか琥珀《こはく》色に焼けた幼い顔に目だけが切れ長に冷たく光り、額には古びた赤い紐《ひも》を締めている。なにやら得体の知れない野性味のある美しさと英知を秘めた光を宿していた。しかも、ただでさえひとが一番輝く時期にあった。それが身の丈にはあまる古びた琴を支えに立って、ぼんやりと出たばかりの月を眺めている。

泉の脇から声がかかる。

〈おい。そこのあんた〉

詩人が振り返る。

〈あんたジェセルってんじゃないかい?〉

〈ええ、そうです〉

〈いい声をしてるそうじゃないか。ひとつ歌って聴かせてくれよ〉

にっこり微笑《ほほえ》んで詩人は尋ねた。

〈何がよろしいですか?〉

〈そうさな、じゃぁひとつこいつに恋の歌でも歌ってやってくれ〉

こいつと呼ばれたのは、きかんきな顔をした幼い子供だった。

〈ついこないだ、うちへ来た子だよ。塩の村で生まれただけあってたくましいよ〉

商人はよほどその運命の子が自慢らしく、尋ねられもしないのにあたりに聞かせるように大きな声で言った。

〈ほう、塩の村で……〉

詩人はしげしげとその小さな子供を眺めた。ぷいと横を向く生意気な子のつんと尖《とが》った耳には見覚えがあったのだ。あまりにじっと見つめられてたじろいだのか、子供は顔を赤らめてうつむいた。詩人はふっと微笑んでひそやかにささやく。

〈よろしいでしょう。古い神話は聞き飽きたことだろうから〉

子供はますます顔を赤らめて、しかし今度は頭を上げて詩人を見た。詩人の耳は丸かった。だがとても優しい顔をしていると子供は思った。

〈よい恋をなさい。心を柔らかにもって〉

詩人は顔を上げて風を見ると、なぜだか場所を変えて坐《すわ》り直してから琴の弦を爪弾《つまび》いた。そして声を風に絡ませ、風に乗せた。

子供のわたしは空に問うた
わたしの恋はいつやってくるのかと
わたしの恋人はどんなひとかと
けれどまさにそれがやってきたとき
わたしの目には空など映らなかった……

声は冴《さ》えざえと闇《やみ》を渡った。まだ恋をしたことがないはずなのに、恋の歌をなぜこれほどにせつせつと歌いあげられるのか、知る者は誰もいない。

解説　アンドロギュヌス・ロマンティック仕様

高原英理

芥川賞受賞作の『至高聖所《アバトーン》』を読んだときから知っていた。

この著者は、とりわけ当時の「純文学」の場には、本来登場することの難しい種類のメンタリティの持ち主である、ということをだ。こういう人を私などは「幻想人《げんそうびと》」と呼んでいる。どこが「一般の純文学作家」と違うかと言えば、受賞作の題名でもわかるように、生々しい体験的なものへの肉薄より、形而上《けいじじょう》的なものへの強い憧憬《しょうけい》がその創作の動機にあること、現行の制度に拒否感が強く、現に「あること・あったこと」には関心が薄く、非現実の「あるべきこと」を描きたがる。よって「この世界」をかなり見限っており、その創作物は往々にして異世界やそこに憧れる人々が描かれる。作者が女性の場合、気に入らない「現行の制度」というのがとりわけ性の制度（つまりジェンダーということである）をさすことが普通で、案の定、松村栄子のデビュー作は『僕はかぐや姫』という、これまた題名どおりジェンダー批判を強く意識したものだった（もちろん、この部分については別に「幻想人」だけに限られるものではない）。

それで、まだオカルトノヴェル『日蝕』（平野啓一郎）などが芥川賞を受賞しない頃、「幻想人」がその創作を「純文」として発表するためには、ある程度の手続きを踏むこととが必要だった。あからさまに異世界とか奇跡とか神秘とかを描かず、それを待ち望む心理の描写だけを（つまりは「あること・あったこと」に絞って）描く、といったやり方である。『至高聖所』は、異世界を構築するのではなく「学生生活の中であるとき何気なく感じた神秘への誘《いざな》い」という形をとることでそこのところをうまくこなしていた（このモチーフは後に角田光代が『まどろむ夜のＵＦＯ』で受け継ぐことになる）。だから、『至高聖所』の価値は価値として、「幻想人」松村栄子が本当にその「したいこと」をやったのはこの『紫の砂漠』ではないだろうかと私などは思う。

ここには思う存分、「あるべきこと」が描かれているからだ。

生れてから「真実の恋」を経験するまでは性の決定しない身体を持つ人々。「真実の恋」は一生に一度、その相手は一人だけであること。親と子の関係が固定しない制度。そして遥《はる》かに広がる宝石の粉のような紫色の砂漠。そこを精神だけで浮遊することのできる主人公。世界成立の謎。いかに真理であっても秩序として示されねば望ましくないとする、「あること」より「あるべきこと」を優先する倫理観。

これを成立させているのは、まず性の先天的な分割への異議申立て、ジェンダー固定への異議申立て、血族幻想による家族制度の固定への異議申立て、そして『至高聖所』にも顕著であった、神話への耽溺《たんでき》、無機的で乾いた鉱物的なものへの嗜好《しこう》、といったものだ。「この世界」への幾つかの違和感から作られた『紫の砂漠』の世界は、「この世界」でわれわれが不満に思い不備に感じる性制度・家族制度へのひとつの回答と言える。さらに鉱物的なものへの愛好はこうした意識の持ち主には当然のことで、明瞭《めいりょう》で幾何学的な「理」を愛するところからくるが、しかし、反面「情」を忘れまいとする意識が「神話」の創作と「恋愛」の神秘の待望といういわば「情」の「形象化」に赴かせる。

最初の部分いくらかをお読みになればあきらかだが、『紫の砂漠』は、ル＝グウィンのSF『闇の左手』を強く意識して書かれている。両性具有者たちの世界の制度の報告、異世界の神話が挟まれる形式、また基本的な構造はSFであること、といったところはモデルの存在を隠していないとも言える。むろん、中盤からは全く異なる展開を示すので、発端が先行作品に似ていても「類似品」にはなっていない。こういう創作の連鎖というものを私は歓迎する。しかも、『紫の砂漠』のもうひとつの存在意義は、『闇の左手』に、ある不満を感じた読者からの、新たな想像力の展開である点だ。その意味では、『紫の砂漠』は、両性具有というイメージに惹《ひ》かれる人々の渇を真に癒《いや》すべく書かれたものとも言える。『闇の左手』は知られるとおり、両性具有者の住む惑星に赴任した地球人が、そこの住人のひとりと友情を交わす、という物語だが、これを初めて紹介文で知ったとき、私などは、「両性具有」という眼も眩《くら》むようなイメージに文字どおり眩惑され、直ちに書店で求め、読み始めたことを思い出す。そして、読み終えての感想は、と言うと、期待しなかった点での意外な面白さはあったが、しかし、自分の真の期待は巧妙にはぐらかされてしまった、というものだった。

何が期待外れかと言えば、両性具有という魅惑的なテーマを扱いながら、それがあたかも地誌や民俗学の報告のように素っ気無く事務的な形で伝えられるだけで、「両性具有者の恋愛の華麗さ」が描かれていなかった点だ。つまり私はロマンティシズムを期待していた。ル＝グウィンはおそらくそういう期待があることを意識して敢《あ》えてこう書いたのだろう。そのこと自体がジェンダー批判だったのだ。

だが、『紫の砂漠』ではそのロマンティシズムへの志向がきわめて積極的に描かれているので、読者は安心して愛の不思議さ悲しさ美しさ残酷さに浸ることができる。

そして知るだろう、ここで描かれる恋愛に決して非現実的な感触がないということをだ。描かれる心理は「この世界」のいつの時代どこの場所にもありうるものだ。性別が決定していないというシチュエーションによって恋愛の手触り自体は妨げられないという点がこの小説の優れたところでもある。むしろ、『闇の左手』に飽き足りなかった人にこそ勧めたい。

ただ、考えてみれば一生に一回だけで相手の取り替えの効かない「真実の恋」という発想は、前世紀以来の「ロマンティック・ラヴ・イデオロギー」そのものだ。せっかく性別固定への批判から始まっているのに、こういう「愛の神秘主義」に走るのは、結局ジェンダー擁護への後退ではないか、と感じる人もあるかも知れない。そしてその意見はそれで正しく、要するに、ロマンティックな「恋愛」というものが、近代の男女のジェンダー規定によって成立していることの、これは証《あか》しにもなっている。

さらに言うならば、一夫一婦制というごくごく限られた時代社会でのイデオロギーに忠実な発想は、クィアな視点からは批判されても仕方がない。

とはいえ、「一生一度の超絶恋愛」という夢に憑《つ》かれるのも従来の「幻想人」の特性なのだから難しい。彼等には一方に「この世界の不自由不合理きわまりない性制度への嫌悪」があるとともに、もう一方には「この世ならぬ美しい恋愛への祈り」も強烈にあるのだ。

生れた瞬間から男女どちらかでしかない不自由の解消への期待と、性別に関係なく強烈に惹かれ合う相手への希求、というふたつの願望を抜群のバランスで両立させて描き切り、ある種の納得さえも与える『紫の砂漠』は、さらに近代をラディカルに批判する人々には折衷的と見えるかも知れないが、しかし、「作家」は何も「前衛」的であることが第一に必要なのではない。己の望むところに嘘をつかず、それをどれだけ精密に構造化できるかが「作家」の価値と言えよう。

より「さばけた」意識であろうとする義務感の先行によって自己の資質に合わない乱婚制度を描こうとすればこんなリリシズムは不可能だったに違いない。そしてこの種の「義務感」はあらゆる「創作」を劣化させる種類の感情である。松村栄子は自己に正直である。それは褒められてしかるべきだ。

ならば、『紫の砂漠』を読む人は、ここにあるものが、強い自由への憧れであるとともに、わたしたち近代人が捨て切れないでいる夢の痕跡《こんせき》であることをも知るだろう。

（たかはら・えいり／文芸評論家）

本書は一九九三年二月に新潮社より刊行されました。

Haruki Bunko
ハルキ文庫

ま 8-1

紫《むらさき》の砂漠《さばく》

著者 松村《まつむら》栄子《えいこ》

2000年10月18日第一刷発行

発行者 角川春樹

発行所 株式会社角川春樹事務所
〒101-0051東京都千代田区神田神保町3-27二葉第1ビル

電話 03(3263)5247(編集)
03(3263)5881(営業)

印刷・製本 中央精版印刷株式会社

フォーマット・デザイン 芦澤泰偉
表紙イラストレーション 門坂 流

ISBN4-89456-782-2 C0193

http://www.kadokawaharuki.co.jp/

ハルキ文庫 小説

- 果しなき流れの果に　小松左京
- 復活の日　小松左京
- 継ぐのは誰か？　小松左京
- エスパイ　小松左京
- ゴルディアスの結び目　小松左京
- 首都消失 上下　小松左京
- 見知らぬ明日　小松左京
- こちらニッポン…　小松左京
- 結晶星団　小松左京
- 時の顔　小松左京
- 物体O　小松左京
- 日本売ります　小松左京
- 男を探せ　小松左京
- さよならジュピター 上下　小松左京
- くだんのはは　小松左京
- 高砂幻戯　小松左京
- 夜が明けたら　小松左京
- 明日泥棒　小松左京
- ゴエモンのニッポン日記　小松左京
- 虚無回廊 Ⅰ・Ⅱ　小松左京
- 題未定　小松左京
- わが赴くは蒼き大地　田中光二
- 異星の人　田中光二
- 幻覚の地平線　田中光二
- 失われたものの伝説　田中光二
- エデンの戦士　田中光二
- モンゴルの残光　豊田有恒
- 退魔戦記　豊田有恒
- ダイノサウルス作戦　豊田有恒
- ねじれた町　眉村 卓
- 時空の旅人 とらえられたスクールバス 前・中・後編　眉村 卓
- 閉ざされた時間割　眉村 卓
- 幻影の構成　眉村 卓
- 燃える傾斜　眉村 卓
- 消滅の光輪 ❶❷❸　眉村 卓
- 時をかける少女　筒井康隆

ハルキ文庫 小説

半村良　平家伝説
半村良　闇の中の系図
半村良　闇の中の黄金
半村良　闇の中の哄笑
半村良　獣人伝説
半村良　魔女伝説
半村良　邪神世界
半村良　聖母伝説
半村良　石の血脈
半村良　産霊山秘録
半村良　回転扉
半村良　不可触領域
半村良　下町探偵局PART I・II
半村良　戦国自衛隊
半村良　亜空間要塞
清水義範　禁断星域の伝説　宇宙史シリーズ❶
清水義範　黄金惑星の伝説　宇宙史シリーズ❷
清水義範　不死人類の伝説　宇宙史シリーズ❸
清水義範　絶滅星群の伝説　宇宙史シリーズ❹
清水義範　楽園宇宙の伝説　宇宙史シリーズ❺

栗本薫　真夜中の切裂きジャック
栗本薫　魔境遊撃隊　第一部・第二部
栗本薫　エーリアン殺人事件
栗本薫　メディア9《ナイン》　上 下
栗本薫　キャバレー
栗本薫　天国への階段
高千穂遙　魔道神話　❶❷❸
高千穂遙　目覚めしものは竜〈ザ・ドラゴンカンフー〉
高千穂遙　銀河番外地　運び屋サム・シリーズ❶
高千穂遙　聖獣の塔　運び屋サム・シリーズ❷
平井和正　狼男だよ　アダルト・ウルフガイシリーズ❶
平井和正　狼よ、故郷を見よ　アダルト・ウルフガイシリーズ❷
平井和正　人狼地獄　アダルト・ウルフガイシリーズ❸
平井和正　人狼戦線　アダルト・ウルフガイシリーズ❹
平井和正　人狼、暁に死す　アダルト・ウルフガイシリーズ❺
平井和正　ウルフガイ不死の血脈　アダルト・ウルフガイシリーズ❻
平井和正　ウルフガイ凶霊の罠　アダルト・ウルフガイシリーズ❼
平井和正　ウルフガイ イン・ソドム　アダルト・ウルフガイシリーズ❽
平井和正　ウルフガイ 魔天楼　アダルト・ウルフガイシリーズ❾